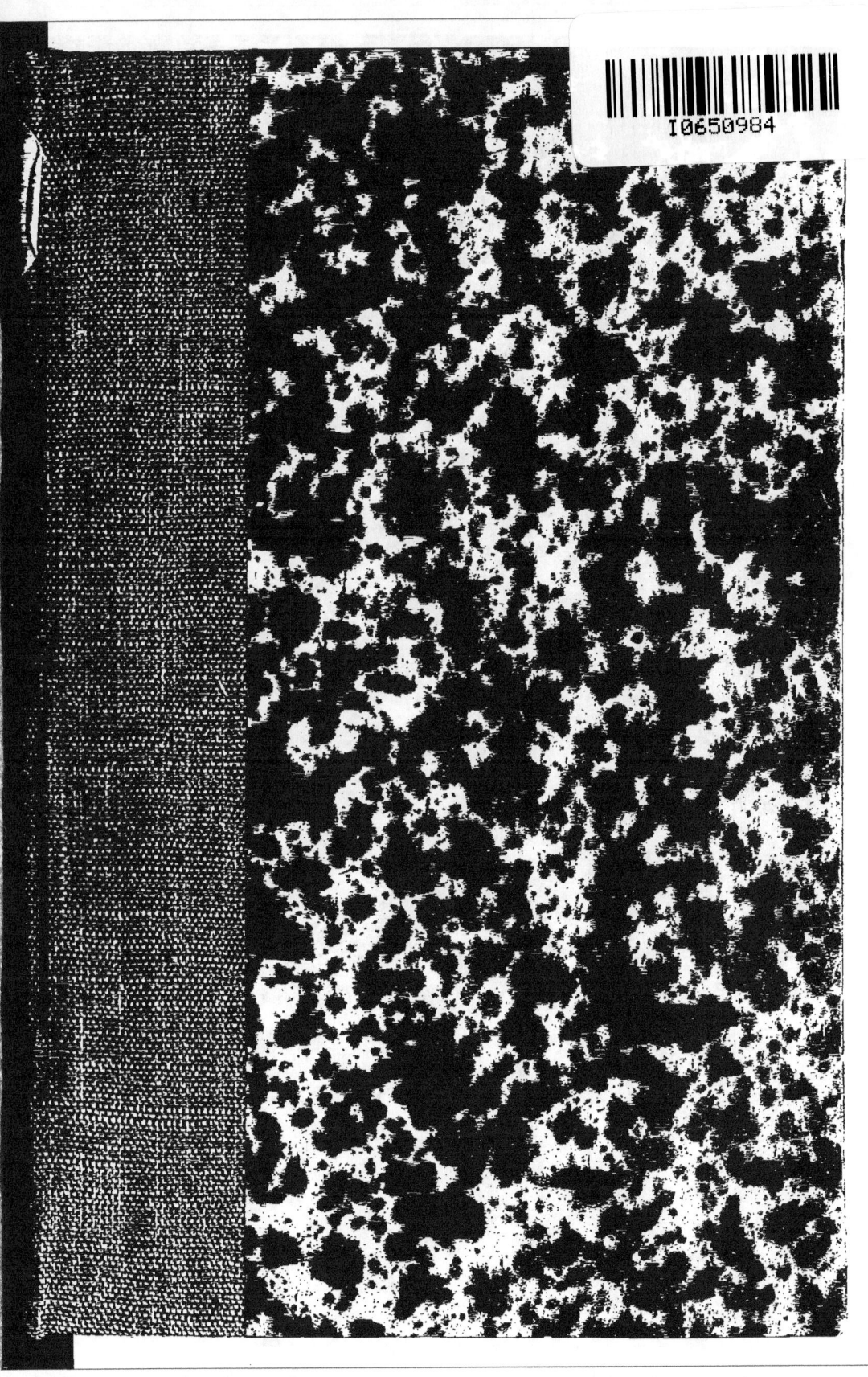

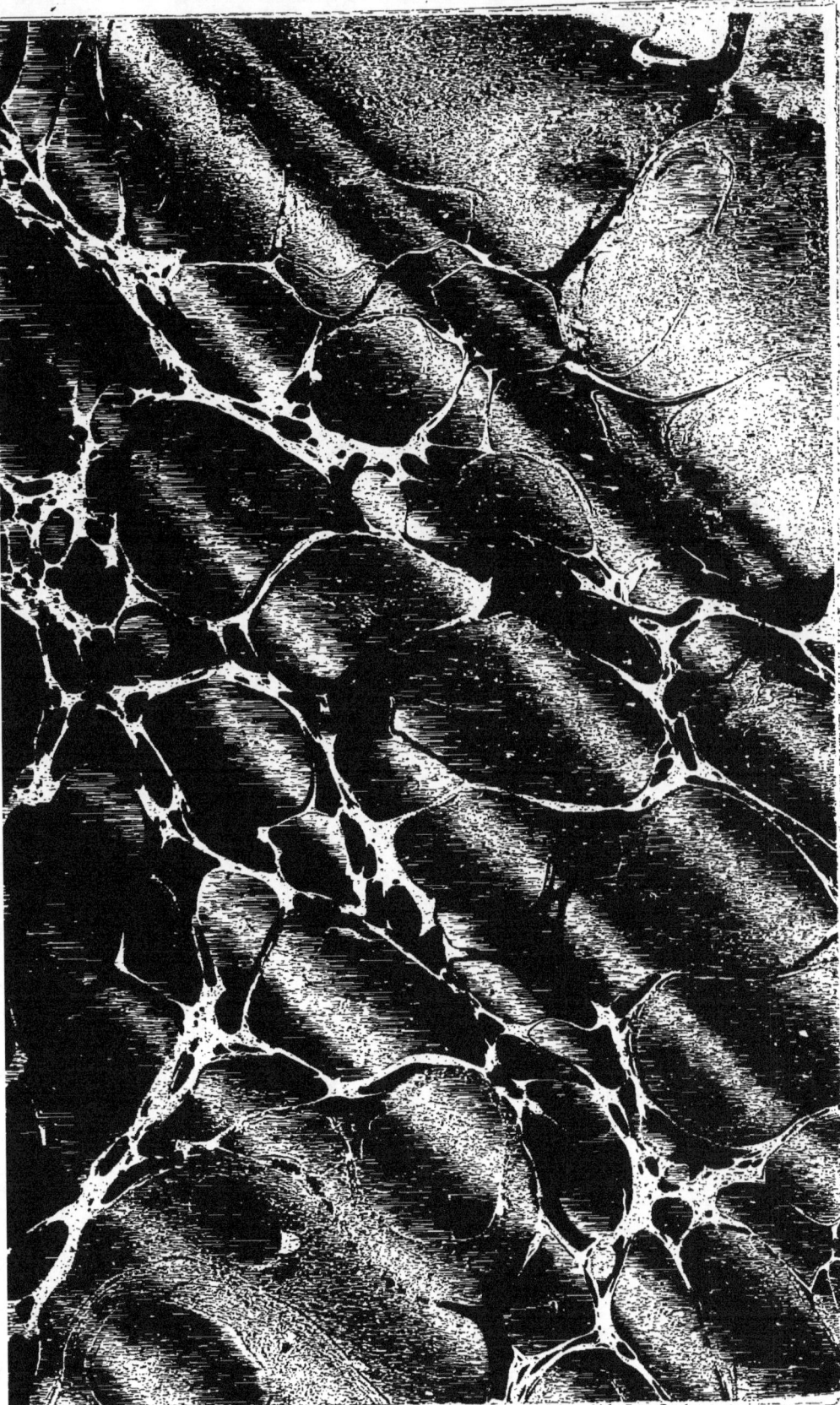

LA
FIANCÉE DU CONDAMNÉ

Ouvrage ayant obtenu un prix au concours ouvert
pour les bibliothèques pénitentiaires.

Clichy. — Imp. Paul Dupont, 12, rue du Bac-d'Asnières. — 90.7.79

LA
FIANCÉE DU CONDAMNÉ

PAR

M. EUGÈNE VOUAUX

INSTITUTEUR DE LA MAISON CENTRALE DE CLAIRVAUX,
LAURÉAT DU MINISTÈRE DE L'INTÉRIEUR
ET DE LA SOCIÉTÉ NATIONALE D'ENCOURAGEMENT AU BIEN ;
MEMBRE ET LAURÉAT DE DIVERSES AUTRES SOCIÉTÉS.

> Il n'est pas une chute, sauf la mort, dont on ne puisse se relever.
>
> OCTAVE PIRMEZ.

> Dieu ne refuse rien au travail.
>
> FRANKLIN.

PARIS

IMPRIMERIE ET LIBRAIRIE ADMINISTRATIVES

PAUL DUPONT, *Directeur,*

41, RUE J.-J.-ROUSSEAU (HOTEL DES FERMES)

—

1879

DU MÊME AUTEUR :

CONFÉRENCES SUR L'INTEMPÉRANCE

Ouvrage couronné par la Société française de tempérance et par la Société nationale d'encouragement au bien.

EN PRÉPARATION :

ANTONIO

ou

LE VOLONTAIRE DE 1870

LA

FIANCÉE DU CONDAMNÉ

CHAPITRE PREMIER

LE COLPORTEUR.

Georges Martinval, fils unique de pauvres journaliers des environs de Nancy, resta orphelin à l'âge de
huit ans.

Une parente éloignée voulut bien le recueillir et lui
servir de mère ; mais cette parente n'était pas riche et,
comme elle avait déjà sept enfants, son mari trouvait que
c'était folie de s'imposer ainsi volontairement une nouvelle charge. La présence de Georges devint donc une
cause continuelle de disputes entre les époux, de sorte
que sa protectrice, après avoir longtemps lutté en sa
faveur, se décida enfin à le confier à un colporteur,
qui promettait de le nourrir et de l'élever en échange
des petits services que l'enfant pourrait lui rendre.
Toutefois, la digne femme n'avait adopté ce parti

1

qu'après s'être assurée que le nouveau maître de Georges était d'une moralité à l'abri de tout soupçon.

Elle ne devait pas être trompée dans sa prévoyance presque maternelle. Le père Isidore — tel était le nom sous lequel on connaissait le colporteur, bien qu'il eût à peine quarante ans — était non-seulement honnête dans la stricte acception du mot, mais encore doux et affectueux dans ses relations, serviable pour tout le monde, surtout pour les pauvres, et toujours prêt à une bonne action. Estimé et aimé de ses pratiques, qui ne s'étendaient guère que sur quelques communes, il était accueilli partout avec un bon sourire d'amitié, comme une vieille connaissance qu'on a plaisir à revoir. Les paysannes achetaient sa marchandise de préférence à toute autre et, chose étonnante, sans chicaner sur le prix. Quant aux enfants, le passage du bon colporteur était un véritable événement pour eux : il avait toujours, dans le fond de ses grandes poches, quelque bibelot, de bien peu de valeur sans doute, mais qui suffisait à inonder de joie le cœur de l'heureux bambin qui en était gratifié. Presque toutes les billes qui se gagnaient ou se perdaient, à la sortie des écoles, provenaient de la générosité du *père Isidore*. En revanche, plus d'une maman invitait le brave homme à dîner, ou au moins à « casser une croûte, » mais il refusait toujours, disant que chaque métier doit nourrir son homme.

Le père Isidore passait pour avoir une fortune assez rondelette ; et personne ne s'en étonnait. D'abord, on savait qu'il avait fait un héritage quelques années auparavant; ensuite, il servait ses pratiques avec tant de conscience, connaissait si bien les endroits où l'on pouvait acheter bon et à bon marché, que les riches campagnards en étaient venus à le charger de toutes leurs emplettes importantes. Montres, bijoux, habits et robes de noce, presque tout arrivait par l'intermédiaire du bon colporteur. Les acheteurs y trouvaient de sérieux avantages pour leur bourse, et le père Isidore emplissait peu à peu la sienne avec les remises que lui faisaient ses fournisseurs attitrés.

Il disait souvent, à propos de sa manière de procéder : Le marchand qui ne trompe personne finit toujours par avoir beaucoup de pratiques ; or, c'est en ayant beaucoup de pratiques que l'on peut espérer gagner beaucoup d'argent.

Le père Isidore était, de plus, fort instruit. Il circulait même des bruits mystérieux sur son passé, et plus d'une paysanne soutenait qu'il avait été autrefois sous-préfet ou pharmacien, ou quelque chose d'approchant. Mais comme il n'était pas du pays, où son apparition ne datait que de quelques années, comme il éludait toujours les questions relatives à sa personnalité, les commères étaient bien forcées de s'en tenir aux hypothèses.

Tout n'était pas faux dans ces hypothèses ; mais le moment n'est pas venu d'expliquer pourquoi le père Isidore, homme bien élevé, instruit, ayant une petite fortune, bornait son ambition au modeste métier de colporteur.

Deux heures après avoir fait connaissance, Georges et son patron étaient déjà une paire d'amis. On dit que les chiens reconnaissent, au premier coup d'œil, ceux qui aiment leur maître, et, par conséquent, ne leur veulent pas de mal : les enfants ont également une finesse, un instinct, si l'on veut, qui leur fait deviner, à première vue, les personnes disposées à les aimer. Qu'on me pardonne cette comparaison entre le chien et l'enfant. A ceux qui la trouveraient peu flatteuse pour le fils du roi de la création, je rappellerai l'opinion de saint François de Sales. Un jour, un de ses serviteurs vint se plaindre à lui d'avoir été traité de *bête* et de *chien*. « Tu appelles cela une injure, lui dit le saint, et moi je l'appelle un éloge. Plût à Dieu que les hommes n'eussent pas plus de défauts que les bêtes... Le chien, en particulier, est fidèle, dévoué et tendre... Connais-tu beaucoup d'hommes qui, à ce titre, méritent d'être appelés chiens ? »

Avec la perspicacité particulière à son âge, Georges eut donc bientôt reconnu que le colporteur serait pour lui un père plutôt qu'un maître sévère et difficile à servir. De son côté, celui-ci put constater que l'enfant confié à ses soins était d'un caractère facile et d'une nature bonne et aimante. La scène suivante donnera une idée de leurs relations.

Ils étaient assis au bord du chemin, sur un talus de gazon, pour procéder à un modeste repas. Le père Isidore tira d'un sac ses provisions, en donna une large part à Georges et l'invita à manger. Celui-ci allait mordre dans un superbe morceau de jambon, quand il s'arrêta tout à coup en regardant son vieux compagnon d'un air embarrassé.

— Eh bien, garçon, dit le colporteur, qu'as-tu donc qui t'empêche de manger?

— C'est... c'est que, père Isidore, vous m'avez donné le meilleur morceau, et c'est à vous qu'il revient.

— Ce n'est que cela ! eh bien, n'y fais pas attention. Je n'aime pas beaucoup le maigre, voilà pourquoi je te l'ai donné. Cependant, je te remercie de ta déférence à mon égard ; c'est un bon signe pour l'avenir, quand un enfant témoigne du respect pour les personnes âgées.

Le repas fut bientôt expédié. Alors, le colporteur, prenant la main de Georges, lui dit : — Mon enfant, tu vas apprendre un métier qui passe pour facile et qui ne l'est guère, si on veut le faire en conscience. Dans ce métier, plus que dans tout autre peut-être, il faut être patient, complaisant et surtout discret. Rappelle-toi que tout ce que tu verras et entendras doit être pour toi comme si tu n'avais rien vu, rien entendu. Il faut encore que tu saches te contenter de peu, car celui qui accepte à déjeuner par-ci, à dîner par-là, ne tarde pas à compter sur les autres et à devenir un vrai mendiant. Il faut enfin que tu sois, même dans les plus petites choses, parfaitement honnête. Tu vois ce pommier qui est à quelques pas de nous : deux ou trois de ses fruits n'auraient pas été de trop à notre petit repas, et je suis persuadé que le propriétaire se ferait un plaisir de m'en offrir, non pas deux ou trois, mais tout un panier. Cependant, nous avons dû nous priver de dessert. Prendre une de ses pommes serait une faute légère, mais si nous la prenions, nous pourrions, une autre fois, prendre quelque chose de plus important. Et puis, la coutume de prendre sans permission, en d'autres termes de voler, nous viendrait peu à peu et nous finirions par être de véritables malfaiteurs. Tu sais le proverbe : « Qui vole un œuf, vole un bœuf. »

Sois donc, en toutes choses, d'une probité que rien ne puisse ébranler, pas même le besoin. Respecter le bien d'autrui est une loi de Dieu, c'est aussi une loi des hommes ; nous ne devons pas l'oublier, nous autres surtout, qui avons tous les jours l'occasion de dérober, souvent avec des chances d'impunité. Et ne crois pas qu'il en coûte de passer, sans y toucher, à côté d'une chose qu'on pourrait s'approprier sans danger d'être vu ; c'est au contraire une source de bonheur pour l'âme, car, vois-tu, le bonheur consiste beaucoup à pouvoir se dire qu'on n'a pas fait de mal aux autres hommes, et qu'on a essayé de leur faire un peu de bien. Mais assez de morale pour aujourd'hui, car je sais que tu n'as l'intention de faire tort à personne. Passons donc à autre chose. Dis-moi, sais-tu lire ? »

L'apprenti ne répondit qu'en rougissant.

— Eh bien, mon garçon, continua le colporteur, il n'y a guère de profession possible pour celui qui ne sait ni lire, ni écrire. Celui-là est comme un ouvrier qui n'aurait qu'un bras : les neuf dixièmes des métiers lui sont interdits. Des nos jours, *illettré* est à peu près synonyme *d'infirme*. J'espère que tu ne demanderas pas mieux que d'apprendre à lire. Veux-tu commencer tout de suite, car il y a un excellent proverbe qui conseille de ne jamais remettre au lendemain ce que l'on peut faire le jour même.

Georges souscrivit avec joie à cette proposition. Le colporteur tira de sa balle un de ces petits alphabets à deux sous qui constituaient l'un des accessoires de sa pacotille, et la leçon commença.

La scène qui se passa alors eût tenté le crayon d'un artiste. Penché sur l'épaule du petit bonhomme, le maître guidait son doigt inexpérimenté à travers le dédale de figures noires qui dansaient devant ses regards étonnés comme une troupe de pantins malicieux. Quand Georges avait dit *a*, le père Isidore s'écriait : Très bien ! comme s'il eût vu s'accomplir un travail de Titans. Si l'enfant parvenait à nommer deux lettres de suite, c'étaient des applaudissements à ébranler tous les échos des environs. Enfin, après des hésitations, des tâtonnements sans nombre, l'élève réussit à nommer couramment les cinq premières lettres, en allant de gauche à droite, puis de droite à gauche, tantôt commençant par l'une et tantôt par l'autre. Après cet effort, il avait le front couvert de sueur.

— Assez pour une fois, dit le colporteur. Nous reprendrons la leçon demain. Aux affaires maintenant.

Et tous deux partirent débiter leurs marchandises au village voisin.

CHAPITRE II

Georges était depuis quatre ans avec le père Isidore. Le bon colporteur s'était attaché à lui comme à un fils, et il voyait avec joie son affection payée de retour et ses leçons couronnées des plus heureux résultats. L'enfant, en effet, était bon, confiant, attentif et, de plus, fort instruit pour son âge, car son père adoptif consacrait chaque jour plusieurs heures à la culture de son esprit. Quant à l'éducation, elle se faisait, pour ainsi dire, toute seule, chacune des actions du père Isidore étant un bon exemple, et chacune de ses paroles une invitation affectueuse et douce à la pratique du bien.

C'est à cette époque que se place une petite aventure qui devait avoir sur l'avenir de Georges une influence décisive.

Un jour, son maître l'avait envoyé à Nancy faire une commission. En traversant la place Stanislas, il aperçut, sur un trottoir, une petite fille de six ans environ, belle comme un enfant Jésus, qui regardait tout autour d'elle d'un air embarrassé. Georges s'arrêta, moitié par

curiosité, moitié parce qu'il n'avait jamais vu une physionomie aussi douce et aussi mignonne. La petite fille
le remarqua, lui sourit, sembla faire un effort, et enfin
s'approcha de lui.

— Etes-vous un bon petit garçon ? demanda-t-elle.

— Mais je le crois, ma gentille petite demoiselle.

— Alors voulez-vous me conduire ?

— Vous conduire où ? chez vous ?

— Non pas. Je me suis sauvée de la maison, et je
saurai bien y retourner quand il faudra.

— Comment ! vous vous êtes sauvée de chez vos parents !

— Pas de chez mes parents..... de chez madame
Viombois. Mais que cela ne vous inquiète pas. Je ne me
suis pas sauvée pour de bon.

— Je ne comprends pas. Dites-moi seulement alors
où je dois vous conduire.

— Voilà, continua-t-elle, en prenant la main de
Georges. Je n'ai plus de maman ; je ne l'ai jamais
connue... Je voudrais bien l'avoir encore, comme les
autres petites filles, pour être caressée comme elles
le sont... Mais elle est au ciel, ma bonne maman, et
ce n'est que là que je pourrai la voir... Papa est en
Italie pour y construire des chemins de fer. En partant
d'ici, il m'a laissée chez madame Viombois, mais je ne
l'aime pas, cette madame. Elle est méchante ; elle ne
rit jamais et dit toujours qu'il vaut mieux lire ou tricoter
que de jouer. Cependant, ça serait bien bon de jouer
de temps en temps, n'est-ce pas ?

— Oui, mais il faut aussi apprendre à lire.

— Mais je sais lire, je sais même écrire. J'ai déjà copié une jolie lettre que j'enverrai à papa pour le jour de l'an. C'est lui qui sera content! Madame Viombois dit que mon écriture n'est qu'une pataraffe et qu'il faut recommencer. Mais voilà six fois que je recommence et je crois qu'il n'y a pas moyen de mieux faire. Si vous voyiez cela! C'est du beau papier rose avec une pensée en tête et mon nom au bas : Marie Jarville. C'est moulé!

— Fort bien. Mais où allons-nous, ma mignonne?

— Ecoutez donc! Est-ce que vous êtes si pressé? Moi je ne me sens pas de joie de n'avoir plus devant les yeux la figure longue de madame Viombois... Elle me grondera, je le sais, elle me punira, elle me fera pleurer....

— Vous faire pleurer! s'écria Georges en se redressant. Que j'apprenne cela. Je lui arracherai son bonnet si elle se permet seulement de vous dire un mot plus haut que l'autre.

Le petit homme prenait son rôle de cavalier au sérieux, et, son imagination s'en mêlant, il se voyait déjà aux prises avec le terrible dragon en jupons dont la tyrannie assombrissait les jours de sa protégée. Il leva le poing, ses yeux lancèrent des éclairs — du moins il le crut — et il ne quitta son air belliqueux que lorsqu'il s'aperçut que sa petite compagne avait peur de lui.

— Ne faites donc pas comme cela, lui dit-elle en se reculant, cela vous rend trop laid.

Ce compliment peu flatteur dissipa les ardeurs ven-

LA FIANCÉE DU CONDAMNÉ 11

caresses de Georges, et il pria l'enfant de lui désigner le but de sa course.

— Écoutez-moi bien, répondit-elle, et vous allez voir que j'ai raison d'être sortie sans permission. Avant de partir pour l'Italie, papa se promenait un jour avec moi. En passant dans une rue, que je ne me rappelle pas, il vit, à l'étalage d'une grande boutique, un beau vase qui lui plaisait beaucoup. Il voulait l'acheter ; mais le marchand ayant dit que ce vase coûtait cinquante francs, papa le trouva sans doute trop cher et le laissa. Vous comprenez maintenant : voici le jour de l'an, je veux acheter le vase et l'envoyer à papa pour ses étrennes ; il verra ainsi que sa petite Marie n'oublie pas ce qui peut lui faire plaisir. J'ai parlé de mon projet à madame Viombois, mais la méchante m'a répondu que j'étais folle. Moi, je trouve que je ne suis pas folle, j'ai mis dans ma tête que papa aurait le vase, et il l'aura.

— Fort bien, fit Georges ; mais chez quel marchand trouver ce vase, comment le payer et comment l'envoyer en Italie ?

— Nous chercherons le marchand. Quant à le payer, voici...

Elle tira de sa poche une jolie petite bourse où brillaient trois pièces d'or.

— Un ami de papa, un beau monsieur fort riche, continua-t-elle, m'a donné cela avant de partir, pour m'acheter des gâteaux et des poupées. Moi, je préfère acheter le vase. Je suis bien maîtresse de le faire, n'est-ce pas ?... Maintenant, pour l'envoyer en Italie, je compte sur vous. Vous êtes grand et vous devez savoir beaucoup de choses... Vous m'aiderez, dites? et je vous aimerai bien...

Cette confiance décupla aux yeux de Georges sa valeur personnelle, et il répondit avec assurance, non seulement qu'il trouverait le moyen de faire l'envoi, mais qu'il n'y avait rien au monde qu'il ne fût prêt à tenter pour le plaisir de mademoiselle Marie Jarville.

Tout en causant, ils avaient parcouru plusieurs rues. Soudain la petite fille poussa un cri :

— C'est là ! dit-elle avec des yeux rayonnants de joie.

Georges regarda et aperçut le fameux vase qui se prélassait au milieu d'un cortège de bougeoirs, de tasses et de soucoupes.

Il fut acheté, payé, et les enfants sortirent emportant leur trésor.

Restait la question de l'expédition. Le petit colporteur se renseigna et apprit qu'il fallait d'abord s'adresser à un emballeur, puis aux messageries nationales.

Ils cherchèrent et trouvèrent un emballeur... Hélas ! quel désastre les attendait ! Un apprenti maladroit prit le vase, l'entoura de paille et... le laissa tomber à terre. Il était en quatre morceaux.

Comment peindre la désolation de la petite Marie ! Elle pleurait, sanglotait, se tordait les mains. Elle ramassait les débris du précieux vase, les regardait avec douleur, puis regardait Georges comme pour implorer son assistance.

Celui-ci n'était guère moins désolé que sa petite amie, car il ne lui venait même pas à l'idée que l'emballeur pouvait être tenu de rembourser le prix du vase. Tout à coup son front se dérida, ses yeux sourirent à l'enfant, et, la prenant par la main :

— Venez vite, lui dit-il, venez vite !

Elle se laissa faire. Les passants regardaient curieusement ce jeune garçon qui courait à toutes jambes, traînant pour ainsi dire après lui une petite fille éplorée. Mais il s'en inquiéta peu ; il avait son idée.

Au bout de cinq minutes, ils étaient de nouveau chez le marchand de porcelaines. Georges raconta l'accident qui venait de leur arriver, demanda un autre vase semblable au premier et le paya, au grand ébahissement de sa compagne qui croyait rêver. Et il fut bien heureux à ce moment-là, car il sentit les petites mains de Marie saisir une des siennes et la presser avec ferveur.

— Voulez-vous, dit le marchand, que j'emballe moi-même ce vase, puisqu'il est destiné à voyager ? Ma marchandise me connaît, et vous n'aurez pas d'accident à craindre. Bien plus, je me charge de l'envoyer à destination.

La réponse fut affirmative et le marchand se mit à l'œuvre. Mais au moment où il allait faire disparaître le vase dans une couche de paille hachée, la petite fille s'approcha de lui et lui dit, en levant ses beaux yeux encore tout humides de larmes :

— Monsieur, ce vase est pour papa ; voulez-vous que je lui donne un baiser avant de m'en séparer ?

Le marchand sourit avec bonté, accéda au vœu de l'enfant et termina son opération.

—- Maintenant, dit-il, tout est pour le mieux. Mettons l'adresse…,,. C'est fait. Dans huit jours, l'envoi de mademoiselle Marie Jarville sera en Italie entre les mains de son père.

Quand les enfants eurent quitté la boutique, la petite Marie resta quelques minutes sans prononcer une parole. Son rêve était réalisé, et elle s'abandonnait à la joie de son âme. Puis, tout à coup, se jetant dans les bras de Georges, elle l'embrassa avec effusion :

— Vous êtes un bon petit garçon, lui dit-elle ; je vous aime de tout mon cœur, et je vous aimerai toujours. Et puis, je dirai tout à papa, quand il sera revenu ; et il vous fera de beaux cadeaux ; et il vous construira un chemin de fer pour vous tout seul….,.

— Mais, ma chère Marie, répondit le jeune garçon, je n'ai pas agi dans l'espoir d'être récompensé. Cela me faisait si mal au cœur de vous voir malheureuse, que je n'ai pu m'empêcher de vous venir en aide. Le père Isidore m'a dit souvent qu'une bonne action n'a plus de mérite si on la fait en vue de quelque intérêt particulier. Je lui raconterai l'usage que j'ai fait de mes économies, et je suis sûr qu'il approuvera ma conduite.

— Qui est-ce, le père Isidore ?

— Mon patron, ou plutôt mon père adoptif.

— Est-il aussi bon que vous ?

— Mille fois meilleur.

— Il ne vous gronde jamais ?

— Jamais. Il sait se faire aimer et me rendre sage sans gronder.

— Je voudrais bien le connaître… Voulez-vous m'emmener avec vous, pour demeurer tous ensemble ? Je tiendrai le ménage, je ferai la cuisine...

— Vous ! répondit Georges en riant. Certainement, nous serions bien contents de vous avoir avec nous et je vous aimerais comme ma sœur ; mais que dirait madame Viombois ? Et votre papa, que penserait-il d'une petite fille qui se soustrait ainsi à la volonté paternelle ?

— C'est vrai. Mon Dieu, que je suis donc malheureuse ! Ce serait si gentil de vivre avec vous, tandis que madame Viombois est si laide, si méchante ! Mais au moins promettez-moi que vous reviendrez me voir.

— Je vous le promets.

— Et que vous amènerez le père Isidore avec vous.

— Si c'est possible.

Ils étaient arrivés à quelques pas de la maison de madame Viombois.

— Adieu, mon petit ami, dit Marie à Georges en l'embrassant encore, adieu ! Je penserai à vous tous les jours, tous les jours. Je vous broderai une jolie cravate et de beaux mouchoirs...

Elle s'arrêta. Madame Viombois était à trois pas d'eux, pâle de colère.

Marie disparut dans un corridor.

Madame Viombois toisa Georges des pieds à la tête, avec dédain, et murmura les mots vaurien, vagabond. Le jeune garçon eut envie de lui riposter et même d'entrer dans la maison pour veiller à la sûreté de sa protégée ; mais il comprit le ridicule d'une pareille démarche, tourna le dos à la terrible mégère, et alla s'acquitter de la commission dont l'avait chargé le père Isidore.

Le soir, après souper, Georges raconta à son protecteur l'aventure de la matinée.

— Tu as bien fait, répondit le colporteur. Celui qui donne une joie au cœur d'un enfant ou d'un vieillard est agréable à Dieu.

Le lendemain, à son lever, Georges constata avec étonnement que le contenu de sa bourse se trouvait augmenté de cinq pièces d'or.

CHAPITRE III

LA SÉPARATION.

On concevra facilement que Georges n'oublia pas la petite Marie, et que le souvenir de l'aventure où il avait joué un rôle si chevaleresque, prit dans sa jeune imagination des proportions presque épiques. Plusieurs fois il se surprit écrivant des lettres à sa protégée : il l'exhortait à être bien sage, à attendre patiemment le retour de son père, à ne pas contrarier madame Viombois, et surtout à ne plus se risquer seule dans la rue. A ce propos, il lui racontait de lamentables histoires d'enfants volés par des bohémiens, et lui faisait un tel tableau de leurs infortunes, que ses cheveux se hérissaient sur sa tête à mesure qu'il écrivait. Mais il n'eut jamais le courage de faire partir une seule de ces longues lettres. Quand il approchait de la poste, bien résolu à ne pas reculer, il lui semblait voir se dresser devant lui l'image redoutable de madame Viombois, et tout son enthousiasme se résolvait en un soupir de terreur.

Enfin, par une belle matinée, Georges, après en

avoir reçu la permission du père Isidore, résolut d'aller à Nancy, avec le projet bien arrêté de voir la petite Marie, en dépit de madame Viombois et même de la ville entière. Un chevalier du moyen âge, partant pour délivrer sa dame prisonnière, n'était pas plus déterminé que lui. Dans la prévision des combats qu'il aurait à soutenir, il s'arma d'un gros bâton, et songea même à acheter un revolver. S'il renonça à ce dernier projet, ce fut dans la seule pensée que les détonations de l'arme pourraient effrayer sa petite protégée.

En approchant de la maison de madame Viombois, Georges hâta le pas afin de ne pas donner à son ardeur le temps de se refroidir. Il leva le marteau de la porte et le laissa retomber d'une main ferme. Personne ne répondit. Il frappa de nouveau : toujours rien. Enfin une voisine parut à sa fenêtre et lui dit que madame Viombois était en voyage et ne reviendrait pas avant trois mois, peut-être plus.

Georges demanda où elle était allée. La voisine répondit qu'elle était partie pour l'Italie ; M. Jarville l'avait priée de lui conduire sa fille. Il paraît, ajouta-t-elle, que ce monsieur est très malade.

La fenêtre se referma, et Georges s'éloigna tristement.

.   .   .   .

Le soir du même jour, après souper, le père Isidore le fit asseoir à côté de lui :

— Garçon, dit-il, j'ai à te parler sérieusement. Tu auras bientôt treize ans, tu es intelligent et tu me rends de grands services. Mais je te regarde comme mon fils et, à ce titre, je dois vouloir ton bien avant le mien.

Parle-moi franchement ; aimes-tu l'état de colporteur ?

— Comment voulez-vous que je ne l'aime pas, répondit Georges, puisque c'est le vôtre et le mien, et qu'il nous fait vivre tous deux ?

— Ce n'est pas répondre, cela. N'aimerais-tu pas mieux faire un métier plus facile et plus lucratif ? Parce que je me suis fait colporteur, ce n'est pas une raison pour que tu le sois également. Moi, je suis un original ; mais il n'est pas écrit que tu doives marcher sur mes traces. Quelque chose me dit que tu peux faire mieux que moi. Réfléchis bien. Un jour viendra où tu songeras à te marier, et ce n'est pas une existence bien enviable pour une femme que celle que tu pourrais lui offrir en prenant la suite de mes affaires. Qu'en penses-tu ?

— Je m'en rapporte à votre sagesse et à votre affection.

— Il y a longtemps que je rumine un plan, continua le père Isidore. J'ai observé que tu avais du goût pour la mécanique : je t'ai vu un jour démonter et remonter une pendule qui ne marchait plus, et elle a bien marché depuis ; une autre fois, tu as trouvé tout seul, et après un simple examen, le vice d'une nouvelle machine à battre le grain, laquelle ne battait rien du tout ; bref, je te crois né pour les sciences mécaniques, est-ce vrai ?

Georges n'avait jamais pensé qu'il aimait la mécanique. Toutefois, après un instant de réflexion, il dut avouer que son protecteur ne se trompait pas.

— De nos jours, reprit le père Isidore, la mécanique

est une science qui, outre la satisfaction qu'elle donne à l'esprit, mène facilement à la fortune. Un bon mécanicien transforme les barres de fer en barres d'or. Je crois donc qu'il faut te lancer dans cette carrière. Mais comme je ne veux pas que tu sois un simple ouvrier, réduit toute sa vie à battre ou à limer le fer ; comme je veux que tu puisses joindre la théorie à la pratique, il faut commencer par les études scientifiques sans lesquelles la mécanique n'est plus qu'un travail de manœuvre. Un bon mécanicien doit connaître à fond le dessin, les mathématiques, la physique et même la chimie. J'ai tout prévu. Un de mes amis d'enfance dirige à Paris une école spéciale où tu passeras quelques années. Nous verrons ensuite à t'introduire dans quelque grande fabrique de machines, et je ne désespère pas de t'en voir un jour le directeur. Je te donne jusqu'à demain pour une réponse. Tu me diras si tu es prêt à partir pour Paris ou si je dois porter mes vues d'un autre côté.

Le lendemain, Georges déclara nettement au père Isidore qu'il ne voulait pas aller à Paris.

— Et pourquoi ? demanda le colporteur.

— Par la simple raison que je ne veux pas vous quitter.

— Ce n'est pas tout, continue.

— Vous commencez à vieillir, et vous êtes seul sur la terre. Si je vous quitte, vous n'aurez plus personne pour vous rendre la vie douce, pour vous aider, pour vous soigner, si vous tombez malade. Et puis, je ne suis pas assez enfant pour croire que le maître de pension de Paris me prendra chez lui sans qu'il vous en coûte rien. Or, je ne veux pas que vous dépensiez pour moi les économies qui doivent mettre vos vieux jours à l'abri du besoin.

— Ceci me regarde, répondit le père Isidore. Du reste, tu te trompes beaucoup en croyant que je fais un calcul tout à fait désintéressé. Il est vrai que ton instruction entraînera des frais ; mais, quand elle sera complète, tu gagneras de l'argent à ton tour, et tu me rembourseras. Ce n'est donc qu'un prêt que je te fais, et comme je suis persuadé que tu es un honnête garçon, je n'hésite pas à le faire. Il faut bien s'obliger en ce monde. Tu partiras donc dans deux jours, c'est une affaire entendue.

En effet, deux jours après, Georges arrivait à Paris.

Il se distingua dans ses études et ne trompa en rien les espérances que son bienfaiteur avait fondées sur lui. Chaque année il revenait, pendant les vacances, à la petite maison du père Isidore, et les deux amis passaient de longues et douces heures à causer science, morale ou littérature. Le jeune étudiant apportait, dans ces entretiens, sa verve, son ardeur et ses saillies ; le vieillard y apportait la profondeur de sa logique, la sagesse de ses réflexions et une telle variété de connaissances que son interlocuteur en était parfois stupéfait.

— Il y a un mystère dans la vie du père Isidore, se dit un jour le jeune homme. Il a été autre chose que colporteur, mais je saurai respecter son secret.

Pendant ce temps, qu'était devenue la petite Marie ?

Sa pensée vivait toujours dans le cœur de Georges avec ces teintes suaves et poétiques dont s'entourent les plus doux souvenirs de notre enfance. A plusieurs reprises, il fit des recherches pour avoir des nouvelles de son amie ; mais elles restèrent sans résultat.

CHAPITRE IV

L'AMAZONE.

Douze années s'étaient écoulées depuis le jour où Georges était parti pour Paris. Il avait vingt-quatre ans et était devenu le principal employé d'une grande fabrique de presses typographiques. Un jour, le patron le fit appeler dans son cabinet, lui annonça qu'il était extrêmement satisfait de ses services, et lui proposa de l'associer à sa maison.

Georges ne voulut rien conclure avant d'avoir pris l'avis du père Isidore, pour lequel il n'avait cessé de professer une véritable piété filiale. D'autre part, sa santé ébranlée par de longues études et une application soutenue dans l'exécution de ses travaux, exigeait un séjour de quelques semaines à la campagne. De concert avec son futur associé, il prit un congé de deux mois.

Le corporteur reçut son fils adoptif avec tous les témoignages de la joie la plus vive :

— Je suis heureux de te voir, lui dit-il, mais je ne veux pas te priver d'un seul de tes instants. Ta santé réclame le grand air et l'exercice. Va donc, marche, cours, arpente vallons et collines, sans t'occuper de moi. Je vois, du reste, que tu as pris tes précautions : deux fusils de chasse, des filets ; c'est parfait. Seulement, fais bien attention de ne pas te risquer sur les chasses réservées. Là, à gauche, se trouve la maison de campagne de Renémont, avec propriété attenante, dont le maître n'entend pas plaisanterie sur le chapitre chasse. Si tu passes de ce côté, prends garde aux écriteaux.

— Et qui est ce nouveau voisin que je ne me rappelle pas avoir connu ? demanda Georges.

— Je ne saurais te le dire au juste. Tout ce que je sais de positif, c'est qu'il est très riche et qu'il a fait annoncer de tous côtés qu'il avait affermé le droit de chasse sur plusieurs lieues carrées, dans la région la plus giboyeuse. Il paraît qu'il sévira sans pitié contre les Nemrods qni s'aventureront sur les terres réservées.

— Eh bien, nous chasserons d'un autre côté. Ce monsieur me paraît un peu féodal, mais il est dans son droit.

Le lendemain, à quatre heures, Georges était debout et parcourait la campagne bien avant que le soleil eût paru à l'horizon. Cet exercice lui paraissait délicieux, et il plaignait de tout son cœur ses amis de Paris, encore attardés dans un lit qu'ils ne devaient quitter que pour passer dans la lourde atmosphère de l'atelier. A sept heures, il n'avait encore rien tué ; peut-être même n'avait-il pas songé au gibier, et plus d'un lièvre, en le voyant passer, dut réfléchir en lui-même que ce grand jeune homme était probablement un membre important de la Société protectrice des animaux.

Vers huit heures seulement, il remarqua que sa course, au lieu de l'éloigner de Renémont, l'avait conduit à cinq cents mètres au plus de cette maison de campagne. Il se rappela les avertissements du père Isidore et tourna ses pas dans une autre direction.

Bientôt il se trouva au bord de l'étang des Saulsottes, dont la digue servait de jonction entre deux chemins vicinaux. Un troisième chemin, venant des bois, aboutissait perpendiculairement sur cette digue et se trouvait ainsi communiquer, par deux coudes, avec les voies principales de transport.

— Voilà, se dit Georges, en examinant la digue dépourvue de garde-fous et même de simples contreforts en terre, voilà un endroit dangereux pour les voitures et les cavaliers. Qu'un cheval fasse un pas de trop en venant de ce chemin des bois, et il ira faire connaissance avec les brochets de l'étang.

A peine avait-il fait cette réflexion, que des cris déchirants, venant de la direction du bois, frappèrent son oreille. Il leva les yeux et vit en droite ligne, devant lui, un cheval emporté, entraînant une jeune fille dans sa course folle. L'amazone était presque debout sur sa selle: de ses deux mains crispées, elle tordait les rênes, et son effort était si puissant, si désespéré, que la bouche de l'animal, déchirée par le mors, laissait couler un flot de sang.

Dans de pareils moments, la pensée de l'homme va vite. En présence du danger imminent que causait le voisinage de l'étang, Georges eut d'abord l'idée de loger une balle dans le poitrail de la bête. Mais celle-ci, sous la pression du mors, tenait la tête baissée, et il n'était pas possible de viser au cœur. D'autre part, en tirant à la tête, la balle pouvait glisser et aller blesser la jeune fille.

— Lâchez les rênes! cria-t-il de toutes ses forces.

L'amazone n'entendit pas ou ne comprit pas. Georges jeta donc son fusil, se tint debout au milieu du chemin et attendit de pied ferme, bien décidé à s'élancer à la tête du cheval. Mais sa tentative échoua : le cheval le renversa, lui passa sur le corps, sans toutefois lui faire de blessures graves, et alla terminer sa course furieuse dans l'étang, emportant l'amazone avec lui.

Quand le jeune homme se releva, quelques rides à la surface de l'eau lui indiquèrent seules l'endroit où il devait diriger ses recherches. Il plongea une première fois, mais sans résultat. Il recommença : cette fois il découvrit parfaitement le cheval, mais l'amazone n'était pas à côté de lui. Il revint sur la berge et regardant de nouveau l'endroit où se trouvait le cheval il réfléchit alors que l'amazone avait dû être désarçonnée dans sa chute et, par conséquent, lancée à gauche à plusieurs pieds plus loin. Son calcul était juste, car, plongeant une troisième fois, il arriva précisément à l'endroit où était tombée la jeune fille. Il la saisit et se disposait à regagner la rive avec son précieux fardeau ; mais, tout à coup, il sentit son bras droit immobilisé comme s'il se fût trouvé entre les mâchoires d'un étau. Par un de ces mouvements convulsifs, si redoutés des sauveteurs, et qui se produisent quelquefois chez les personnes près de se noyer, l'amazone avait rivé ses deux mains au poignet de son libérateur. Ses ongles s'enfonçaient dans les chairs et son étreinte était si violente que le jeune homme se crut perdu avec elle. Par un miracle de force, il parvint à se dégager. Il entendait alors très distinctement, à quelques pas de lui, des cris et des paroles d'encouragement : sans doute on était venu à son secours. Il fit un dernier effort ; de la main gauche, saisissant les cheveux de la noyée, il nagea de la droite, et parvint enfin à s'emparer d'une corde que lui tendait un paysan penché sur la berge. Ses forces étaient à bout, mais l'amazone était sauvée.

Le paysan enleva la jeune fille dans ses bras, la porta dans sa chaumière et la laissa aux soins de sa femme. Georges avait indiqué les soins à donner.

Une demi-heure après, le jeune homme et l'amazone, tous deux vêtus d'habits villageois que leur avaient prêtés leurs hôtes, se trouvaient en présence :

— Monsieur, dit la jeune fille en tendant la main à son sauveur, je vous dois la vie. C'est beaucoup ; indiquez-moi le moyen d'acquitter ma dette.

— Mademoiselle, répondit Georges, ce n'est pas moi que vous devez remercier en premier lieu. Sans le secours que nous a donné à temps le brave propriétaire de cette chaumière, à l'heure où je vous parle, nos corps seraient sous les eaux, et nos âmes dans un monde meilleur.

— Votre dernière réflexion me plaît. Je suis heureuse de voir que vous n'êtes pas matérialiste, comme beaucoup de jeunes gens de notre époque, et que vous croyez à un monde meilleur, c'est-à-dire à Dieu et à l'immortalité de l'âme. Mais ne déplaçons pas la question. Je vous ai dit que je vous devais la vie, et je vous ai prié de m'indiquer le moyen d'acquitter ma dette.

— Mademoiselle, vous n'avez contracté aucune dette à mon égard. Admettons un instant que j'aie tout le mérite de vous avoir sauvé la vie : que trouvez-vous là de si digne d'éloges ? Dix-neuf hommes sur vingt, à ma place, auraient fait ce que j'ai fait. Chaque jour, il y a des gens qui se jettent à l'eau pour en sauver d'autres qui se noient, et la chose est si simple en elle-même que personne n'y fait, pour ainsi dire, attention. Je vous assure, mademoiselle, que s'il se fût agi d'une femme vieille et laide, d'une mendiante même, au lieu d'une charmante jeune fille comme vous l'êtes, je n'aurais pas hésité à me jeter à l'eau. Je n'ai fait que petitement mon devoir, et je ne veux aucune récompense. Ne parlons donc plus, je vous en prie, de dette à acquitter. Vous gâteriez tout le plaisir que j'éprouve à avoir pu vous être utile.

— Soit, dit-elle, je n'en parlerai plus. Mais vous ne pouvez me refuser de vous conduire à mon père, pour qu'il ait au moins le bonheur de remercier le sauveur de sa fille. Si vous craignez qu'il ne vous accable de protestations, je ferai appel à votre galanterie, et vous prierai seulement de prêter votre bras à une amazone désarçonnée qui regagne la maison à pied.

Georges s'inclina en signe d'assentiment.

Ils partirent après avoir chaudement remercié leurs hôtes et leur avoir promis, qu'avant peu, ils auraient lieu de constater qu'ils n'avaient pas obligé des ingrats.

Georges remarqua, non sans curiosité, que la jeune fille prenait la direction de la maison de campagne de Renémont. Toutefois il n'osa lui faire aucune question. Jusque-là, il l'avait peu regardée : ce fut alors seulement qu'il s'aperçut que si sa compagne n'était pas une beauté parfaite, elle avait une physionomie ravissante de douceur et d'expression. Sa voix avait un timbre caressant et mélodieux ; ses yeux tendres et bons provoquaient la confiance ; son front dégagé, pur et blanc, accusait de l'intelligence et un calme parfait de l'âme. Il y avait, dans tous ses traits, une sorte d'épanouissement naïf qui tenait de l'enfant sans rien ôter aux grâces de la femme.

Sa curiosité était donc vivement piquée, et il fut sur le point d'interroger sa jolie compagne sur son nom et sa famille. Mais il réfléchit que c'eût été au moins une indiscrétion, et il attendit les événements.

De son côté, la jeune fille ne désirait pas moins connaître le nom de son sauveur. Non moins réservée, mais plus adroite que Georges, elle résolut d'amener les explications, sans avoir l'air de les provoquer :

— Monsieur, demanda-t-elle, comment appelez-vous cet étang où j'ai failli perdre la vie?

— C'est l'étang des Saulsottes. Vous êtes donc étrangère à ce pays?

— Je n'y suis que depuis quelques jours. J'arrive de Suisse où j'ai passé une grande partie de ma jeunesse. Je connais un peu Nancy, mais je ne connais absolument rien des environs. Mon père a acheté tout récemment la propriété de Renémont, et c'est ici que désormais nous passerons quelques mois chaque année.

— L'endroit est bien choisi.

— Je le trouve d'autant mieux choisi que j'avais, depuis longues années, le projet, sinon d'y habiter, au moins de venir visiter le pays. J'a une petite dette de reconnaissance, je pourrais dire une dette de cœur, à acquitter envers une personne qui doit demeurer dans les environs. Et puisque vous êtes de ce pays, vous pourriez peut-être m'aider dans mes recherches. N'avez-vous pas connu un brave homme, dont je n'ai jamais su la profession, mais qui s'appelait le père Isidore?

— Parfaitement. C'est un colporteur, estimé et aimé de tout le monde.

— Dieu soit loué! Mais ce n'est pas tout. Le père Isidore avait avec lui un petit garçon, un petit orphelin, qu'il aimait comme un fils, et qu'il élevait — j'ai pu en faire l'expérience — dans les sentiments les plus nobles, je pourrais dire les plus distingués. Avez-vous souvenir d'avoir connu cet enfant dont le nom était Georges Martinval?

— Je m'en souviens, en effet.

— Cet enfant, Monsieur, a longtemps occupé mes

rêves de petite fille. Je n'avais que six ans lorsqu'il me rendit un de ces services qu'un cœur ingrat pourrait seul oublier. J'ai longtemps tardé à le rechercher pour lui en témoigner ma reconnaissance ; mais le moment est venu de lui montrer que j'ai la mémoire du cœur. Il faut que je le retrouve. Ce doit être maintenant un beau garçon de vingt-cinq ans environ. Il est sans doute marié, et je veux inonder de cadeaux ses petits garçons et ses petites filles.

— S'il en a, répondit Georges en riant.

— C'est vrai, je dis des folies. C'est que, voyez-vous, j'adore les enfants, et je me suis toujours figuré que, vu l'âge de Georges, vu le caractère qu'il annonçait, ce n'est qu'en aimant ses enfants que je pourrai lui témoigner toute ma reconnaissance. Savez-vous s'il est marié ?

— Je crois pouvoir vous assurer que non.

— Que fait-il ? Est-il colporteur comme le père Isidore ? a-t-il appris un autre métier ?

— Si je suis bien renseigné, il s'est fait mécanicien.

— Mécanicien ! Mais alors il habite la ville. Que ferait un mécanicien à la campagne ?

— Pour tout vous dire, il habite Paris où il a obtenu quelques succès dans sa profession.

— Eh bien tant mieux ! car il est digne de réussir. Sa prospérité me comble de joie. Mais vous m'intriguez : vous le connaissez donc personnellement ?

— Oui, je suis aussi mécanicien et, comme lui, j'habite Paris.

— Pouvez-vous me donner son adresse ? Je veux lui écrire. Il croit avoir obligé une ingrate, et je dois lui prouver le contraire.

— S'il n'y a pas d'indiscrétion, je me chargerai volontiers de lui remettre votre lettre, car je le vois tous les jours, et je prendrai la liberté d'accompagner la remise de cette lettre de longs commentaires en votre faveur.

— Ne me flattez pas, je déteste les compliments.....

— Quoi que vous puissiez dire, je ferai à Georges Martinval le plus charmant éloge de mademoiselle Marie Jarville.

La jeune fille tressaillit.

— Vous connaissez donc mon nom ?

— Il y a douze ans que je le connais... depuis le jour où une charmante petite fille me pria de lui servir de cavalier à travers les rues de Nancy...

Le cœur de Marie cessa de battre. Elle regarda Georges, pâlit, rougit ; puis, reprenant son calme, elle lui dit en souriant :

— Vous êtes un méchant ! Pourquoi ne m'avoir pas dit tout de suite que mon petit ami d'il y a douze ans était le même jeune homme qui vient de me sauver la vie ?

— Je ne savais pas moi-même que vous fussiez Marie Jarville.

— D'abord, peut-être ; mais ensuite vous avez dû le deviner facilement à mes paroles.

— J'en conviens, et je vous demande pardon d'avoir ainsi surpris vos secrets... Mais vous admettrez qu'il m'eût fallu un bien rare courage pour arrêter des confidences qui me touchaient de si près.

Marie avait un instant quitté le bras de Georges. Elle le reprit cependant, et le jeune homme s'aperçut que la confiance et l'expansion renaissaient peu à peu dans ce cœur un moment effarouché. Il ralentit la marche, et Marie ne réclama pas ; il plaça la main de la jeune fille dans la sienne, et elle ne la retira pas.

Quand ils arrivèrent à la maison de M. Jarville, un sceptique seul eût pu jurer qu'il n'y avait pas déjà, au fond de ces deux jeunes cœurs, les germes d'un amour profond et durable.

CHAPITRE V

MONSIEUR JARVILLE.

La manière dont M. Jarville accueillit sa fille et Georges, parut à ce dernier au moins étrange.

Il embrassa Marie, c'est vrai ; il félicita et remercia le jeune homme, c'est encore vrai. Mais tout cela dura trois minutes, et il en consacra dix à des lamentations sur la perte du cheval, une belle bête, disait-il, qu'il venait de payer deux mille francs. Il traita Marie de folle, d'écervelée, et l'accusa de désobéissance.

— Mais, papa, répondit doucement la jeune fille, vous savez que j'aime l'équitation ; vous ne m'avez jamais défendu cet exercice, et toute ma faute consiste à avoir voulu essayer le nouveau cheval de selle que vous veniez d'acheter. Je ne le savais pas vicieux.

— Et tu vois quel a été le résultat de ta belle équipée ! Mais n'en parlons plus... M. Martinval nous fera, je l'espère, l'honneur de déjeuner avec nous.

Le jeune homme allait refuser ; mais un regard de Marie le fit changer de résolution.

Une demi-heure après, on se mettait à table. Georges

trouva sous sa serviette un portefeuille, devina ce qu'il contenait et le motif pour lequel il avait été mis là, et le rendit à M. Jarville en rougissant.

— Mais prenez donc, dit ce dernier en se redressant comme un homme fier de ses procédés et de sa grandeur d'âme, prenez donc ! Ce portefeuille contient dix mille francs, et quelle que soit votre position, une pareille somme n'est jamais gênante dans la bourse d'un jeune homme.

Georges repoussa de nouveau le portefeuille, et M. Jarville insistant d'une façon qui devint offensante pour la délicatesse de son convive :

— Monsieur, lui dit-il enfin d'une voix calme, mais saccadée par l'émotion, je ne crois pas vous avoir donné le droit de me traiter ainsi. Pensez-vous donc que je vende mes services, et que l'appât d'une récompense puisse être pour quelque chose dans le mobile de mes actions ?

— Je n'ai pas à juger vos actions, mais je défends les miennes. Dans la circonstance qui nous occupe, j'ai un devoir à remplir, et je le remplis en gentilhomme. Au lieu de m'en savoir gré, vous repoussez mes offres avec une hauteur dédaigneuse. A chacun sa manière de voir.

Georges, sans répondre un seul mot, se leva, prit son chapeau, salua froidement ses hôtes et sortit.

Marie n'insista pas pour le retenir ; mais, au moment où il allait s'éloigner, elle lui dit à l'oreille : « Aprèsdemain, à trois heures, à l'étang des Saulsottes. »

— Ce Jarville est un ours, une brute, se disait Georges

en retournant chez le père Isidore; mais il faut bie[n]
avouer que sa fille est un ange. Quel malheur qu'un[e]
créature si belle et si bonne soit sous le joug d'un êtr[e]
si despotique et si grossier!

Quand le jeune homme fut parti, Marie rentra dan[s]
sa chambre et fondit en larmes.

M. Jarville entendit ses sanglots et alla la rejoindre

— Qu'as-tu à pleurnicher ainsi? lui demanda-t-i[l]
durement. Te voilà encore dans tes lubies!

— Ah! mon père, mon père! répondit la pauvr[e]
Marie, comme vous avez traité indignement mon sauveur, lui si bon, si désintéressé! Vous lui avez fait un[e]
affront qu'il n'oubliera pas, et son amitié est perdue
pour nous.

— Une belle perte, ma foi! J'ai vu tout de suite où
le gaillard voulait en venir.

— Et où pensez-vous, mon père, qu'il voulût en
venir?

— Ce n'est pas sorcier, vraiment. Le matois s'est
dit : « J'ai eu la chance de sauver la vie à une jeune
personne jolie et riche. Je vais la demander en mariage,
et on ne pourra pas me la refuser. »

— Mon père, vous insultez un homme qui ne le
mérite pas. M. Martinval est incapable d'un si misérable calcul. Je puis l'affirmer, car je le connais, moi.

— Ah! tu le connais! Mais, sur ma parole, on dirait
que tu en es déjà amoureuse. Je voudrais bien voir cela.
Rappelle-toi ce que je vais te dire: « Ce jeune freluquet
va revenir à la charge, car sa sortie n'est pour moi
qu'une sortie de comédie; tu me feras donc le plaisir

de le recevoir de façon à lui montrer qu'une fille de ta fortune et de ton rang n'est pas faite pour un mécanicien. »

— Je n'aurai pas la peine de mal le recevoir, car il ne reviendra pas, soyez-en sûr.

M. Jarville quitta la chambre, et Marie resta, pendant deux longues heures, plongée dans une méditation profonde. Quand elle sortit de cette méditation, un observateur intelligent eût pu remarquer que son visage, d'ordinaire si calme et si doux, avait revêtu, pour ainsi dire, une physionomie nouvelle. La décision, la volonté, et quelque chose de plus encore, pouvaient s'y lire à la place des sentiments naïfs et paisibles de la première jeunesse.

CHAPITRE VI

LE RENDEZ-VOUS.

Georges fut fidèle au rendez-vous donné par Marie. Bien avant trois heures, il se promenait sur la jetée de l'étang des Saulsottes, à l'endroit même où s'était passé le drame de l'avant-veille.

Marie ne tarda pas à paraître à son tour. Elle aborda le jeune homme sans timidité, comme sans effronterie, et lui dit simplement :

— J'espère, monsieur, que vous n'aurez pas mal interprété mes intentions lorsque j'ai pris la liberté, bien étrange à première vue, de vous donner un rendez-vous. Mais j'ai tellement été affligée de la conduite de mon père à votre égard, que j'ai senti qu'il était de mon devoir de venir vous en demander pardon. D'autre part, je ne puis oublier que je vous dois la plus grande joie de mon enfance, et que si j'existe encore, c'est grâce à votre courage. Il est probable que je n'aurai plus jamais l'occasion de vous revoir; je tiens donc à vous dire, une bonne fois, que le souvenir de votre bonté et de votre désintéressement est gravé dans mon cœur, qu'il n'en sortira jamais, et que vous êtes l'homme que j'estime le plus au monde. Adieu, monsieur. J'aurais bien aimé à être pour vous une sœur, à vous soutenir dans vos luttes, à vous consoler dans vos revers, si vous en avez ; mais ce doux rôle m'est refusé. Ma pensée, au moins, restera avec vous, et je prierai Dieu qu'il vous comble de ses faveurs et de ses bénédictions.

— Mademoiselle, répondit Georges, puisque c'est la dernière fois que nous nous voyons, voulez-vous m'accorder une grâce : c'est de me consacrer seulement un quart d'heure, et de me raconter votre histoire depuis le jour où vous avez quitté Nancy. En échange, je vous dirai la mienne, en quelques mots. De la sorte, nos souvenirs seront moins vagues et nos pensées auront plus de sujets sur lesquels elles pourront se reporter. Pour mon compte, je vous avoue que ma curiosité à votre égard est très surexcitée, et que je vous quitterais avec peine si je ne devais jamais savoir quelles ont été vos joies et vos peines depuis douze années. Vous me pardonnerez, je l'espère, ce caprice en considération de l'intérêt profond que je vous porte.

Marie répondit par un sourire à la demande de Georges, appuya son bras sur le sien, et se mit à conter son histoire, ou du moins tout ce qu'elle en savait.

Le moment n'est pas venu de faire connaître le récit de la jeune fille. Une personne, mieux informée qu'elle, nous dira plus tard les étranges aventures auxquelles elle avait été mêlée, sans en avoir le moindre soupçon.

Le quart d'heure de causerie que Georges avait sollicité était écoulé depuis longtemps, et les deux jeunes gens ne songeaient pas à se séparer. Les confidences continuèrent, et elles allèrent si loin que, au moment des adieux, les aveux les plus tendres avaient été échangés.

— Hélas ! dit tout à coup Marie, comme si elle fût sortie d'un rêve, nous parlons de nous aimer toujours... Mais mon père consentira-t-il ?

— Ne craignez rien, répondit Georges, j'ai peu vu votre père, mais je crois déjà le connaître et je sais le moyen de me le rendre favorable. Je serai riche avant peu. Il y a là, dans ma tête, un projet que je ne voulais mettre à exécution que dans deux ou trois ans : il le sera avant six mois. Quel est ce projet ? me demanderez-vous. Le voici : j'ai trouvé un système de presse qui laisse aussi loin derrière lui les systèmes actuellement usités, que les chemins de fer ont laissé loin derrière eux les diligences les plus rapides. Et ce n'est pas seulement dans ma tête que ma nouvelle machine existe : elle existe de toutes pièces dans mon cabinet où j'ai pu l'expérimenter à loisir et me convaincre de ses immenses avantages. Je retourne à Paris immédiatement, je signe mon contrat d'association, j'exploite ma découverte, et, dans un an, je suis l'un des directeurs de la première fabrique de presses de l'Europe et du Nouveau-Monde. Alors nous verrons ce que pensera M. Jarville.

— Dieu vous écoute ! mon ami. Dans un an ou dans dix ans, vous me retrouverez toujours la même, aimante, dévouée et fidèle.

Ils se parlèrent encore quelques instants à voix basse, puis se séparèrent, le cœur un peu triste, mais rempli des plus douces espérances.

Georges confia son secret à son père adoptif. Celui-ci hocha la tête, essaya quelques conseils ; mais, voyant que Georges avait des idées bien arrêtées, il se décida à le laisser libre de ses actions.

Dans la nuit même, Georges repartait pour Paris. Il ne songeait plus à profiter de son congé, et la santé lui était revenue comme par enchantement.

CHAPITRE VII

UNE CATASTROPHE.

M. Merviller, le futur associé de Georges, fut étonné d'un si prompt retour. Toutefois, il reçut son jeune ami avec les témoignages de la joie la plus vive :

— Je ne vous cacherai pas, lui dit-il, que je craignais de vous perdre. Je sais, en effet, qu'une maison, rivale de la mienne, vous a fait des offres séduisantes et j'aurais été désolé de vous voir passer à l'ennemi, si toutefois il peut y avoir des ennemis sur le terrain de la science et du travail. Mais vous voici ; tout est pour le mieux. La confidence que je viens de vous faire vous donne le droit d'être exigeant, puisque vous en conclurez que je tiens à vous, ce dont je ne me défends pas.

C'était au contraire une raison pour Georges de n'être pas trop exigeant. Les arrangements furent donc bientôt terminés, et l'on fixa au surlendemain la signature du contrat en vertu duquel il devait devenir co-directeur de la maison Merviller et Cⁱᵉ.

M. Merviller était un homme très loyal, comme son langage nous l'a prouvé ; mais, il était aussi d'une

timidité extrême, et ce qui, à ce moment, le chagrinait
le plus, c'était de rompre définitivement avec un
ancien commanditaire, son ami d'enfance, dont l'intru-
sion dans les affaires de la fabrique avait failli plusieurs
fois en compromettre gravement le succès. Georges
connaissait cet homme, qui s'appelait Brunet, et en
avait mauvaise opinion.

— Voici tous les livres de la maison, dit M. Merviller. Les écritures sont à jour. Faites donc le compte
de Brunet, et chargez-vous d'en finir avec lui. Vous me
rendrez un grand service.

La commission ne plaisait guère à Georges ; il fit des
objections ; mais M. Merviller insista si fortement que
le jeune homme dut lui promettre de le débarrasser de
son gênant ami.

Le lendemain soir, Georges, après avoir compulsé
tous les livres, trouva qu'il revenait à Brunet une
somme de cinquante-cinq mille francs.

— Voilà les clefs de la caisse, dit M. Merviller, la
somme est toute prête ; prenez-la, portez-la à Brunet
et qu'il cesse de m'importuner avec ses propositions
impossibles. Il ne s'entend pas à l'industrie et ne pourrait être qu'une gêne dans la maison.

Georges se rendit immédiatement chez M. Brunet.
Celui-ci le reçut avec une extrême politesse, déclara
qu'il connaissait son projet d'association et le félicita d'une bonne fortune que, disait-il, il avait bien
méritée. Mais, ajouta-t-il, si je suis heureux de voir un
jeune homme de votre talent apporter son concours à
notre maison, je ne suis pas disposé à faire abandon de

mes droits ; en d'autres termes, je suis et reste, jusqu'à nouvel ordre, commanditaire de la maison Merviller et Cie, et j'entends, d'après une clause spéciale de mon traité, pouvoir m'immiscer dans la direction de ses affaires.

— Mais je croyais, fit Georges, que M. Merviller s'était entendu avec vous pour un nouvel ordre de choses.

— Oui, Merviller m'en a parlé, mais rien n'est encore terminé.

— Que dois-je conclure ?

— Que votre traité avec Merviller sera nul tant que le mien subsistera.

— Mais je vous apporte cinquante-cinq mille francs qui doivent le délier de tout engagement à votre égard.

— Je n'en veux pas. Je vous répète que j'ai des droits et que je ne suis pas disposé à y renoncer. Que Merviller plaide, s'il le veut.

— Il gagnera.

— Je n'en doute pas, mais ce sera long ; et puis j'ai idée qu'il ne plaidera pas du tout.

— En ce qui me concerne, Monsieur, fit Georges, en se levant, je n'ai plus qu'une chose à vous dire, c'est que je n'entrerai, à aucun prix, dans la maison Merviller tant que vous y serez.

— A votre aise, Monsieur.

Georges sortit. Il était huit heures du soir, et il n'avait pas encore dîné. Il entra dans un restaurant, tout préoccupé de l'événement imprévu qui jetait ainsi un voile sur ses destinées, et s'assit à une table isolée dans un coin.

— Eh bien ! dit tout à coup une voix à quelques pas de lui, nous faisons bande à part et nous paraissons triste. Qu'a donc ce cher Georges Martinval ?

Georges se retourna et reconnut un de ses anciens camarades d'école, Gustave Baroville, assis, également seul, à une table voisine de la sienne. Baroville fit un signe au garçon et son couvert fut placé en face de celui de Georges.

— Ah ça ! dit Baroville, tu deviens rare comme les roses sur le Mont-Blanc. Où en sont les plaisirs, les affaires ?

— Mon cher, répondit Georges, je suis dans une impasse d'où je ne puis guère sortir sans préjudice pour mes intérêts et aussi pour mon bonheur. Par conséquent, je n'ai pas tout à fait le cœur à la joie.

— Raison de plus, mon bon Georges, pour te distraire un peu. Le chagrin est un nuage qui se fond sous le soleil des plaisirs. Garçon, du champagne !

Si Georges avait prévu alors ce que devait lui coûter la société de Baroville, il lui aurait brisé son verre sur la face, au lieu de le vider à sa santé.

Une deuxième bouteille de champagne suivit bientôt celle que Baroville avait demandée, et elle fut vidée avec le même entrain. Georges avait toujours été extrêmement sobre, et le Moët produisit sur lui une sorte de fièvre qui ne lui parut pas sans charmes. Il causait autant et plus que Baroville, contait des histoires et chanta même une chanson.

La soirée se passa dans des amusements divers : partie à l'Opéra, partie aux Champs-Élysées, partie sur

3.

les boulevards. A minuit, Georges ne songeait pas encore à rentrer chez lui.

Baroville proposa d'aller souper, et on alla souper.

A une heure, Georges se disposait à regagner son lit. Quelque chose lui disait qu'il était sur le bord d'un précipice et qu'il fallait fuir. La pensée de Marie se présenta à lui, et il se demanda quelle opinion elle concevrait de son fiancé, si elle connaissait l'emploi de sa soirée. D'autre part, la somme importante dont il était porteur lui faisait un devoir de ne pas rester hors de chez lui à une heure aussi avancée de la nuit.

— Adieu, dit-il, à son compagnon ; je te quitte. J'ai à travailler demain à bonne heure.

— Qu'est-ce à dire ? répondit Baroville. Tu retrouves un ami et tu le laisses là dans la rue, comme on jette un mauvais cigare ! Ce n'est pas de jeu, ceci, mon cher. Viens au moins faire un tour à mon cercle, et après je te rends la liberté.

Il prit le bras de Georges et l'entraîna à son cercle.

L'endroit que Baroville appelait son cercle, était-il bien réellement un cercle ou simplement un tripot ? Peut-être participait-il de l'un et de l'autre. Au reste, quel cercle n'est pas un peu tripot ? Toujours est-il que le salon où Georges fut introduit, après avoir été présenté en règle, ne contenait guère, en fait de mobilier, que des tables de jeu.

Baroville s'assit à l'une d'elles, et Georges prit place à son côté. Il regarda jouer, mais loin de se laisser entraîner par les émotions du jeu, il plaignait sincèrement, au lieu de leur porter envie, les malheureux qu'il voyait acharnés à vouloir enrayer la roue de la fortune. Leur passion lui parut vile et méprisable, et, dans son cœur, il remercia Baroville de l'avoir mis à même de voir dans toute sa laideur un pareil spectacle.

Mais il est écrit que celui qui ne fuit pas le danger y périra. Sans s'en douter, insensiblement, Georges finit par prendre à la partie un intérêt d'abord purement moral. Il souhaitait un succès pour tel joueur, une mauvaise chance pour tel autre. Il s'anima peu à peu ; ces émotions poignantes, qui ont tué ou rendu fous tant de joueurs, s'emparèrent de lui. Il tira sa bourse, et dès lors, ses enjeux firent les principaux frais de la partie.

Il perdit tout l'argent qui lui appartenait, environ deux mille francs.

Bien que le démon du jeu se fût alors emparé de lui, il ne toucha pas à la somme que M. Merviller lui avait remise pour Brunet, et que ce dernier avait refusé d'accepter. Il se leva, sans trop de regrets, se proposant de tirer bon profit de la leçon qu'il avait reçue, et voulut prendre congé de Baroville.

Que se passa-t-il alors ? Georges se rappela seulement avoir bu un verre de punch que lui présenta un des joueurs, puis s'être assis de nouveau et avoir joué encore furieusement pendant plus d'une heure.

Fut-il dévalisé indignement, ou fut-il simplement victime de la mauvaise chance ? Il n'en sut rien.

Quoi qu'il en soit, à quatre heures du matin, il quittait le tripot, sans autre argent que quelques pièces blanches égarées dans ses poches.

CHAPITRE VIII

LA SEINE.

Lorsque Georges se trouva dans la rue, le vertige durait encore. Toutefois, il ne tarda pas à avoir conscience de sa situation et se sentit perdu, perdu pour toujours. Des images sinistres se dressaient devant son imagination : il voyait le père Isidore écrasé sous le poids de la honte et de la douleur; Marie se détournant de lui avec dégoût; M. Jarville plaisantant sa fille sur la belle conduite de celui qui avait osé prétendre à sa main ; M. Merviller exigeant les cinquante-cinq mille francs qu'il lui avait confiés ; et Brunet demandant avec un ricanement des nouvelles du jeune associé. A ces images s'en mêlaient d'autres non moins menaçantes : il se voyait arrêté, conduit devant un tribunal et flétri d'une tache ineffaçable. Un agent de police étant venu à passer près de lui, il tressaillit et fit un bond de côté : l'agent le regarda tout étonné et continua son chemin ; mais il sembla à Georges qu'il s'était attaché à ses pas, comme s'il eût flairé en lui un scélérat dangereux.

Il s'était à peine aperçu que Baroville était à ses côtés.

— C'est toi qui m'as volé mon argent, cria Georges, en se précipitant sur lui, aveuglé par la fureur.

Baroville ne se défendit pas.

— Fouille-moi, dit-il avec calme. Tu verras s'il me reste une seule pièce d'or.

— Dis-moi alors qui m'a volé cet argent qui ne m'appartenait pas? Dis-le, ou je t'étrangle!

— Tu l'as joué et perdu. Moi aussi, j'ai perdu tout ce que je possédais.

— Ote-toi de mes yeux, homme infernal, ou c'en est fait de ta vie!

— La douleur te rend injuste. Quand tu sera plus calme...

Georges brisa sa canne sur la tête de Baroville, et s'enfuit pour ne pas ajouter un crime à sa faute.

Il erra alors, pendant une heure, de rue en rue. Sa tête était en feu, et il sentait le sang injecter ses paupières. Il ôta son chapeau pour laisser l'air rafraîchir son front, et il le remit aussitôt : il lui semblait qu'une main invisible venait toucher ce front et le marquer d'un sceau de réprobation. S'il baissait la tête, les pavés de la rue dansaient devant ses regards et se mariaient en figures bizarres où il distinguait des cartes, des billets de banque, un tapis vert ; puis, ces figures disparaissaient pour être remplacées par d'autres où il lisait les mots de prison, de bagne. Un passant lui ayant dit *bonjour*, il crut entendre *voleur*, et s'enfuit, tremblant de peur.

Il arriva ainsi au bord de la Seine. La vue du fleuve,

gonflé par les pluies d'automne, lui arracha un cri de joie : Voilà le vrai tombeau de la honte, s'écria-t-il, en s'approchant du parapet. Un criminel comme moi ne saurait mieux choisir son lit de mort.

Une main se posa sur son épaule. Il se retourna et vit un homme en blouse, portant dans une boîte les outils de sa profession.

— Eh bien, Monsieur, dit l'ouvrier, que signifie ceci ? Je crois, sur ma parole, que vous voulez vous jeter à l'eau !

— Que vous importe? Passez votre chemin et ne vous mêlez pas de mes affaires.

— Ces sortes d'affaires, Monsieur, regardent un peu tous les hommes, car, si je ne me trompe, tous les hommes sont frères. Je ne suis qu'un simple ouvrier et vous paraissez être quelque chose dans le monde ; toutefois, cela ne m'empêchera pas de m'opposer, même par la force, à l'exécution de votre projet. Est-ce que vous croyez en Dieu, Monsieur?

— Laissez-moi, vous dis-je !

— Vous ne répondez pas à ma question. Croyez-vous en Dieu ? Avez-vous une mère ?

— Ma mère est morte, et je suis maudit de Dieu.

— Je vous plains... Voyons, ajouta-t-il, en prenant la main du jeune homme, je suppose que vous voulez vous noyer à la suite d'un revers de fortune...

— Que m'importe la fortune ? Je veux me noyer, parce que j'ai perdu l'honneur. Entendez-vous bien, je suis un voleur, un scélérat, j'ai commis un crime, et je veux mourir pour échapper à la honte.

— Il y aura ainsi sur votre mémoire deux hontes au lieu d'une, et la dernière sera la plus grave, parce qu'elle sera irréparable.

— Je vous dis que je veux me noyer... Otez-vous de mon chemin où je vous fais violence.

L'ouvrier posa à terre sa boîte d'outils, prit Georges à bras le corps et l'emporta à dix pas du parapet, malgré la résistance furieuse qui lui fut opposée.

— Écoutez-moi, dit-il alors ; puisque vous êtes dans une position si désespérée, venez chez moi et je vous cacherai jusqu'à nouvel ordre. Mon plan n'est pas de vous soustraire à la justice, si elle doit vous rechercher, mais simplement de vous donner le temps de recouvrer le calme de vos idées. Vous verrez alors ce que vous devrez faire. Un voleur de profession ne songe pas à se tuer, et votre douleur me prouve que vous êtes un honnête homme, victime de quelque accident, tout au plus d'un fatal entraînement. Tout n'est peut-être pas perdu, et vous avez sans doute des amis qui vous aideront à sortir de ce mauvais pas. En tout cas, n'oubliez pas que le suicide est une lâcheté. Toute faute peut se racheter, excepté celle-là : le Christ aurait pardonné à Judas s'il s'était simplement repenti au lieu de se pendre... Allons, venez ; je demeure tout près d'ici et j'ai une femme qui est la bonté même : elle vous soignera, car vous êtes malade, et vous verrez que les situations les plus affreuses ont quelquefois un dénouement heureux qu'on n'aurait pu prévoir. Je sais cela par expérience, moi, et j'ai peut-être été plus bas que vous.

Georges se laissa conduire. Sa fièvre s'était un peu calmée et, si son désespoir n'avait rien perdu de sa profondeur, il était moins exalté, moins violent. Un autre ordre d'idées venait de se faire jour dans sa tête, et d'autres sentiments avaient pénétré dans son cœur. Autant il avait d'abord aspiré à cacher sa honte, à l'ensevelir avec lui dans les ombres de la mort, autant il aspirait maintenant à s'accuser, à subir les conséquences de sa faute, si épouvantables qu'elles pussent être. La soif de l'expiation s'était emparée de son âme et il se sentait incapable de supporter la vie sans avoir payé la terrible dette qu'il venait de contracter.

Son exemple, après tant d'autres, prouve combien est profonde cette loi de la religion, si admirée de Jean-Jacques Rousseau, qui impose l'aveu comme la première expiation d'une faute, et fait de cet aveu la première condition du pardon, en même temps que le premier remède, le premier soulagement de l'âme malade.

Ils étaient arrivés devant la maison de l'ouvrier. Georges refusa d'entrer.

— Mon parti est pris, dit-il, avec calme. Ayez la bonté de m'indiquer le bureau du commissaire de police.

— Pas maintenant. Vous vous exagérez peut-être la gravité de votre situation. Qui sait? A votre place, je verrais mes amis et surtout la personne qui pourrait avoir à se plaindre de moi...

— Mon ami, je vous sais gré de vos excellentes intentions et surtout du service que vous m'avez rendu en m'empêchant de me noyer. Mais la résolution que je

viens de prendre est inébranlable; je veux me constituer prisonnier.

— Que Dieu vous bénisse! fit l'ouvrier d'une voix
triste.

Et il indiqua à Georges le bureau du commissaire de
police.

CHAPITRE IX

LE DÉPOT DE LA PRÉFECTURE.

L'instruction préliminaire ne fut pas longue. Georges avouait avoir reçu une somme de cinquante cinq mille francs pour une destination déterminée, et avoir perdu cette somme au jeu en une seule nuit. Il demandait de plus à être jugé le plus tôt possible. Le commissaire de police le fit donc écrouer au dépôt de la Préfecture, à la disposition du juge d'instruction.

M. Merviller, mandé pour donner sa déposition, se refusa d'abord à porter plainte. Il estimait Georges, ne pouvait croire à une préméditation et ne voyait dans les événements de la nuit qu'un fatal accident que l'intelligence et le courage du jeune homme parviendraient promptement à réparer. Mais Brunet intervint. Il était trop heureux de ce qui venait d'arriver pour ne pas essayer de laisser entre les mains de la justice celui que sa jalousie lui faisait considérer comme son plus redoutable ennemi.

— Si vous voulez, dit-il à M. Merviller, me compter

les cinquante-cinq mille francs qui viennent de disparaître, peut-être consentirai-je à en rester là, et à ne
plus me mêler de vos affaires, dont j'augure très mal
lorsque je vous vois porter de l'intérêt à un pareil
drôle... Mais si vous ne pouvez me compter ces cinquante-cinq mille francs.....

— Je ne le puis, en effet, j'ai épuisé mon crédit pour
réunir la somme que je vous destinais hier, et qui a si
malheureusement pris une autre route que celle de
votre secrétaire.

— Dans ce cas, poursuivez le voleur. Si vous ne le
faites, moi je m'en charge, car il s'agit de mon argent.
Bien plus, je vous comprends dans ma plainte, à titre
de complice.

— Vous m'indignez ! Vous savez bien que je ne suis
pas le complice de cet infortuné.

— Je n'affirme rien. Je dis seulement que je veux
voir clair dans cette affaire.

M. Merviller avait la main forcée. Il dut signer une
plainte contre Georges Martinval.

Trois hommes se trouvaient déjà dans la cellule où
fut placé le prévenu. L'un se disait ancien capitaine de
navire, mais, d'après le récit qu'il faisait de ses
prouesses maritimes, il était facile de voir qu'il avait
tout au plus commandé un canot faisant la traversée
d'Auteuil à Paris. Il était arrêté pour vol, escroquerie et
vagabondage. L'autre se vantait de l'honorable profession de *culotteur de pipes*. Il exerçait, en outre avec de
misérables filles perdues, cette coupable et ignoble

industrie dont le nom seul offense la pudeur. Il avait essayé de noyer l'enfant d'une malheureuse aux crochets de laquelle il vivait, sous prétexte que la pauvre petite créature coûtait trop d'argent, et était trop gênante pour les exigences du métier. Le troisième était le surveillant d'une grande fabrique de chocolat : on l'accusait d'avoir favorisé des détournements de marchandises, commis par certains ouvriers de la fabrique. Ce dernier seul parut à Georges être digne de quelque intérêt. Coupable ou non, il était profondément affligé et versait d'abondantes larmes en songeant à sa femme et à ses enfants.

Le *culotteur de pipes* se mit à cajoler Georges et à lui offrir ses services. Dans notre situation, disait-il, tout le monde est ami. Nulle part il n'y a plus d'égalité et de fraternité qu'à la table de sa Hautesse, le préfet de police, que Dieu garde ! Je ne parle pas de la liberté, et pour cause... Il est mal de cancaner sur le compte des absents... Donc, l'ami, je vais vous *inculquer* quelques petits *trucs* qui pourront vous aider à lessiver plus proprement votre affaire. Tout d'abord, la première règle est *d'aller à Niort...*

— Qu'entendez-vous par : aller à Niort ?

— Mon bon, ça veut dire, en langage académique, qu'il faut toujours *nier*.

— Eh bien, moi, je n'ai plus besoin de nier, puisque j'ai déjà avoué. Du reste, je n'ai de conseils à recevoir de personne. Laissez-moi tranquille.

— Ah ! je vois ; Monsieur est de la pâte dont on fait les dragées fines... Si l'on n'avait pas oublié ses gants, on les mettrait pour parler à Son Excellence..... Ces manières-là, mon garçon, vous réussiront mal quand il vous faudra trinquer à la grande gamelle de Poissy, de Melun ou de Clairvaux..... Allons, mon vieux *drille*, sans rancune. J'ai voulu commencer votre éducation ; passez-moi une cigarette et soyons camarades.

Georges sentit qu'il fallait céder et se taire. Pour avoir la paix, il donna même tous les cigares qu'il possédait. Que lui eût servi de s'emporter ? Un gardien avait déjà passé la tête au guichet et invité les locataires du numéro 40 à faire moins de *potin*. Le pauvre jeune homme comprenait déjà que le premier devoir du prisonnier est une obéissance passive, un empire absolu sur ses propres mouvements, une patience inébranlable en face de la tyrannie des autres détenus, — tyrannie auprès de laquelle la surveillance des gardiens n'est qu'un pacifique gouvernement ; il comprenait déjà, qu'à ces conditions seulement, il aurait des chances d'arriver au bout de sa pénible course sans se heurter à des obstacles qui le briseraient comme un choc violent brise le verre.

La journée avait paru horriblement longue à notre infortuné. Mais la nuit lui réservait des angoisses encore plus cruelles. Au coup de cloche qui annonçait l'heure du coucher, il se jeta sur un des lits de la cellule et essaya de dormir ; mais ce fut en vain. La fièvre l'avait repris et des cauchemars épouvantables faisaient délirer son cerveau et oppressaient sa poitrine. Il se leva et voulut se promener, mais il fut rappelé à l'ordre par un de ses voisins qui lui déclara qu'il n'avait pas le droit de priver les autres de leur sommeil. Georges s'excusa, regagna son lit et essaya de pleurer ; mais les larmes ne vinrent pas. Sur le matin, le sommeil gagna ses membres épuisés de fatigue ; mais ce sommeil, au lieu de lui apporter le calme et le repos, fut un aiguillon de plus à sa douleur. Il rêva que le père Isidore et Marie étaient auprès de son lit : le vieillard tenait à la main un poignard et la jeune fille l'engageait à frapper en disant : « Tuez le scélérat! il n'est plus digne de vivre. » Puis il vit un salon magnifique où l'on se préparait pour la danse : Marie, rayonnante dans son costume de mariée, se penchait avec amour sur le bras de son mari, et lui disait à l'oreille : Mon bien-aimé, vous connaissez tous mes secrets ; il en est un cependant que je ne vous ai pas encore dit. Tâchez de le deviner... Mais vous pouvez donner votre langue aux chiens. Ce secret, c'est que, parmi mes adorateurs, j'ai eu un voleur...

— Par exemple !

— C'est comme je vous le dis.

— Et l'avez-vous aimé... un peu ?

— Quelle plaisanterie !

Et la jeune mariée éclata de rire.

La cloche, en donnant le signal du lever, mit fin à ce rêve affreux. Georges fit son lit à l'ordonnance, comme les autres, et s'assit dans un coin sur un tabouret fixé au mur par une chaîne.

Silvio Pellico, dans une page de son admirable livre, *Mes prisons*, a dépeint avec cette poignante exactitude que donne à l'écrivain l'expérience personnelle du

malheur, les impressions qui assaillent le prisonnier lorsqu'il se réveille pour la première fois en
prison :

« Le réveil, après une première nuit passée en prison, est chose horrible ! — Est-ce possible, disais-je, en
me rappelant où j'étais, est-ce possible ! Moi ici ? Je ne
rêvais donc pas ? C'est bien hier que je fus arrêté, hier
que l'on me fit subir ce long interrogatoire, qui continuera demain, pour finir, qui sait quand ? C'est bien
hier soir que, avant de m'endormir, je pleurai tant en
songeant à mes parents ?

« Le repos, le silence absolu, le court sommeil qui
avait restauré mes forces mentales, semblaient avoir
centuplé en moi la force de la douleur. Dans cette
absence totale de distractions, l'angoisse que causerait
la nouvelle de mon arrestation à ceux qui m'étaient
chers, en particulier à mon père, à ma mère, se
peignait dans mon imagination avec une force incroyable.

« En ce moment, disais-je, ils dorment encore tranquilles, ou s'ils veillent, leur pensée se reporte peut-
être tendrement vers moi, sans qu'ils puissent même
soupçonner le lieu où je suis ! Heureux, si Dieu les enle-
vait de ce monde avant que la nouvelle de mon malheur
arrive à Turin ! Qui leur donnera la force de supporter
un pareil coup ?...

« Une voix intérieure semblait me répondre :

« — Celui que tous les affligés invoquent, aiment et
sentent en eux-mêmes ! Celui qui donna la force à une
mère de suivre son fils au Golgotha et de rester au pied

de la croix, l'ami des malheureux, l'ami des mor
tels ! »

Georges se rappela cette page de l'illustre captif; il l
médita et en tira quelques consolations :

— Voilà ! se dit-il, voilà un homme qui était une de
gloires, une des lumières de son pays, tandis que mo
je ne suis qu'un pauvre diable dont la disparition de l
scène publique n'a pas plus d'importance que celle d
plus misérable pensionnaire d'un dépôt de mendicité
Il avait un père, une mère, des sœurs qu'il chérissait e
dont il était chéri, tandis que moi, je ne suis qu'un
orphelin élevé par charité. Eh bien! il a passé les dix
plus belles années de sa vie dans un cachot ; et que
était son crime ? Il avait cherché à soustraire son pays
au joug de l'étranger : ce qui est un acte de courage et
non un crime. Mais moi, je ne suis qu'un misérable ;
j'ai forfait à l'honneur; pourquoi me plaindrais-je quand
lui, la victime, le martyr, n'a eu de parole amère pour
personne, pas même pour ses plus cruels persécu-
teurs?

Georges repassa successivement dans sa mémoire les
principaux épisodes de la captivité du grand patriote,
et, à chacun de ces épisodes, il se rappelait que le prisonnier du Spielberg avait toujours cherché dans l'idée
de Dieu un point d'appui pour résister aux tentations
du désespoir, et grandir en force d'âme à mesure que
les calamités s'accumulaient sur sa tête. Comme lui,
il n'avait jamais été impie ; mais, comme lui aussi, il
sentit qu'à certains moments ce n'est pas assez de

n'être pas impie. Les larmes jaillirent silencieusement de ses yeux et il se mit à prier.

N'est-ce pas Paul-Louis-Courier qui a dit : « Il est désolant, dans les jours de malheur, de n'avoir pas la foi ! Dans ces jours-là, mieux vaudrait pouvoir adorer des fétiches que de ne rien adorer du tout. »

CHAPITRE X

MAZAS.

Georges Martinval était écroué depuis quinze jours à la maison d'arrêt de Mazas.

Nous ne pouvons dire qu'il était heureux ; mais les pensées sombres et désespérées avaient cessé de hanter son âme, pour faire place à la résignation. Seul, dans sa cellule, il méditait, lisait, priait et cherchait à se retremper dans cette vigoureuse philosophie de la religion, qui a des remèdes pour toutes les maladies morales. Comme il aimait sa solitude, à la seule pensée que, dans quelques semaines, il serait jeté au milieu de la foule des condamnés, obligé de vivre de leur vie, de subir leur contact, d'entendre leurs discours obscènes, ou au moins ridicules, d'assister à leurs débauches intimes ! Sans doute, parmi ces condamnés, il s'en trouverait de bons, dignes de pitié, d'amitié même ; mais, dans les prisons, ceux-là observent le règlement, se taisent, travaillent, restent isolés le plus possible, pour ne donner aucune prise sur eux, et leur sympathie, si elle existe, ne saurait se manifester et former un contre-poids aux déboires de cette horrible vie en commun. Comme il appelait de tous ses vœux cette loi qui doit isoler les condamnés, maintenir bons ceux qui sont encore bons, améliorer ceux qui ne sont qu'égarés, et terrifier ceux qui font du vice leur métier, en les mettant dans l'impossibilité de se faire les apôtres du crime et en les laissant seuls, avec leur conscience, dans une redoutable solitude !

Cette loi existe aujourd'hui, et, malgré les obstacles sans nombre dont son application est hérissée, on peut entrevoir le jour où elle sera pour les bons détenus une consolation et une défense, pour les mauvais une perspective menaçante et terrible. Elle existe, et c'est peut-être avec la loi sur la réhabilitation, la plus sage, la plus moralisatrice et la plus vraiment chrétienne du dix-neuvième siècle.

Un matin, on remit à Georges deux lettres, arrivées à son ancienne adresse et que la poste avait fait suivre.

L'une était de Marie et conçue en ces termes :

Mon bien cher Georges, je souffre de ne pas recevoir de vos nouvelles. Vous deviez m'écrire tous les huit jours, et voilà plus de trois semaines que je joue le rôle de sœur Anne. Ne dirait-on pas que vous êtes enfermé dans un cachot mystérieux ou échoué sur une île déserte ? Ou bien, est-ce que quelque jolie parisienne m'aurait volé les clefs de votre cœur ? S'il en est ainsi, Monsieur l'infidèle, je vous préviens que j'ai, à mon tour, un bel amoureux sur la planche. Dimanche dernier, nous avons eu la visite d'un voisin qui s'était fait accompagner de son fils, un beau garçon de vingt-cinq ans, répondant au nom d'Achille. Ce nom seul devrait vous faire frémir. N'est-il pas synonyme d'invincible ? Pendant toute la soirée, j'ai été le point de mire d'œillades tellement assassines, que je ne suis plus du tout sûre de mon cœur. Soyez donc sur vos gardes ; la place est cernée, l'ennemi touche aux portes, et si vous ne faites une vigoureuse sortie, je ne garantis pas la résistance de l'assiégé.

Mais je plaisante, mon bien-aimé Georges, et j'ai peut-être tort. Je cherche à m'étourdir sur mes inquiétudes. Votre silence serait-il causé par des ennuis d'affaires ? S'il en est ainsi, écrivez-moi quand même, et ne craignez pas que les plus mauvaises nouvelles puissent en rien diminuer mon affection. Vous me connaîtriez bien peu s'il vous venait de pareilles idées.

Je me prends à réfléchir que vous trouverez peut-être singulier que je vous écrive la première. Mais non, cette pensée ne vous viendra pas. N'est-ce pas que les sottes conventions du monde n'ont rien à voir dans nos affaires de cœur ? Vous m'aimez, j'en suis convaincue, et je n'ai pu rester plus longtemps sans vous assurer de nouveau que je vous aime aussi, et que je vous aimerai toujours, en dépit de tous les revers de fortune, quels qu'ils puissent être ; car je devine que c'est quelque chose de ce genre qui vous fait garder le silence.

Mon père n'a plus jamais reparlé de vous ; je crois même qu'il s'inquiète peu si vous êtes mort ou vivant. Je profite de cette situation pour aller voir le père Isidore et causer de vous avec lui : nous sommes les meilleurs amis du monde. Quel noble cœur que celui de ce bon vieillard ! Ah ! mon ami, vous avez en lui un véritable trésor de sagesse, d'affection et de dévouement. Il est un peu inquiet à votre égard. Écrivez-lui donc, ou, si vous êtes trop pressé, écrivez seulement à l'un de nous deux ; cela suffira à la rigueur. Cependant, je préférerais avoir, pour moi toute seule, une bonne petite lettre, bien tendre, bien aimante, que je cacherais sur mon cœur et que je porterais à mes lèvres quand je me sentirais un peu triste.

Au revoir, mon fiancé bien-aimé. Pensez à la petite Marie, car elle pense beaucoup à vous.

MARIE.

Quand le prisonnier eut terminé la lecture de cette lettre, des larmes de douleur brillaient dans ses yeux :

— Pauvre Marie ! s'écria-t-il, pauvre enfant ! Elle me parle de notre amour, sans se douter qu'il est brisé à jamais. Elle traiterait d'infâme menteur celui qui irait lui dire que, à ce moment, je suis en prison, que je vais être jugé, et jeté, probablement pour longtemps, dans une de ces sombres maisons où la justice, gardienne des intérêts de la société, retient, dans une flétrissure commune, les voleurs, les escrocs, les faussaires, les dépositaires infidèles, les hommes de mœurs tarées, les vagabonds, et, en général, tous les individus dangereux pour la sécurité et l'honneur des familles ! Pauvre Marie ! elle ne le croirait pas ; elle rirait au nez

de celui qui tenterait ainsi de troubler son bonheur....
et pourtant cela est vrai !

Il prit ensuite connaissance de la lettre de père Isidore :

... Je présume, disait le vieilllard, que ton silence
est motivé par une mauvaise tournure de tes affaires.
Sois prudent. Sans doute, tes idées sont bonnes, et je
ne doute pas de la réussite ; mais il faut choisir un
moment opportun, attendre même, si les circonstances
l'exigent.

... J'ai beaucoup réfléchi à ton projet de mariage
avec Marie. Maintenant que je connais cette charmante
et bonne jeune fille, je ne puis que t'approuver et
t'encourager. Marie est certainement une femme exceptionnelle, et son époux ne saurait qu'être parfaitement
heureux. Elle vient me voir presque tous les jours, car
son père ne s'occupe guère de ce qu'elle fait. Je cause
avec elle, nous parlons de toi, et j'ai pu me convaincre
que, si l'amour qu'elle te porte n'a rien de violent, rien
d'exalté, il est profond, pur et dévoué. Je ne te sou-
haite pas de malheurs, mais s'il t'en arrivait, tu pourrais être sûr que l'affection de Marie ne ferait que
grandir avec les épreuves. Sa douceur, sa gentillesse
presque enfantine ne l'empêchent pas d'être de la race
des femmes fortes. Elle a dû t'écrire, il y a deux ou
trois jours, car elle m'a demandé si elle pouvait le faire
sans s'exposer à voir sa démarche mal interprétée par
toi. Je lui ai répondu que les cœurs loyaux et sincères
allaient toujours droit au but indiqué par le devoir ou

le sentiment, sans se préoccuper de certaines formalités, de certaines coutumes, qui peuvent être bonnes en
général, mais qui admettent de nombreuses exceptions.

Marie, en effet, me semble dans une position exceptionnelle, et je n'ai pas le courage de la blâmer d'avoir
des secrets pour son père. Ce dernier est tout à fait
indifférent à son égard, et je crois qu'il n'a rien dans le
cœur qui ressemble aux sentiments d'un père pour
sa fille. Marie ne doit rien à l'éducation ; mais elle a
pour se guider un instinct merveilleux qui lui fait deviner ce qui est bien et ce qui est mal, aimer l'un et
éviter l'autre. C'est une sorte d'enfant de la nature : ce
qu'elle est, ce qu'elle sait, elle le doit à ses propres
efforts et à une organisation morale extraordinaire-
ment riche. Elle ressemble à ces fleurs modestes, iso-
lées dans un coin, dont le jardinier ne soupçonne
même pas l'existence, et qui, un beau jour, se révèlent
à ses yeux émerveillés avec une parure éclatante et un
parfum délicieux.

J'aime cette jeune fille, parce qu'elle t'a donné son
cœur, mais plus encore parce qu'elle est aimable par
elle-même. Je pourrais ajouter que je l'aime surtout
parce qu'elle ressemble étrangement à une personne
qui m'a été chère. Mais tu ne pourrais me comprendre
sans connaître mon histoire, que je ne t'ai jamais ra-
contée. Je le ferai peut-être un jour. . . . .
. . . . Je n'ai pas encore vu M. Jarville,
et ne tiens pas à faire connaissance avec lui. Du reste,
il est probable qu'il ne sait même pas si j'existe, et
s'il le sait, je dois lui être complètement indifférent.

On dit beaucoup de mal de lui ; il est dur pour ceux qui l'entourent et méchant avec tout le monde. Marie n'en parle qu'avec le plus grand respect, mais je suppose qu'il la rend malheureuse. Il mettra sans doute des obstacles à la réalisation de vos vœux ; mais si tu réussis, grâce à ton intelligence et à tes efforts, tout s'aplanira. Cet homme avare et vaniteux cèdera devant les seuls arguments qu'il puisse comprendre.

. . . . . Travaille donc. Le travail et la persévérance sont des clefs qui ouvrent toutes les portes de l'avenir. Cependant que ton activité ne t'empêche pas, de temps à autre, d'écrire deux ou trois lignes à ton vieil ami qui n'aime que toi et ta douce fiancée.

ISIDORE.

Jusqu'à ce jour, Georges n'avait pas encore eu le courage d'écrire à son père adoptif pour lui annoncer le désastre où sombraient en même temps son honneur et son bonheur. Il avait encore moins songé à écrire à Marie.

Après la lecture de ces deux lettres, il se demanda s'il devait rompre le silence.

— Peut-être, se disait-il, peut-être mon bienfaiteur me pardonnera-t-il. Mais, s'il me pardonne, aurai-je jamais le courage de reparaître devant ses yeux ? Non, je n'aurai pas ce courage. Et quant à cette jeune fille si pure et si bonne, dont j'ai trompé l'amour, je préférerais mourir sur-le-champ que de lui écrire que je suis un voleur. Qu'elle m'oublie, la pauvre enfant ! Je n'étais pas digne de la posséder ; j'aurais pu la rendre malheureuse. C'est un bonheur pour elle d'avoir échappé à la triste destinée qui la menaçait si elle eût associé son existence à la mienne. Oui, sans doute, elle pourrait pousser la générosité jusqu'à m'écrire qu'elle me pardonne, mais pourrait-elle m'aimer encore ? Non ; et si elle le disait elle serait victime d'une illusion de son cœur. Il est impossible que cette jeune fille puisse aimer un homme flétri par la justice. Je n'écrirai ni au père Isidore, ni à Marie. Ils me croiront perdu et et finiront par m'oublier. Aucune puissance humaine ne pourrait me rendre les biens inestimables qui m'ont échappé par ma faute. Il ne me reste plus qu'à payer ma dette à la société, et quand j'aurai payé cette dette, j'irai cacher ma honte dans quelque coin ignoré du monde, pour y attendre une mort qui sera toujours trop lente à venir.

CHAPITRE XI

LA ROQUETTE.

Georges Martinval ne tarda pas à passer en jugement.

L'aveu loyal de sa faute, son repentir visiblement sincère lui valurent l'indulgence du tribunal, et il ne fut condamné qu'à dix-huit mois de prison.

Douze jours après, il fut écroué au dépôt des condamnés, vulgairement appelé la Roquette.

Les premières formalités, en arrivant à cette prison, consistent à se laisser abattre totalement les cheveux et la barbe, et à se dépouiller des vêtements civils pour endosser l'uniforme de la maison. « Il y a là, a écrit un ancien aumônier de la Roquette, M. l'abbé Touzé, il y a là quelque chose de bien humiliant, de bien dégradant pour l'homme qui a reçu les bienfaits de l'éducation, qui a eu dans le monde ce qu'on appelle une certaine position. Il semble qu'en quittant les habits qu'il portait dans la vie libre, qu'à chaque pièce de vêtement qu'il laisse, il doit voir son honneur, sa dignité tomber par morceaux. Cette dénudation totale doit être pour lui l'image de l'absence du respect et de l'honneur qui l'ont abandonné; l'image de l'horreur qu'il inspire aux gens de bien. Les vêtements qu'il prend ont servi... à qui? peut-être à un assassin!... O homme, si tu avais connu les détails d'une prison avant d'être coupable, tu ne l'aurais jamais été, tu n'en aurais jamais fait la triste expérience. »

Le même aumônier raconte à ce sujet une anecdote assez piquante.

« Un jeune lion, habitant du boulevard des Italiens, dépensa un peu trop vite la somme que, chaque année, ses parents lui envoyaient pour vivre à Paris et y faire son stage. Les plaisirs, les passions demandaient encore, et il n'avait plus rien à leur donner. Une petite escroquerie procura de l'argent, mais elle donna naissance à une poursuite judiciaire, et notre lion dut passer un an à la Roquette.

« C'était dur, et pourtant le croiriez-vous? la privation de la liberté, la nourriture grossière, la vie du prisonnier n'étaient pas ce qui le punissait davantage. Il y a certains détails de prison qui sont plus poignants que la détention elle-même; l'accessoire l'emporte souvent sur le principal... Il fallait changer de linge; on donna à notre homme une chemise... bien blanche, bien propre... mais ce n'était pas de la batiste de l'Inde. Vous comprenez que le chemisier de la rue Richelieu n'avait pas présidé à la coupe, à la confection de ce vêtement de première nécessité. Notre dandy la regarde, la tourne, la retourne... Quel gros tissu! et puis ça et là quelques solutions de continuité!... Son cœur était gros... Oh ! si bonne mère le voyait près de mettre une telle chemise !...

« Il fallut l'endosser. C'était le soir, pas moyen de dormir ; la rudesse de ce gros linge ne s'harmonisait pas du tout avec la peau fine du délicat personnage. Et puis une sombre idée vint ajouter au trouble de son esprit. Cette chemise a servi... à qui ? peut-être à un forçat... à un condamné à mort ?... Horreur !...

« Notre homme est sorti ; il est sage maintenant, et il disait, il n'y a pas longtemps : — Quand mes faux amis veulent m'entraîner dans les lieux qui ont causé ma perte, je pense à la chemise de la Roquette ; un sentiment d'horripilation me parcourt tout le corps et je vole à mon étude. »

A la Roquette, tous les détenus vivent en commun, sauf quelques exceptions, par exemple les *musiciens*. On donne ce nom à ceux qui ont *cassé du sucre* ou *remué la casserole*, locutions qui signifient : vendre ses complices, faire des dénonciations.

Les condamnés sont astreints au travail, bien que d'une façon peu régulière, car cette prison est surtout un lieu de passage, une station où l'on est tenu à la disposition de l'administration pour être dirigé sur une maison centrale ou expédié à la Nouvelle-Calédonie.

C'est réellement un lieu sinistre que le préau de la Roquette, quand les cinq cents condamnés qu'elle renferme s'y promènent par groupes où l'on voit à peine se dessiner quelque physionomie ouverte, quelque front intelligent : « Il y a là, dit encore l'abbé Touzé, des hommes si dégradés, qu'ils n'ont plus rien à perdre de liberté, d'honneur, car ils sont condamnés à toujours... Leur vil intérêt, l'infâme désir d'avoir des complices les rendent apôtres, apologistes du crime et propagateurs de toutes les idées les plus absurdes et les plus opposées au bonheur de l'individu, de la famille et de la société. Et pourtant, parmi ces grands criminels, il faut bien le dire, il se trouve des hommes condamnés seulement pour une faute légère, suite d'un mouvement de colère, lequel n'a pas laissé à l'intelligence le temps d'apprécier la valeur morale d'une action ; des hommes qui, jusque là, avaient vécu honorablement au sein de la société, de jeunes intelligences de dix-huit ans, coupables, il est vrai, mais encore susceptibles de recevoir les meilleurs impressions de vertu. . . .

. . . . . Parmi ces êtres si dégradés, il y a encore de l'intelligence, de la mémoire, de la volonté, de l'amour ; il y a l'homme, en un mot. Vous n'êtes pas en présence d'un cadavre ; il y a de la vie, et tant qu'il y a de la vie morale, il y a espoir d'amélioration morale.

« Désespérer du retour à la vertu, c'est accuser la parole du souverain médecin qui a dit qu'il fallait pardonner toujours. C'est tuer le zèle de la charité, et le plus grand malheur de l'homme coupable est d'entendre la voix perfide qui lui annonce que toute réhabilitation est impossible ; alors il ne s'estime plus lui-même, et quand l'homme ne s'estime plus, il se vend pour peu de chose, il se donne pour rien. »

Ce serait une grande erreur de ne voir dans ces paroles de l'abbé Touzé, que l'expression du zèle d'un prêtre qui pardonne facilement parce que le Christ a en-

seigné qu'il fallait pardonner, et qui croit à la possibilité
des conversions par ce que tel est le but de son ministère. Jean-Jacques Rousseau a été plus loin que lui, en
avançant qu'il n'y a pas de si grand scélérat dont on
ne puisse faire un honnête homme ; et les annales pénitentiaires relatent des faits nombreux dont il faut absolument conclure que les natures les plus tarées, en
apparence, ont encore quelque coin secret dans l'âme,
où il reste du sentiment, de la dignité, de l'honneur
même. Nous aurons occasion plus loin de rapporter
quelques-uns de ces faits. Pour le moment, contentons-
nous de dire que si le jeu, le vin et les femmes sont
les causes les plus fréquentes qui mènent, pour la première fois, tant de malheureux en prison, ce ne sont
pas toujours celles qui les y ramènent dans la suite. Ce
qui les conduit à la récidive, ce qui fait pour eux de la
prison une sorte d'abîme fascinateur, c'est la fatale
opinion qu'ils conçoivent d'eux-mêmes. Ils se croient
pour toujours marqués d'une tache infamante que rien
ne saurait laver ; ils s'imaginent que le monde entier
pense à eux, comme si le monde n'avait pas autre chose
à faire ; ils se replient sur eux-mêmes, se nourrissent
d'idées noires, se considèrent comme des parias que la
société a vomis et qu'elle ne voudra plus reprendre. Au
lieu de chercher à remonter la pente sur laquelle ils
ont glissé, ils se laissent descendre plus bas, fausse-
ment convaincus qu'il est impossible de regagner le
point de départ. Enfin, ils finissent réellement par se
croire des êtres à part, destinés à vivre à part, comme
les lépreux d'autrefois, et l'idée ne leur vient même

plus qu'il y a encore une place pour eux au milieu des autres hommes. Alors, ils en arrivent à cette triste conclusion : puisque la société *m'a déclaré* la guerre, je déclare la guerre à la société.

La société ne déclare la guerre à personne. Elle se protège, quand la chose est nécessaire, mais elle ne va pas plus loin. Une fois le danger passé, elle l'oublie, et elle ne reprend ses armes, qui sont purement défensives, que devant un nouvel attentat à la propriété ou à la sécurité de ses membres.

Sans doute, une condamnation a des effets lamentables. Mais que d'autres événements dans la vie ont également des conséquences graves qu'on ne peut réparer qu'au prix d'efforts longs et généreux ! Un condamné ne devrait voir dans le châtiment qui lui est infligé que ce qu'il contient réellement : une expiation pour une faute commise et un avertissement. Qu'on interroge les vieux récidivistes, dont l'existence presque entière s'est passée dans les prisons. Leur réponse sera la même : ce qui les a entraînés de chute en chute jusqu'au fond du gouffre, ce n'est pas l'impossibilité de trouver du travail, de vivre honnêtement ; c'est, comme ils le disent, de *s'être laissés aller*, de n'avoir pas cru à la possibilité d'une régénération.

Nous ne quitterons pas la Roquette sans essayer de rendre un hommage bien légitime à l'aumônier actuel de cette prison. C'est un vieillard, aux cheveux complètement blancs, à la démarche lente ; on voit qu'il commence à ployer sous le fardeau des années et du

travail. Quand il passe sur le préau des condamnés,
toutes les têtes se découvrent : et ce signe de respect
n'est l'effet ni du règlement ni de l'hypocrisie. Inter-
rogez le plus corrompu des prisonniers, et demandez-
lui ce qu'il pense de l'abbé Crozes : il vous répondra
dans le langage imagé des faubourgs, que le *bonze* est
un bon *mèque* (homme). C'est que, en effet, l'abbé
Crozes a passé sa vie à aimer le prisonnier, à lui pro-
diguer ses services, à nourrir, à vêtir les libérés sans
ressources , à leur procurer consolations , argent ,
travail. Il était possesseur d'une belle fortune qui a
passé de la sorte aux mains de ses protégés. Son petit
appartement ressemble à un magasin d'habits, et c'est
là que vont s'habiller ses trop nombreuses connaissances. Dieu seul sait le nombre des grâces qu'il a
obtenues, le nombre des malheureuses familles de
condamnés auxquelles il est venu en aide pendant
l'absence forcée d'un époux, d'un père ou d'un fils.
Ce n'est pas seulement à la prison qu'il est vénéré :
il ne se passe guère de jours sans qu'on le voie apparaître dans les bureaux du Ministère de l'Intérieur ou
de la Justice; là, il plaide pour ses pauvres prisonniers,
et il faut le dire, à la gloire des deux ministères, on
lui accorde tout ce qui est conciliable avec les règlements et les lois. Si un détenu apprend qu'une démarche en sa faveur, tentée par l'abbé Crozes, n'a pas
réussi, il n'en accuse pas son protecteur : il reste convaincu que la chose était impossible.

Tout le monde connaît les aventures de l'aumônier de
la Roquette pendant les jours néfastes de la Commune.

Il reçoit, un matin, un billet mystérieux le prévenant qu'il va être arrêté s'il ne se cache immédiatement. Le billet émanait d'un ancien condamné, devenu capitaine d'un bataillon fédéré. L'aumônier ne bouge pas ; il est arrêté. Le capitaine va le voir et lui propose de le faire évader ; l'abbé Crozes refuse. Pour couper court à tout, le capitaine emploie un stratagème, enlève pour ainsi dire son protégé et va le cacher en lieu sûr. L'armée de Versailles entre dans Paris. Alors l'aumônier court aux autorités militaires, et s'y prend si bien qu'il obtient la promesse que son protecteur sera épargné. Il se met à sa recherche ; les balles ne lui font pas peur ; il se mêle aux combattants ; il veut trouver le capitaine. Enfin, il apprend que ce dernier est cerné avec son bataillon à Vincennes. Il y vole, mais il arrive trop tard. Le capitaine venait d'être pris les armes à la main et fusillé.

Quelle belle leçon à tirer de l'exemple de ces deux hommes qui, divisés d'opinions politiques et religieuses, luttent de courage et de dévouement pour acquitter une dette de reconnaissance ! N'est-ce pas le cas de rappeler la parole du Christ, qui a dit simplement : « Aimez-vous les uns les autres », sans ajouter qu'il fallait faire des distinctions de castes ou de personnes, et promulguant ainsi, en quelques mots, le véritable code de la fraternité.

CHAPITRE XII

Georges Martinval ne resta que six jours à la Roquette.

Conformément à la loi, il fut extrait de cette prison pour aller subir sa peine dans une maison centrale.

A titre de mécanicien, il fut classé dans un atelier où l'on travaillait le fer, et ne tarda pas à se faire remarquer par sa bonne conduite et le soin qu'il apportait aux travaux dont il était chargé.

Le patron de l'atelier, alors en quête d'un détenu sérieux, capable en même temps de tenir ses écritures, de présider à la distribution du travail et de veiller à ses intérêts, jeta les yeux sur le nouveau-venu, et obtint facilement pour lui, du directeur, sa nomination à l'emploi de comptable.

Cet emploi, dans une prison, n'est pas sans avantages. D'abord, le condamné qui en est investi, est dispensé de tout travail manuel et, la plupart du temps, il peut disposer de quelques loisirs. De plus, la discipline est un peu relâchée à son égard; il n'est pas rigoureusement astreint au silence, et l'administration lui laisse une certaine liberté d'action, à condition, toutefois, qu'il n'abuse de rien et que sa conduite soit irréprochable.

Georges prit donc possession de son poste. Il n'était pas surchargé de besogne et il utilisa ses loisirs à écrire une sorte de journal dans lequel nous puiserons souvent pour la continuation de ce récit.

EXTRAIT DU JOURNAL DE GEORGES.

. . . .

. . . . Me voici assez confortablement installé pour un prisonnier. J'avais rêvé pire que cela. Il est donc vrai qu'à brebis tondue Dieu mesure le vent.

Le patron de l'atelier est un brave homme, un peu brusque, mais pas rancunier. « Faites bien mon travail, m'a-t-il dit, et je vous laisserai tranquille dans votre coin ; car il me semble que vous n'êtes pas un homme à mettre du désordre nulle part... »

Mon début n'a pas été aussi heureux auprès des ouvriers de l'atelier. On m'avait fait, je ne sais pourquoi, une réputation de pédant. J'ai même saisi au vol le mot *aristo*, et j'ai remarqué qu'on me lançait des regards où se lisaient visiblement la prévention et la défiance. Un petit événement a changé la direction des idées. Le patron avait eu une discussion avec un ouvrier ; il s'agissait d'une question de tarif. D'après les documents officiels qui m'avaient été remis et me servaient de guide, j'ai compris tout de suite que le détenu n'avait pas tout à fait tort, et je me suis permis une simple observation. Le patron l'a écoutée et a donné satisfaction au réclamant. Alors j'ai vu les visages des détenus s'épanouir, et désormais ils me tiennent pour un homme. *Homme,* en style de prison, désigne celui qui soutient ses camarades et ne sert pas l'autorité par des bassesses. On pourrait augurer de là que celui qui cherche à se faire valoir par des procédés vils et hypocrites, doit nécessairement être appelé *femme.* Pas du tout; il reçoit un surnom bien plus énergique, celui du modeste quadrupède que les poètes appellent génisse. Quand un détenu a mérité cette appellation, il peut se considérer comme toisé et jaugé. Sa réputation est faite, et il lui faut de longs efforts pour rentrer dans la catégorie des *hommes.*

En ce qui concerne le patron, loin de me garder rancune, il a ri de bon cœur de sa petite mésaventure, et les ouvriers, qui ne laissent échapper aucune occasion de s'amuser un peu, ont fait chorus. Ils ont été charmés de la bonne grâce avec laquelle il acceptait sa défaite, et j'ai pu entendre des phrases comme celle-ci : Quand on a un patron qui est juste, on a plus de goût au travail.

Voilà donc ma réputation faite, non pas aux dépens du patron, comme je l'avais craint d'abord, mais à son avantage. Tant il est vrai que la sincérité et l'équité sont toujours les meilleurs moyens de sortir d'une position difficile. Au reste, j'ai déjà pu remarquer que l'administration et les négociants qui font travailler dans les prisons, s'ils prêtent quelquefois l'oreille aux rapports des flatteurs, des cajoleurs, tiennent les auteurs de ces rapports dans un profond mépris. L'hypocrite et le *mouchard* sont estimés à leur juste valeur par ceux-là mêmes dont ils croient mériter la faveur et l'estime. On ne se trompe pas sur le but de leurs démarches, et ce sont eux qui, à l'occasion, sont gratifiés des applications les plus sévères du règlement. . .

. . . .

. . . . La pensée de mon père adoptif, celle de Marie, me reviennent sans cesse à l'esprit et plongent mon cœur dans de cruelles tortures.

Sans doute, ils ont tout appris depuis longtemps. Qu'ont-ils pensé ? Qu'ont-ils dit ? Comme le père Isidore a dû pleurer ! et comme Marie a dû me mépriser, et regretter les élans d'un cœur trop prompt à se donner à un misérable tel que moi ! Peut-être en ce moment procède-t-elle aux préparatifs de son mariage avec ce jeune voisin dont elle me parlait en plaisantant. Pauvre fille ! Je ne sais si je l'aime encore, car mon cœur a souffert de telles tortures qu'il semble endormi dans une éternelle léthargie. Mais qu'importe que je l'aime ou non ? Que Dieu la rende heureuse ! Je ne la reverrai jamais, et je ne voudrais pas pour tout l'or de l'Amérique, qu'elle fût en ce moment devant mes yeux . . . .

. . . .

. . . . . Je me sens triste jusqu'à la mort. Et pourtant quelque chose me dit que, si j'ai perdu un bonheur dont j'étais sans doute indigne, il y a encore une autre sorte de bonheur pour moi. C'est celui que donne la paix de la conscience, le sentiment du devoir accompli, la ferme volonté de mieux faire. Dieu n'a-t-il pas dit que la paix serait avec les hommes de bonne volonté? Je n'espère plus rentrer dans le monde pour y jouir des joies réservées aux autres hommes, mais j'y rentrerai pour réparer, dans la mesure de mes forces, le tort que j'ai fait à autrui. Je travaillerai, je me bornerai au plus strict nécessaire, et chaque mois je porterai à M. Merviller un à-compte sur la somme que je lui dois. Sans doute de longues années suffiront à peine à cette tâche, et mes jours seront tristes et solitaires, mais qu'importe? Rentrer en grâce avec Dieu et avec moi-même, et, s'il se peut, avec les hommes, tel doit être désormais le seul mobile de mes actions, le but unique de mon existence.

CHAPITRE XIII

DEUX LETTRES.

Le lendemain du jour où Georges écrivait ces lignes, l'inspecteur de la prison le fit appeler et lui parla en ces termes :

— M. le Directeur m'a donné d'excellents renseignements à votre égard. Il est très bien disposé pous vous. Continuez de bien vous conduire, d'être respectueux et soumis envers vos supérieurs, bon et serviable envers vos compagnons d'infortune, et vous verrez un jour que l'administration, sans oublier le rôle qu'elle a de châtier, sait aussi se donner celui d'encourager et de récompenser. Elle n'est sévère et redoutable que pour les récalcitrants, les obstinés et les vicieux.

Deux lettres sont arrivées hier à votre adresse. M. le Directeur n'a pu vous les faire remettre, parce que le règlement interdit aux détenus toute correspondance avec les personnes qui ne leur sont pas attachées par des liens de proche parenté. Mais j'ai vu ces lettres; elle ne contiennent que de bons conseils et l'expression d'une affection noble et désintéressée, et j'ai obtenu de M. le Directeur la permission de vous les remettre.

L'administration ferme un peu les yeux sur le règlement toutes les fois qu'elle juge que la morale n'est pas compromise, et que l'intérêt du détenu est en jeu. Aussi, je vous offre d'être, à l'avenir, intermédiaire entre vous et vos correspondants, car je vois, dans les personnes qui vous écrivent, de véritables anges tutélaires dont l'influence ne peut qu'être heureuse sur votre destinée. J'ai lu très attentivement les deux lettres qui vous sont adressées, et si j'ai un conseil à vous donner, c'est de ne pas fuir l'affection et le dévouement qui vous sont si généreusement offerts. Le condamné est porté à se replier sur lui-même, à se considérer comme un maudit, à s'isoler dans sa douleur. C'est là de l'orgueil, ne vous y trompez pas ; ce n'est pas de l'humilité vraie. Vous avez commis une faute : il faut l'expier, c'est la première chose à faire. Mais, tout en expiant, retrempez-vous dans de fortes pensées qui vous rendront à la société meilleur que vous n'étiez auparavant. Je vous parle ici en connaissance de cause : j'ai vu des détenus d'une valeur morale très ordinaire qui, redevenus libres, se sont montrés des modèles de toutes les vertus. C'est qu'ils avaient souffert sans murmure ; et le malheur les avait purifiés, non seulement purifiés, mais ennoblis ; car le malheur a pour effet inévitable ou d'abaisser l'homme ou de le rendre plus grand et plus fort.

Vous comprendrez que nous soyons très difficiles pour prêter la main à une correspondance entre un jeune homme et une jeune fille que n'unissent d'autres liens que ceux de l'affection. Nous le faisons cependant quelquefois, car il n'est pas rare que la vie morale d'un homme tienne à l'influence d'une femme. Nous le savons, et jamais nous n'entravons le développement de sentiments respectables. En ce qui vous concerne, il faudra répondre à votre fiancée et essayer de vous rendre digne de l'affection qu'elle est assez généreuse pour vous conserver. Votre père adoptif dit que c'est elle qui vous sauvera. Je crois qu'il a raison.

Georges se retira ému et reconnaissant. Il avait cru qu'en prison tout le monde lui jetterait la pierre, et il trouvait déjà de tous côtés, non seulement de la pitié, mais encore de la bienveillance, de la sympathie même. Souvent les détenus se plaignent d'être traités *comme des chiens :* si c'est vrai quelquefois, n'en est-il pas ainsi parce qu'ils ne font rien pour mériter un meilleur traitement? Comme on fait son lit on se couche, dit le proverbe, et le proverbe est vrai en prison comme partout ailleurs.

Les deux lettres remises à notre jeune prisonnier venaient, on l'a bien deviné, du père Isidore et de Marie.

« Mon pauvre enfant, disait le vieillard, je n'ai appris que trop tard l'affreux malheur dont tu es la première victime. Pourquoi avoir douté de mon affection? Pourquoi ne m'avoir pas écrit? Je serais allé trouver M. Merviller, j'aurais remué ciel et terre, et je serais parvenu à conjurer l'orage qui a éclaté sur ta tête. Il est trop tard maintenant pour t'arracher aux mains de la justice... Que te reste-t-il à faire? Que la souffrance soit pour toi un marche-pied pour remonter vers la vertu... Je connais par expérience les douleurs de la situation où tu te trouves ; j'ai été plus écrasé que tu ne l'es, et cependant je n'ai pas succombé... Cette révélation te surprendra, car je ne t'ai jamais conté mon histoire. Je l'écrirai tout exprès pour toi, un de ces jours, et tu verras comment, plongé dans un abîme, j'ai pu en sortir pour reprendre dans la société une place, bien modeste, il est vrai, mais honorable et qui m'a permis de goûter encore bien des joies.

« J'ai moi-même tout appris à Marie. Elle a pâli un instant, puis est restée dans une longue méditation. Quand elle m'a regardé de nouveau avec ses yeux limpides, où ne brillait pas même la trace d'une larme, elle m'a dit, d'une voix assurée : Je plains Georges, mais je l'aime plus que jamais, parce qu'il est malheureux..... Une vie nouvelle s'ouvre pour moi. Que Dieu me donne la force d'être à la hauteur de mes devoirs !

« Puis, cédant à l'émotion qu'elle avait contenue, elle s'est jetée dans mes bras et a pleuré longtemps.

« Voilà donc encore un bien précieux qui te reste ; l'amour et le dévouement de la fiancée. Et ne va pas croire que ses sentiments sont le résultat d'une exaltation qui sera passagère. Non, je te l'ai déjà dit, Marie est de la race des femmes fortes. Qu'elle reste pour toi l'image, la douce image de la Providence. Tu croyais connaître cette jeune fille, mais tu ne la connaissais pas, et tu aurais pu la rendre malheureuse, car tes sentiments n'auraient pas été aussi purs, aussi élevés que les siens. Dieu a permis ton malheur pour que tu fusses à même

d'apprécier l'étendue de ce cœur que tu croyais avoir
sondé tout entier, mais dont ton faible regard n'avait
fait qu'explorer les parties les plus visibles. Tu croyais
aimer une jeune fille douce et bonne, aimable et rieuse :
elle est plus que cela ; c'est une héroïne, c'est une
sainte...

« Je te bénis, mon cher enfant, en te suppliant d'arracher de ton cœur les pensées malsaines du désespoir
pour y laisser pénétrer celles de la résignation et de la
confiance en Celui qui voit dans le repentir un frère de
l'innocence... »

La lettre de Marie était, à peu de chose près, l'expression des mêmes sentiments qui avaient dicté celle du
père Isidore :

« ... Vous me connaissez bien peu, disait-elle, si
vous avez pu croire que je vous oublierais, que je cesserais de vous conserver ce qu'il y a de meilleur dans
mon cœur... Je ne sais si vous êtes coupable ou simplement victime d'une heure d'égarement. Mais fus-
siez-vous le plus grand des coupables, je ne cesserais
de considérer qu'il est de mon devoir de vous tendre la
main, de vous défendre contre les pensées de découragement, de haine, de vengeance... Je ne suis pas
une amante échevelée, comme on en voit dans les tra-
gédies, criant au ciel et à la terre de lui rendre son
dole. Non. Mais mon âme est sœur de la vôtre et je
vous resterai fidèle jusqu'au jour où vous me repous-
serez, où vous me direz que mon affection vous est
pénible, et qu'elle n'a aucun écho dans votre âme. Et

quand vous me diriez cela, je ne cesserais pas de vous être dévouée encore... Je vous dois la vie; cette vie vous appartient, et je n'en ferai usage que pour votre bonheur... Une voix intérieure me dit que je ne me trompe pas et que je vous reverrai un jour mille fois plus vertueux, plus noble, plus digne d'être aimé que vous ne l'étiez lorsque je vous ai donné mon cœur... »

CHAPITRE XIV

Est-ce bien vrai que mon vénérable bienfaiteur et Marie me pardonnent, qu'ils m'aiment plus que jamais ?

Merci, mon Dieu, pour cette marque ineffable de votre bonté !

Je songe à Marie avec une douceur infinie. Sans doute, je ne puis plus espérer qu'elle sera ma femme avant de bien longues années. Mais plus le but est éloigné, plus il me faudra déployer de courage et de vertu, et plus elle aura lieu d'être convaincue que je mérite son affection, que j'aspire à élever mon cœur au niveau du sien. Si, par un miracle, mes fers tombaient aujourd'hui; si j'étais libre, et si elle venait me dire : Soyez mon époux ! Eh bien, je refuserais, parce que, aujourd'hui, je me sens trop indigne d'un si grand bonheur. Je suis encore à mille lieues d'elle; mais, par des efforts constants, je m'en rapprocherai peu à peu, et un jour, je pourrai au moins, sans rougir de moi-même, sans m'accuser de bassesse, aimer cette noble jeune fille, et lui offrir un cœur et un nom puri-

fiés par l'expiation et le repentir. Je me ferai réhabiliter, je travaillerai, je deviendrai riche et, dans dix ans,
dans quinze ans, qu'importe? j'irai la trouver, et je lui
dirai : Êtes-vous contente de moi ?

Mais c'est dès ce moment même que je dois commencer l'œuvre de ma régénération morale. Je suis en
prison : je remplirai donc les devoirs du prisonnier
avec la conscience la plus scrupuleuse. Que me servi-
raient de beaux projets pour le jour de la liberté, si je
ne m'exerçais à l'avance à dompter ma volonté, à
réduire mes mauvais instincts? La vraie vertu ne consiste pas seulement dans des élans généreux qui ne
durent qu'un instant ; elle consiste surtout à bien
s'acquitter des petits devoirs de la vie. Faites bien les
petites choses, a dit un sage, et les grandes se feront
d'elles-mêmes ..... Oui, je le vois, il faut moins de
courage pour se jeter à l'eau afin de sauver quelqu'un
qui se noie, qu'il n'en faut pour passer une seule journée entière sans manquer à aucun de ses devoirs... A
l'œuvre donc ! Je ne serai réellement fort et vertueux
après ma libération, que si je commence à l'être ici. .

. . . .

. . . . . C'est aujourd'hui dimanche. Il neige à
gros flocons, et il fait un froid terrible. Nous ne nous
en sentons guère, car il y a ici deux bons poêles activement chauffés.

La promenade sur les cours étant impossible, les
détenus sont rentrés dans leurs ateliers respectifs.
Ceux de mon atelier me demandent de leur faire une
lecture. Je suis en mesure de les satisfaire, car, depuis

quelques jours, on m'a prévenu que lorsque le temps serait mauvais le dimanche, j'aurais à faire des lectures à haute voix.

Voulant que ces lectures aient un sens particulier pour le détenu, quelque chose d'adapté à son passé, à son présent ou à son avenir, je me suis adressé à l'instituteur de la Maison Centrale, qui collectionne une foule d'histoires et de documents relatifs aux prisons, et surtout aux causes qui amènent tant de malheureux sous la main de la justice. Il m'a remis une liasse de notes et d'extraits dans lesquels je n'aurai qu'à choisir, en éliminant cependant tout ce qui est trop sérieux. Je n'oublie pas que mes auditeurs veulent, avant tout, être distraits.

Premières lectures du dimanche.

LE PAYSAN ET L'AVOCAT.

« Les villes ont leur individualité comme les hommes. Industrielles ou maritimes, savantes ou frivoles, elles révèlent toujours par leur physionomie la nature de leurs habitants. Traversez Rouen, Lyon, Brest, Strasbourg, et regardez autour de vous : tout ce qui frappera vos yeux sera une révélation de goûts et d'habitudes; l'histoire de chaque province, se trouve pour ainsi dire, écrite dans ses rues.

On est surtout frappé de cette vérité lorsqu'on visite

Rennes. A voir ses grands édifices à l'air magistral, ses places magnifiques où l'herbe perce les pavés, ses solitaires promenades que traversent à peine de loin en loin quelques lecteurs pensifs, on reconnaît sur le champ la capitale du vieux duché breton, l'ancienne résidence des parlements, la ville d'études où vient se former toute la jeunesse sérieuse de la province. Car, ce qui domine dans l'aspect de Rennes, c'est la gravité : la ville entière est calme et sévère comme un tribunal ; et, en effet, c'est là que *demeure la loi !* Là se trouvent son temple, ses grands-prêtres, ses plus fervents adorateurs. On y arrive des extrémités de la Bretagne pour s'éclairer et demander conseil. Venir à Rennes sans consulter paraît aussi impossible à un Breton qu'il eût été impossible à un Grec de passer près du temple de Delphes sans interroger la pythonisse.

Cela était vrai vers la fin du siècle dernier comme aujourd'hui, et surtout pour les paysans, race timide par expérience et habituée à prendre ses précautions.

Or donc il arriva qu'un jour un fermier, nommé Bernard, étant venu à Rennes pour certain marché, s'avisa, une fois son affaire terminée, qu'il lui restait quelques heures de loisir et qu'il ferait bien de les employer à consulter un avocat. On lui avait souvent parlé de M. Potier de la Germondaie, dont la réputation était si grande que l'on croyait un procès gagné lorsqu'on pouvait s'appuyer de son opinion. Le paysan demanda son adresse, et se rendit chez lui, rue Saint-Georges.

Les clients étaient nombreux, et Bernard dut attendre

longtemps; enfin son tour arriva, et il fut introduit.
M. Potier de la Germondaie lui fit signe de s'asseoir,
posa ses lunettes sur le bureau, et lui demanda ce qui
l'amenait.

— Par ma foi! monsieur l'avocat, dit le fermier en
tournant son chapeau, j'ai entendu dire tant de bien
de vous, que comme je me trouvais tout porté à Rennes,
j'ai voulu venir vous consulter afin de profiter de l'occasion.

— Je vous remercie de votre confiance, mon ami, dit
M. de la Germondaie... mais vous avez sans doute
quelque procès?

— Des procès! par exemple! je les ai en abomina-
tion, et jamais Pierre Bernard n'a eu un mot avec personne.

— Alors c'est une liquidation, un partage de famille?

— Faites excuse, monsieur l'avocat, ma famille et
moi, nous n'avons jamais eu à faire de partage, vu que
nous prenons à la même huche, comme on dit.

— Il s'agit donc de quelque contrat d'achat ou de
vente?

— Ah bien oui! je ne suis pas assez riche pour acheter, ni assez pauvre pour revendre.

— Mais enfin, que voulez-vous de moi? demanda le
jurisconsulte étonné.

— Eh bien! je vous l'ai dit, monsieur l'avocat, reprit
Bernard avec un gros rire embarrassé, je veux une
consulte... pour mon argent bien entendu... à cause
que je suis tout porté à Rennes, et qu'il faut profiter
des occasions.

M. de la Germondaie sourit, prit une plume, du papier et demanda au paysan son nom.

— Pierre Bernard, répondit celui-ci, heureux enfin qu'on l'eût compris.

— Votre âge ?

— Trente ans, ou approchant.

— Votre profession ?

— Ma profession?... Ah ! oui, quoi est-ce que je fais?... Je suis fermier.

L'avocat écrit deux lignes, plie le papier et le remet à son étrange client.

— C'est déjà fini ! s'écrie Bernard; eh bien ! à la bonne heure; on n'a pas le temps de moisir, comme dit cet autre. Combien donc est-ce que ça vaut, la *consulte*, monsieur l'avocat ?

— Trois francs.

Bernard paye sans réclamation, salue du pied, et sort enchanté d'avoir *profité de l'occasion*.

Lorsqu'il arriva chez lui, il était déjà quatre heures. La route l'avait fatigué, et il entra à la maison, bien décidé à se reposer.

Cependant ses foins étaient coupés depuis deux jours et complètement fanés; un des garçons vint demander s'il fallait les rentrer.

— Ce soir! interrompit la fermière qui venait de rejoindre son mari; ce serait grand péché de se mettre à l'ouvrage si tard, tandis que demain, on pourra les ramasser sans se gêner.

Le garçon objecta que le temps pourrait changer, que les attelages étaient prêts et les bras sans emploi;

la fermière répondit que le vent était bien placé, et que la nuit viendrait tout interrompre. Bernard, qui écoutait les deux plaidoyers, ne savait à quoi se décider, lorsqu'il se rappela tout à coup le papier de l'avocat.

— Minute! s'écrie-t-il, j'ai là une *consulte*; c'est d'un fameux, et elle m'a coûté trois francs; ça doit nous tirer d'embarras. Voyons, Thérèse, dis-nous ce qu'elle chante, toi qui lis toutes les écritures.

La fermière prit le papier et lut, en hésitant, ces deux lignes :

Ne remettez jamais au lendemain ce que vous pouvez faire le jour même.

— Il y a cela! s'écria Bernard, frappé d'un trait de lumière; alors, vite, les charrettes, les filles, les garçons, et rentrons le foin!

Sa femme voulut essayer encore quelques objections; mais il déclara qu'on n'achetait pas une *consulte* trois francs pour n'en rien faire, et qu'il fallait suivre l'avis de l'avocat.

Lui-même donna l'exemple en se mettant à la tête des travailleurs, et en ne rentrant qu'après avoir ramassé tous ses foins.

L'événement sembla se charger de prouver la sagesse de sa conduite; car le temps changea pendant la nuit, un orage inattendu éclata sur la vallée, et le lendemain, quand le jour parut, on aperçut, dans les prairies, la rivière débordée qui entraînait les foins récemment coupés. La récolte de tous les fermiers voisins fut complètement anéantie; Bernard seul n'avait rien perdu.

Cette première expérience lui donna une telle foi dans la consultation de l'avocat, qu'à partir de ce jour, il l'adopta pour règle de conduite, et devint, grâce à son ordre et à sa diligence, un des plus riches fermiers du pays. Il n'oublia jamais, du reste, le service que lui avait rendu M. de la Germondaie, auquel il apportait tous les ans, par reconnaissance, une couple de ses plus beaux poulets, et il avait coutume de dire à ses voisins, lorsqu'on parlait des hommes de loi, « qu'après les commandements de Dieu et de l'Eglise, ce qu'il y a de plus profitable au monde était la *consulte* d'un bon avocat. »

ÉMILE SOUVESTRE.

LE DERNIER MOT D'UN IVROGNE.

« En visitant une pauvre famille, un docteur apprend qu'à l'étage au-dessus gît un malheureux, malade et sans secours. Il se rend à l'endroit indiqué, et, dans un angle d'une mansarde, aperçoit une forme humaine étendue sur quelques restes de vêtements disposés en guise de lit. Il n'y a pas un meuble ; seul, un vieux coffre sert de table et de chaise. Le médecin s'y assied et examine le malade, qui d'abord ne paraît pas remarquer sa présence, et reste comme hébété, l'œil hagard, le corps agité d'un tremblement continuel. A force de questions, le docteur arrive à reconnaître que cet homme, âgé de quarante-cinq ans à peine, est épuisé par la misère et surtout par l'abus des boissons eni-

vrantes. Peu à peu, ce malheureux paraît plus attentif.
Il fixe son visiteur d'un regard animé ; puis tout à
coup :

— C'est donc toi, Philippe? s'écrie-t-il.

— Quoi! Gustave! répond le docteur, saisi d'une
surprise douloureuse.

Ce Gustave qui périssait dans le dénûment avait été
son compagnon au lycée, et donnait alors de grandes
espérances.

— Pauvre Gustave! En quel état!...

— Que veux-tu! j'ai trop usé de la vie, et, pour tout
dire, car on dit tout au médecin, c'est moi qui me suis
mis dans cette position.

— Et ton petit avoir?

— J'ai tout *liquidé*.

— Et ta place dans la fabrique de M. M. X...?

— Perdue! et bien d'autres encore, parbleu! et
chacune parce que... le vin, toujours le vin! J'ai une
femme et deux fils...

— Où sont-ils?

— Dispersés, malheureux. J'ai été leur ruine, leur
fléau ; ils me craignent, ils me détestent et me mépri-
sent.

— Qui prend soin de toi, maintenant?

— Personne. Une voisine vient quelquefois le soir
après son travail, et m'apporte...

— A manger?

— Manger? Mon estomac ne supporte plus rien
que... tu devines?

— De l'eau-de-vie, n'est-ce pas? Malheureux, c'est

précisément ce poison qui énerve ton estomac. Si tu
as quelque chance de guérir, il faut y renoncer absolument.

— Renoncer ! Y penses-tu ? Impossible ! Cela me tue
peut-être : eh bien, je préfère mourir.

Mourir ! Il n'en était pas loin, l'infortuné.

Philippe lui ordonna quelques remèdes.

— C'est moi qui te les enverrai, dit-il.

— A quoi bon ? Il est trop tard ! reprend Gustave. Il
fallait y penser plus tôt.

Puis il parut plongé dans de sombres réflexions. Il
jetait un long regard sur le passé.

— Philippe, dit-il enfin, je meurs misérable, incor-
rigible, repoussant, et pourtant alors je valais autant
que toi... Si, à vingt ans, j'avais eu...

— Quoi ? un père plus énergique ?

— Non. L'influence du meilleur père n'est pas tout.
Si j'avais eu des relations honnêtes, une société d'amis,
de mes pareils, qui, au lieu de m'exciter à boire et à
payer, m'eussent donné l'exemple de la sobriété et de
l'économie, j'étais sauvé... Sais-tu ce que c'est que de
n'avoir pour relations que des jeunes gens dont les
prévenances se traduisent toujours par ces mots : « Je
paye ceci » ou bien : « Payes-tu cela ? »

Il y eut un instant de silence pendant lequel le
visage flétri de l'ivrogne parut s'illuminer sous l'empire
d'une bonne pensée.

— Docteur, dit-il, c'est fini de moi. Eh bien, avant
de mourir, je veux du moins faire une bonne œuvre.
Je te charge, toi qui restes dans ce pauvre monde et

qui vois toutes sortes de gens, de raconter à tous mon histoire pour les faire réfléchir. Raconte-là aux jeunes ouvriers, en leur conseillant, de la part d'un mourant, de s'associer entre eux pour employer leur temps et leur argent à quelque chose de mieux que la consommation des liquides...

... Le docteur a promis de se conformer à sa dernière volonté, et il a tenu sa parole... »

Extrait d'un article du MAGASIN PITTORESQUE.

LES HOMMES ÉGAUX.

(Conte oriental.)

« Un jour le pacha dit au sultan :

— Tous les hommes sont égaux devant le Prophète. Pourquoi donc as-tu un trône, quand je n'ai qu'un divan ; un empire, quand je n'ai qu'une province ?

— Il se peut que tu aies raison, répondit le sultan ; demain tu auras mon trône et mon empire, si tu trouves le moyen de rendre, en effet, tous les hommes égaux.

Le pacha sortit enchanté, et fit proclamer aussitôt l'égalité de tous les enfants de Mahomet. Mais, à sa porte, il rencontra un vizir, qui lui dit :

— Pourquoi as-tu donc une province, quand je n'ai qu'une ville ; un turban de pierreries quand je n'ai qu'un turban d'or ?

— Demain, répondit le pacha, tu auras ma province et mes pierreries.

Et le vizir était dans la joie, quand un capitaine lui dit :

— Pourquoi as-tu donc une armée, quand je n'ai qu'un bataillon ; pourquoi es-tu coiffé d'or, quand je suis coiffé de soie ?

— Demain, répondit le vizir, tu auras mon armée et mon turban d'or.

Mais un lieutenant dit au capitaine :

— Au nom de l'égalité, il me faut ton bataillon et tes insignes.

Et le cavalier au lieutenant :

— Je veux ton rang et ta solde.

Et le fantassin au cavalier :

— Donne-moi ton cheval et ton sabre, et prends mon fusil, qui est trop lourd à porter.

Et chacun répondait toujours :

— Tu les auras demain.

Car chacun s'était égalé à son supérieur, sans penser qu'il laissait un inférieur derrière lui...

. Mais comme tous avaient encore un supérieur au-dessus d'eux, et qu'aucun n'entendait rester subalterne, ils voulurent s'élever sans cesse, au nom de l'égalité.

Si bien qu'une horrible guerre civile s'alluma, et que, faute de pouvoir s'accorder, on s'entre-tua d'un bout à l'autre de l'empire, les vainqueurs se disputant la dépouille des vaincus ; et l'inégalité reparaissant toujours après chaque déplacement.

Ceux qui survivaient étaient plus acharnés et plus misérables encore que ceux qui avaient péri, lorsqu'un pauvre esclave qui avait gardé sa condition, sans envier celle des autres, parla ainsi aux sultans détrônés, aux pachas dépouillés, aux vizirs sans commandement, aux capitaines sans bataillons, aux cavaliers démontés et aux fantassins sans armes :

— Chacun de vous se croyait plus heureux que moi, et je suis maintenant plus heureux que vous tous. Savez-vous pourquoi ? C'est qu'il y a un prophète plus grand que votre prophète, et qui a dit ceci dans son livre : « — Le cèdre protège la tête de l'hysope, et l'hysope nourrit la racine du cèdre. Ils ont donc besoin l'un de l'autre également, et c'est là la véritable égalité. Il y aura toujours des pauvres parmi vous, car le bonheur n'est point de ce monde. Bienheureux sont ceux qui pleurent ici-bas ; ils seront consolés là-haut. Malheur à ceux qui prennent au lieu de donner aux autres ; car il est plus facile à un chameau de passer par le trou d'une aiguille qu'à un mauvais riche d'entrer dans le royaume du ciel.

Et ce prophète est mon Dieu, ajouta l'esclave, en faisant le signe de la croix ».

DIX MILLE FRANCS DE RENTE.

« Quand j'avais dix-huit ans (je vous parle d'une époque bien éloignée), j'allais, durant la belle saison, passer la journée du dimanche à Versailles, ville qu'habitait ma mère. Pour m'y transporter, je venais presque toujours à pied, rejoindre, sur la route, une des petites voitures qui en faisaient alors le service.

En sortant des barrières, j'étais toujours sûr de trouver un grand pauvre qui criait d'une voix glapissante : — La charité, s'il vous plaît, mon bon Monsieur ! De son côté, il était bien sûr d'entendre résonner dans son chapeau une grosse pièce de deux sous.

Un jour que je payais mon tribut à Antoine, c'était le nom de mon pensionnaire, il vint à passer un petit monsieur poudré, sec, vif, et à qui Antoine adressa son memento criard : — La charité, s'il vous plaît, mon bon monsieur !

Le passant s'arrêta, et après avoir considéré quelques moments le pauvre :

— Vous me paraissez, lui dit-il, intelligent et propre à travailler. Pourquoi faire un si vilain métier ? Je veux vous tirer de cette triste situation et vous donner dix mille livres de rentes.

Antoine se mit à rire et moi aussi.

— Riez tant que vous le voudrez, reprit le monsieur poudré, mais suivez mes conseils et vous acquerrez ce que je vous promets. Je puis d'ailleurs vous prêcher d'exemple. J'ai été aussi pauvre que vous ; mais, au lieu de mendier, je me suis fait une hotte avec un vieux panier, et je suis allé dans les villages et dans les villes de province demander non pas des aumônes, mais de vieux chiffons qu'on me donnait gratis et que je revendais ensuite un bon prix aux fabricants de papier. Au bout d'un an, je ne demandais plus pour rien les chiffons, mais je les achetais, et j'avais en outre une charrette et un âne pour faire mon petit commerce. Cinq ans après, je possédais trente mille francs et j'épousais la fille d'un fabricant de papiers, qui m'associait à sa maison de commerce, peu achalandée, il faut le dire. Mais j'étais jeune encore, j'étais actif, je savais travailler et m'imposer des privations... A l'heure qu'il est, je possède deux maisons à Paris, et j'ai cédé ma fabrique de papiers à mon fils à qui j'ai enseigné de bonne heure le goût du travail et le besoin de la persévérance. Faites comme moi, l'ami, et vous deviendrez riche comme moi.

Là-dessus le vieux monsieur s'en alla, laissant Antoine tellement préoccupé, que deux dames passèrent sans entendre l'appel criard du mendiant : — La charité, s'il vous plaît !

En 1815, pendant mon exil à Bruxelles, j'entrai un jour chez un libraire pour y faire une emplette de quelques livres. Un gros et grand monsieur se promenait dans le magasin et donnait des ordres à ses cinq ou six commis. Nous nous regardâmes l'un et l'autre comme des gens qui, sans pouvoir se reconnaître, se rappelaient cependant qu'ils s'étaient vus autrefois quelque part.

— Monsieur, me dit à la fin le libraire, il y a vingt-cinq ans, n'alliez-vous pas souvent à Versailles le dimanche ?

— Quoi ! Antoine, c'est vous ! m'écriai-je.

— Monsieur, répliqua-t-il, vous le voyez, le vieux

monsieur poudré avait raison ; il m'a donné dix mille livres de rente. »

A. V. ARNAULT

de l'Académie française.

LE PETIT VERRE D'EAU-DE-VIE.

« J'avais pris, pour me rendre d'un village à l'autre, une de ces charrettes couvertes qui, sur les routes reculées de l'Auvergne, font le service des messageries, transportant pêle-mêle marchandises et voyageurs.....

... Le voiturier était un homme encore jeune, de belle apparence, et dont le visage révélait cette santé robuste et joyeuse qui est le salaire d'une bonne con‑science. A tous les hameaux où nous arrêtions, je le voyais donner ou recevoir les commissions, sans entendre jamais une plainte de ceux auxquels il avait affaire. S'il avait à rendre sur une pièce, on prenait toujours sans compter ; les femmes lui demandaient des nouvelles de ses enfants, les hommes le chargeaient d'achats au bourg ; la conduite de tous prouvait l'amitié et la confiance..... J'appris bientôt qu'il avait quelques arpents de terre qu'il cultivait entre ses voyages et pour lesquels il profitait de toutes les obser-vations recueillies sur le chemin. Il me raconta l'his-toire de son *domaine*, comme il l'appelait en riant, avec la bonhomie intelligente de l'homme qui comprend et s'intéresse

J'écoutais l'explication de ses derniers essais pour transformer un coin de brande en prairie, quand nous fûmes croisés sur la route par un homme courbé, pauvrement vêtu, et dont les cheveux grisonnants retombaient en désordre sur un visage bourgeonné. Au moment où il passait près de nous, je m'aperçus qu'il chancelait. Il salua le voiturier avec la chaleur bruyante de l'ivresse, et celui-ci répondit d'un ton de familiarité affectueuse qui me surprit.

— C'est un de vos amis, demandai-je quand il fut éloigné.

— Cet homme-là ? répéta-t-il ; c'est mon bienfaiteur et mon maître, Monsieur.

Je le regardai comme si je n'avais pu comprendre.

— Ça vous étonne ! reprit le messager en riant ; c'est pourtant la vérité ; seulement le malheureux ne s'est jamais douté de la chose. Faut vous dire d'abord que Jean Picou (c'est comme ça qu'on le nomme), Jean Picou donc est un ancien camarade d'enfance. Nos parents demeuraient porte à porte, et nous avons fait notre première communion la même année. Seulement, Picou était déjà pour lors un peu folâtre, et en prenant de l'âge, il a eu bientôt adopté toutes les habitudes des bons vivants. Je ne l'avais pas beaucoup fréquenté d'abord ; mais le hasard finit par nous mettre ouvriers chez le même bourgeois. Le premier jour, au moment d'aller au travail, voilà que Jean Picou et les autres s'arrêtent au cabaret pour boire le coup d'eau-de-vie du matin. Je restai à la porte, sans trop savoir ce que je devais faire ; mais ils m'appelèrent tous.

— N'a-t-il pas peur que ça le ruine ! s'écria Picou en se moquant ; pour deux sous économisés, croit-il peut-être que ça le rendra millionnaire !

Les autres se mirent à rire, ce qui me fit honte, et j'entrai boire avec eux.

Cependant, arrivé au champ, et tout en m'occupant du labour, je commençai à ruminer ce que Picou avait dit.

Le prix de ce petit verre du matin était, dans le fait, peu de chose ; mais, répété chaque jour, il finissait par produire *trente-six francs dix sous !* au bout de l'an. Je me mis à calculer ce que l'on pouvait avoir avec cette somme.

Trente-six francs dix sous ! dis-je en moi-même, c'est, pour les gens en ménage, une chambre de plus au logement, c'est-à-dire de l'aisance pour la femme, de la santé pour les enfants, de la bonne humeur pour le mari.

C'est le bois de l'hiver, ou le moyen d'avoir du sole i à domicile quand il n'y a que de la neige au dehors.

C'est le prix d'une chèvre dont le lait augmente le bien-être du ménage.

C'est de quoi payer l'école où le garçon apprend à lire et à écrire.

Puis, retournant mon esprit d'un autre côté, j'ajoutais :

Trente-six francs dix sous ! Notre voisin Pierre ne paye point davantage pour la location des deux arpents qu'il cultive et qui nourrissent sa famille ! C'est juste l'intérêt de la somme que je devrais emprunter pour acheter au commissionnaire du bourg le cheval et la charrette qu'il veut vendre. Avec cet argent, dépensé chaque matin, au détriment de ma santé, je puis me faire un état, élever ma famille, ramasser les épargnes nécessaires à mes vieux jours.

Ces calculs et ces réflexions décidèrent de mon avenir. Je surmontai la mauvaise honte qui m'avait fait céder une fois aux sollicitations de Picou; j'épargnai sur mes premiers gains ce qu'ils m'auraient fait dépenser au cabaret, et bientôt je pus entrer en marché avec le voiturier auquel j'ai succédé.

Depuis j'ai toujours continué à calculer chaque dépense et à ne négliger aucune économie, tandis que Picou persévérait de son côté, dans ce qu'il appelle la vie des bons enfants. Vous voyez où cela nous a conduits tous deux. Les haillons du pauvre homme, sa vieillesse avant l'âge, le mépris des honnêtes gens, et mon aisance, ma santé, ma bonne réputation, tout vient d'une habitude prise. Sa misère, c'est le petit verre d'eau-de-vie qu'il boit en se levant, comme mes joies sont les deux sous épargnés chaque matin. »

EMILE SOUVESTRE.

CHAPITRE XV

J'ai avec moi, au bureau, deux détenus, chargés, l'un de distribuer le travail aux ouvriers et d'en surveiller la rentrée ; l'autre de faire les emballages et les corvées diverses.

Ce dernier est un homme déjà âgé, mais encore vigoureux, au visage repoussant, aux manières grossières. On l'appelle le *Lézard*, parce qu'il aime assez à flâner, ce dont il ne se défend pas. Il a *élevé des singes*, en d'autres termes, c'est un ancien forçat. Il fait cinq ans de prison pour rupture de ban, vagabondage, mendicité, vol, etc. Sa peine expire dans dix-huit mois.

Souvent il est sombre et *regarde en-dedans*, suivant une expression assez pittoresque du vocabulaire des prisons. Quelquefois cependant il veut essayer de plaisanter.

— Je parie, me disait-il hier, que vous ne savez pas pourquoi les *tricornes* (gendarmes) m'ont *emballé*. Voici le fait : J'aperçois un jour un pauvre aveugle, réduit à une si grande misère que ça vous aurait fendu le cœur.

Il disait comme cela d'une voix lamentable : Ayez pitié d'un pauvre aveugle *qui n'y voit pas !* Je fus touché de compassion, je cherchai dans ma poche, qui a le défaut d'être toujours percée, et je finis par y trouver une pièce de deux *ronds*. Je m'approche et je la donne à l'aveugle. Mais voilà-t-il pas que les *tricornes* viennent à passer. Le brigadier me demande ce que je viens de faire, et son compagnon Pandore lui dit qu'il a raison. Je réponds que je viens de donner deux *ronds* au pauvre aveugle. Là dessus ils me capturent, verbalisent et me *mettent au bloc,* moi qui croyais avoir concouru pour le prix Monthyon. Oui, mon bon, je suis ici à *tirer cinq berges* (faire cinq ans) pour avoir donné deux sous à un pauvre aveugle de naissance qui n'y voyait plus, parce qu'il avait perdu la vue à la suite d'un accident qui le privait pour toujours de la douce lumière du soleil, de la lune, des étoiles et même des becs de gaz. . Faites donc la charité !.....

Bien que le Lézard essaie de plaisanter avec moi et et de me faire bonne mine, j'ai cru deviner qu'il me voit d'un très mauvais œil et que je lui porte ombrage, je ne sais pourquoi. Je me défierai de lui, car je le suppose capable de me jouer quelque mauvais tour. Il a une nature profondément vicieuse; j'ai pu m'en convaincre à divers indices qui ne me trompent assurément pas. Du reste, son passé n'a rien qui puisse prévenir en sa faveur, bien au contraire.

L'autre détenu dont j'ai parlé s'appelle Honoré Girodet; mais les ouvriers ont converti son nom en celui de *Giroflée*. Il remplit les fonctions de contre-maître. C'est un jeune homme intelligent, ayant une bonne instruction primaire, et doué de deux qualités précieuses : la bienveillance et la complaisance. Il est aimé de tout le monde. Je le vois souvent triste et pensif ; je crois qu'il souffre, et c'est là un signe excellent. Celui qui ne souffre pas en prison n'est pas digne d'être remis un jour en liberté ; c'est une preuve qu'il n'a pas de cœur. Giroflée est condamné à deux ans de prison et est ici depuis huit mois.

Dès les premiers jours de ma présence au bureau, j'ai remarqué que tous ses procédés à mon égard étaient empreints de la plus grande délicatesse, et même d'une certaine déférence. Sans descendre à la familiarité, ce qui est toujours mauvais, surtout en prison, j'ai essayé de lui laisser comprendre que je lui étais reconnaissant de sa manière d'agir et que je lui rendais sympathie pour sympathie.

Il y a trois jours, dans un moment où il paraissait porté à l'expansion, je lui ai demandé de me raconter son histoire.

— Elle est triste, bien triste, m'a-t-il répondu avec un sourire mélancolique ; cependant, puisque vous paraissez y tenir, je l'écrirai un dimanche, et je vous la ferai lire ; cela me convient mieux que de la raconter. La voix pourrait me manquer.

Il a tenu parole, et voici son manuscrit.

HISTOIRE DE GIROFLÉE.

Mes parents sont d'honnêtes ouvriers du faubourg
Saint-Antoine. Bien que toute leur fortune soit au bout
de leurs bras, ils m'ont envoyé à l'école jusqu'à l'âge
de quinze ans et m'ont donné la meilleure des éduca-
tions, celle qui résulte du bon exemple.

Jusqu'à dix-huit ans, je fus un garçon modèle. On
m'avait placé chez un doreur sur porcelaines et bientôt
je devins très adroit dans le métier. Il faut dire que j'y
mettais un peu d'art, car j'avais appris le dessin et cette
connaissance me donnait une grande supériorité sur les
autres ouvriers. Tout le monde était donc content de
moi, moi le premier.

Un samedi soir, je regagnais la maison paternelle,
emportant précieusement dans ma poche la paie de ma
semaine. Jamais une seule fois je n'avais manqué de
remettre religieusement à ma mère le produit de mon
travail. Bien mieux, j'avais encore fait quelques économies sur les petites sommes que mon père me donnait
de temps à autre pour mes menus plaisirs. Donc, un
samedi soir, quelques camarades d'atelier me proposèrent une partie de billard avant de rentrer. Je refusai.

— Laisse-le donc, s'écria l'un d'eux; il est encore au
maillot. Allons plutôt lui acheter un biberon.

— Je parie, dit un autre, qu'à vingt-cinq ans, il tiendra encore sa mère par le coin du tablier.

— Vous n'y êtes pas, fit un troisième ; vous ne voyez donc pas que c'est l'avarice qui le retient. Il mourra sur une paillasse à côté d'un sac d'écus.

Cette insinuation me fit monter le rouge au visage. J'eus d'abord envie de tomber à poings fermés sur mes compagnons ; mais ils éclatèrent de rire, et je ne sus plus quelle contenance tenir.

— Allons, allons, reprit le premier, c'est pour rire ce que nous en disons là. Tout le monde sait qu'Honoré n'est pas avare et qu'il fait un bon usage de son argent. La preuve qu'il est aussi bon garçon que pas un de nous, c'est que je vais payer un bock, et qu'il en paiera un autre.

Je me laissai entraîner au café. On joua au billard et je me contentai d'abord de regarder. Puis, je pris une queue dont je me servis aussi mal que d'une crosse d'évêque. Naturellement, je perdis les frais, les consommations et les cigares, le tout se montant à une somme de huit francs cinquante centimes. Ces messieurs n'avaient pas épargné les rafraîchissements : cela se conçoit, ce n'était pas eux qui devaient payer.

Je rentrai au logis, plus penaud qu'un renard pris par une poule. Mon père et ma mère ne me firent aucun reproche. Je n'en avais pas besoin, car j'avais compris du premier coup de quelle façon la fraternité est entendue et pratiquée par ces aimables lions de faubourg. Je les avais vus se lançant des regards malins à mon adresse, glissant dans leur poche des cigares destinés à la consommation sur place, et se forçant à boire, parce qu'ils savaient bien à qui la note serait présentée. J'avais entendu l'un d'eux murmurer à l'oreille d'un autre : Nous tenons le pigeon, mais il ne faut pas trop le plumer en commençant ; laissons-lui son duvet. En nous y prenant bien, les parties de billard et les bocks du samedi ne nous reviendront pas cher.

Ils se trompaient. Le pigeon leur échappa, et ils durent chercher un autre imbécile à exploiter, ou plutôt à voler ; car c'est bien un vol d'argent et d'honneur que commettent ces vauriens, toujours les derniers au travail et les premiers à la ripaille, qui semblent s'être donné pour unique mission de dévoyer les jeunes gens honnêtes et de leur faire contracter les vices les plus dégradants : la paresse, l'ivrognerie et la débauche.

Ne croyez jamais aux protestations d'amitié de celui qui vous invite à aller au café, s'y amuse à gogo, et vous laisse le soin de payer. Cet ami en veut à votre porte-monnaie ; c'est une variété de l'escroc.

Je renonçai donc aux parties du samedi soir et autres du même genre, et tout alla bien jusqu'à l'âge de vingt-deux ans. Je gagnais de fortes journées ; l'aisance, le bien-être régnaient dans la maison de mon père, et j'avais de plus un petit magot d'économies. Ce fut alors que la mère commença à parler sérieusement de me mettre en ménage.

Dans notre maison demeurait une jeune ouvrière en passementerie, âgée de dix-huit ans environ, belle comme une madone et sage à l'avenant. Elle s'appelait Joséphine Malgrange. C'était une fille rare que Joséphine. Instruite, bien élevée, distinguée dans ses ma-

nières, on eût dit la fille d'un prince égarée dans le
faubourg. Avec cela, modeste, simple, aimable avec
tout le monde. Quand je la regardais le dimanche, dans
la cour de la maison, jouant avec les enfants des ouvriers, ou leur apprenant à lire et à dire leurs prières,
il me semblait voir la personnification d'un de ces
beaux anges gardiens que les artistes représentent la
main étendue sur la tête blonde d'un enfant. Dans ces
moments, mon cœur battait d'admiration et de respect,
je n'ose dire d'un sentiment plus tendre, car je voyais
la jeune fille dans une sorte de nuage et je me sentais
incapable de lui dire jamais un mot d'amour.

Il courait sur Joséphine Malgrange toutes sortes de
bruits singuliers. On disait qu'elle était fille orpheline
d'un riche négociant ruiné, qu'elle avait été élevée
avec les premières demoiselles de Paris, qu'elle touchait du piano, dessinait et brodait comme une dame
de faubourg Saint-Germain, et que sa chambre était un
petit palais, décoré de ses propres mains, mais plus
beau qu'une salle du Louvre. Tout ce qu'on savait de
positif, c'est qu'elle était venue s'installer dans le faubourg Saint-Antoine, n'ayant pas encore seize ans,
qu'elle avait travaillé dur et fort pour apprendre son
métier de passementière, qu'elle avait réussi, qu'elle
était maintenant à la tête d'un atelier de douze ou-
vrières, et qu'elle se faisait aimer et estimer de tout le
monde par ses procédés aimables et délicats, surtout
par une conduite en tous points irréprochable.

Un jour, ma mère me prit à part et me dit :

— Honoré, puisque le moment de t'établir est venu,

dis-moi si tu as fait un choix. Y a-t-il aux environs une jeune fille qui te plaise plus que les autres?

Je ne répondis rien.

— Je crois que je te devine, continua ma mère. La dame de tes pensées n'est pas loin... N'est-ce pas que tu aimes Joséphine Malgrange?... J'ai vu cela à la façon dont tu la regardes à la dérobée par la fenêtre, où tu restes, sans t'en douter, à la contempler des demi-journées entières.

— Mais, ma mère, Joséphine ne reste jamais des demi-journées entières sur la cour. Elle ne fait qu'y passer.

— Excepté le dimanche, où elle y est toute l'après-midi, au milieu d'une bande d'enfants turbulents dont elle trouve moyen de faire des anges de douceur et de gentillesse... Au reste, mon garçon, je te félicite de ton choix; tu as vraiment bon goût.

Je rougis jusqu'au blanc des yeux.

— Il ne faut pas rougir, mon enfant, reprit ma mère. Joséphine est une fille accomplie, vertueuse jusqu'au bout des ongles, et tu ne pouvais mieux jeter ton dévolu. Veux-tu que je mette l'affaire en train, car, toi, tu t'y prendrais mal, j'en suis sûre... Tu es trop amoureux pour n'être pas maladroit.

— Mais, ma mère, jamais Joséphine ne voudra de moi. Elle trouvera des prétendants de haut parage. Ne savez-vous pas que le fils d'un gros banquier lui fait la cour ?

— Connu, mon garçon. Mais je suis plus au courant que toi. Je sais, moi, que Joséphine renvoie ses lettres sans les ouvrir. Ce n'est pas celle-là qui se laisserait amadouer, même quand on lui offrirait sa charge de diamants. Ah ! il me font rire, ces petits freluquets avec leurs équipages, leurs mobiliers et leurs bijoux !

— Mais il y en a sans doute qui ont de bonnes intentions, et Joséphine est si belle, si distinguée, qu'elle n'aura encore que l'embarras du choix parmi les prétendants honnêtes.

— Tu ne connais pas cette jeune fille, te dis-je ! Elle est ouvrière et épousera un ouvrier. Pas plus tard que jeudi dernier, elle me disait encore : Certainement je pourrais épouser un homme riche qui me prendrait pour moi-même, par amour, mais qui sait si cet amour durerait de longues années, et s'il ne viendrait pas un jour où mon mari regretterait sa générosité ? Et puis, a-t-elle ajouté avec son joli sourire, je ne comprends pas qu'on se marie quand il n'y a d'amour que d'un côté. En ce qui me concerne, je veux que mon mari, si jamais j'en ai un, m'aime beaucoup, mais je veux aussi l'aimer beaucoup. Sinon, je resterai vieille fille. — Voilà ce qu'elle me disait. Donc, comme elle ne veut pas s'exposer à des reproches au sujet du passé, je suis convaincue qu'elle épousera un ouvrier, si elle en trouve un à son goût, cependant ; car il lui faut un homme exceptionnel, convenablement instruit, bien élevé, d'une conduite parfaite... comme toi, par exemple. Tu as ces qualités et, de plus, tu es beau garçon, vanité à part... J'ai mes petits secrets ; nous autres, femmes, nous voyons plus loin que les hommes et nous devinons tout ce qui se passe autour de nous.

Dis-un mot, et Joséphine Malgrange devient madame Girodet.

— Ce serait trop de bonheur, ma bonne mère. Je ne crois pas que Joséphine me regarde autrement que les autres jeunes gens.

— Je te dis que j'ai mes secrets... Veux-tu, oui ou non, que j'entre en campagne ?

Je me jetai dans les bras de ma mère sans proférer une parole.

Un mois après, Joséphine et moi nous étions fiancés.

L'heureux jour approchait.

Ma mère et Joséphine tenaient de longues conférences où je suppose qu'on parlait beaucoup de moi, et des apprêts de tout genre, dont je n'avais pas même l'idée, se faisaient dans tous les coins du joli logement que je devais occuper avec ma femme. C'était bien charmant, tout cela, et je me sentais plus heureux, plus fier que Napoléon lorsqu'il entra pour la première fois dans la capitale de l'Autriche.

Huit jours avant la noce, mes camarades d'atelier me laissèrent entendre que, d'après une coutume très respectée et très respectable, du moins à leur avis, je devais leur payer un dîner en guise d'adieux à la vie de garçon. J'étais trop heureux pour regarder à une dépense, même assez importante, et je fis préparer, chez le permier restaurateur du faubourg, un banquet destiné à me faire honneur. Tout se passa fort bien d'abord ; mes convives étaient joyeux, gais, pleins d'entrain, mais sans sortir jamais des convenances. Après le dîner, on joua, mais en jouant, il fallait boire : on but donc, tant et si bien qu'à minuit pas une seule tête n'était à sa place, la mienne pas plus que les autres. Comment ai-je fait pour me laisser entraîner dans une orgie pareille ? Je n'en sais rien. Mais ce qui est certain, c'est qu'on me rapporta ivre-mort chez mes parents, où Joséphine, inquiète de mon absence, veillait encore avec ma mère.

Pauvre fille ! elle dut bien souffrir. Le lendemain, elle m'écrivit une lettre où elle me disait qu'elle ne me retirait pas son affection, qu'elle croyait à un accident, mais que pour notre bien à tous deux, elle devait retarder de six mois l'époque de notre mariage.

Stupide que j'étais ! Je ne compris pas combien il y avait de sagesse, de respect de soi-même dans cette décision. Aujourd'hui je le comprends. Si Joséphine eût été une femme ordinaire, elle eût fermé les yeux sur ce qu'elle voulait bien appeler un accident, et le cours des événements n'eût pas été interrompu. Mais elle voyait les choses de plus haut : elle voulait me prouver qu'elle se respectait et combien elle était digne d'être aimée. Moi, comme une brute que je suis, au lieu d'apprécier la dignité de sa conduite, je n'y vis que de l'orgueil, de la défiance à mon égard.

Voilà pourtant comme nous sommes, nous autres hommes ! Nous nous conduisons comme des animaux immondes, on est obligé de nous remporter à la maison dans un état dégoûtant, et nous voudrions qu'une mère, une femme ou une fiancée vînt nous dire : Pauvre chéri, tu n'as pas eu de chance ; mais sois tranquille, je t'aime encore plus qu'auparavant !

Il en est de même ici en prison. Nous sommes tous plus ou moins malfaiteurs, et nous nous rebiffons comme des chats enragés, à la moindre observation qui nous rappelle au sentiment exact de notre situation.

Bref, je n'eus ni assez d'esprit, ni assez de cœur pour sentir que Joséphine avait non seulement raison de remettre le mariage, mais encore qu'il était absolument de son devoir d'agir ainsi. Au lieu de chercher à reconquérir son estime et son amour, je la traitai de puritaine, de sainte nitouche, et je m'éloignai d'elle. Je crus que ma fierté blessée exigeait cela. Oh ! triple lâche que j'étais ! car c'était bien de la lâcheté, je le comprends aujourd'hui.

Voilà ce que peut produire la mauvaise compagnie, même quand on ne s'y abandonne qu'un instant, sans autre projet que de s'amuser un peu et de faire comme les autres.

Dans le fond, je n'avais pas cessé d'aimer Joséphine, mais un sot orgueil m'empêchait de revenir à elle et de lui demander un pardon qu'elle était toute prête à m'accorder.

Elle devina ce qui se passait en moi, et s'entendit avec ma mère pour me ramener à des idées plus conformes au bon sens et à la justice. Mais, chose étrange ! plus ces deux respectables femmes me faisaient de délicates avances, plus je me raidissais contre leur affection.

Pour m'étourdir, je me lançai dans les amusements les plus vulgaires, les plus dégradants. J'avais de l'argent, produit de mes économies, et bientôt je fus fêté, choyé, presque adoré par les fainéants du quartier et surtout par les dames que l'on sait. On me citait comme le viveur le plus accompli du faubourg. Quelques bonnes batailles où je déployai un courage magnifique, portèrent bientôt ma réputation à son comble ; mais comme toute médaille à son revers, ces exploits me firent faire connaissance avec le commissaire de police.

Un soir, je ne sais par quel miracle, je rentrai de bonne heure à la maison. Joséphine était avec ma mère. Ma conduite, au lieu de les désunir, n'avait fait que resserrer les liens d'estime et d'affection par lesquels se tenaient leurs cœurs. Je vis, à leurs yeux encore rouges et humides, qu'elles avaient pleuré ; et quel pouvait être le motif de leurs larmes, sinon ma conduite ? Au lieu d'être ému de leur douleur, je me mis à tempêter, à jurer, à les appeler folles. Joséphine se leva pour se retirer. Mais ma mère la pria instamment de rester :

— Vous savez, lui dit-elle, ce que vous m'avez promis. Je vous en supplie, tenez parole. Sauvez-moi, sauvez-nous tous ! Vous le pouvez, si vous le voulez.

La noble jeune fille sembla hésiter. Cependant elle se rassit, leva les yeux au ciel comme pour implorer force et conseil, me prit la main, et me dit avec une voix si douce et si attendrie que je ne l'oublierai jamais :

— Honoré, j'ai remis notre mariage à six mois, mais je ne vous ai pas dit que je ne vous aimais plus. Vous me fuyez, et pourtant je suis convaincue que vous n'avez pas cessé de me conserver votre affection. Il y a

entre nous un fatal malentendu. Vous croyez que j'ai
voulu vous froisser, mais vous avez tort. C'est le dépit
qui vous pousse à mener un genre de vie qui, j'en suis
sûre, vous déplaît profondément. Je vous connais, vous
n'êtes pas fait pour vivre dans le mal. Songez que votre
mère pleure tous les jours, et moi aussi. J'ai eu tort
sans doute de vous imposer une épreuve qui pouvait
vous laisser supposer que je ne vous estimais plus.
Votre mère et moi, nous vous supplions de revenir à
nous. Dites seulement que vous détestez votre existence actuelle, que vous haïssez vos compagnons de
plaisir, que vous voudriez bien en être au point où
nous en étions il y a trois mois; oui, dites seulement
que vous soupirez après un bonheur plus pur, plus solide, que vous pleurez dans le fond de votre cœur, et
que vous vous sentez assez bon, assez fort, assez ai-
mant.pour me rendre heureuse. Dites cela, et je vous
croirai, et il ne sera plus question ni du passé, ni du
présent, mais seulement de l'avenir.

Ma pauvre mère me prit alors les mains, me serra
sur son cœur et me supplia d'écouter cette voix qui me
donnait un avertissement suprême. Probablement qu'a-
lors j'étais sous l'influence de quelque excès alcoolique; je ne répondis rien et allai me coucher.

Le lendemain, j'avais rendez-vous pour une partie
de plaisir. J'y fus, mais je m'ennuyai à mort. Les paroles de Joséphine retentissaient dans mon cœur, ma
conscience me criait que j'étais un infâme, et je quitta
furtivement mes compagnons pour rejoindre ma mère,
bien décidé à lui demander son pardon et à la prier de

m'obtenir celui de la jeune fille que j'avais si indignement méconnue.

Quand j'arrivai, ma mère était seule, horriblement triste, découragée. Je me jetai à ses genoux. Elle me releva en souriant et pleurant à la fois, et me regarda avec des yeux pleins d'amour :

— Pauvre enfant, dit-elle, pauvre enfant !

— Où est Joséphine ? Allez la trouver. Je veux aussi lui demander pardon.

Ma mère pâlit et ne répondit pas à ma question.

— Bonne mère, je vous en supplie, allez trouver Joséphine.

— J'irai... ce soir.

— Non, pas ce soir. Mon cœur est trop malade, je veux la voir à l'instant même.

Ma mère se mit à sangloter.

— Vous me cachez un secret, je le vois à votre visage. Dites-moi où est Joséphine ?

— Elle est partie !

Hélas ! oui, Joséphine était partie, et il fut impossible de retrouver ses traces.

Pendant un mois, je vécus dans la honte et la douleur. J'avais horreur de moi-même ; des remords cuisants bourrelaient mon âme. Puis, peu à peu, je retournai à mes habitudes de débauche. Ce n'est pas impunément qu'on a mis une fois le pied dans la fange. Si j'avais eu du cœur, j'aurais racheté mes égarements par une bonne conduite, et le bonheur ne m'aurait pas échappé pour toujours ; car j'appris plus tard que la fuite de Joséphine n'était qu'un stratagème de son dévouement : elle avait chargé une personne respectable d'avoir les yeux sur moi et de lui rapporter ce que je ferais. Hélas ! cette personne fut bien obligée de dire la vérité, et la courageuse jeune fille, qui n'attendait que le moment de reparaître pour me soutenir dans mes efforts de régénération, fut à jamais perdue pour moi.

Après trois mois, pendant lesquels je vagabondai, pour ainsi dire, au milieu des plaisirs du faubourg, j'annonçai à mes amis que j'allais *me ranger*, et je me mis en ménage avec une nommée Régina. C'était une belle fille, un peu effrontée, mais qui n'a pas ses petits défauts? Elle m'aimait à la folie, du moins elle le disait ; mais je trouvai bientôt que son amour s'étendait un peu trop aux objets qui m'appartenaient. Un jour elle mit la main sur ma montre, et la porta *chez sa tante* : elle avait été forcée à cette démarche, disait-elle, pour éviter les poursuites d'un huissier dont la menaçait une modiste inexorable. J'ai toujours supposé que l'huissier était aussi imaginaire que la modiste, dont il me fut impossible de découvrir l'adresse. Une autre fois, elle vendit mes draps et les six plus belles de mes chemises. Quand je demandai ce qu'était devenu l'argent, Régina me répondit en sanglotant qu'elle l'avait envoyé à sa mère, une pauvre femme paralysée qui demeurait dans le département des Deux-Sèvres. Je me rappelai alors que ma Dulcinée m'avait dit, quelque temps auparavant, que ses parents étaient morts depuis long-temps. J'en fis l'observation, et je reçus pour toute réponse, des trépignements, des hurlements de dou-leur, entrecoupés de phrases comme celles-ci : Tu es

un monstre ! Tu n'a pas de cœur ! Tu veux donc que je
laisse mourir ma mère sur la paille ! — Je dus céder.
Mais voici le plus fort. Comme j'avais eu la faiblesse de
mettre au nom de Régina le petit logement que nous
occupions ensemble, un soir, en rentrant, je ne trouvai plus que les quatre murs. Je me trompe : il restait
au milieu de la chambre une bottine éculée et une
vieille tresse de cheveux toute maculée d'un amalgame
de pommade et de poussière. A côté, se prélassait un
billet ainsi conçu :

« Mon gros loulou chéri, ne te fâche pas, j'avais absolument besoin d'argent pour aller en Angleterre
rejoindre une amie qui a fort bien réussi là-bas. Quand
j'aurai un sac bien rempli, je reviendrai te trouver, et
nous nous retirerons dans une maison de campagne
pour y élever des canards et de jolis petits lapins,
comme toi. Dans quinze jours, je t'enverrai une forte
somme pour remplacer ton mobilier.

Ton petit chou chéri,

Signé : Régina. »

Les aimables procédés de mademoiselle Régina étaient
de nature à me faire réfléchir. La perspective lointaine
de me retirer à la campagne pour y élever des canards
et de jolis petits lapins, *comme moi*, ne me séduisait
que médiocrement ; en tout cas, elle ne suffisait pas à
me faire accepter philosophiquement la situation actuelle de mes affaires. Je n'avais plus le sou, j'étais en-
detté de tous côtés, et je dus me remettre au travail
pour faire face aux exigences les plus pressantes.

Je remontai peu à peu sur l'eau, car j'étais bon ouvrier, quand je le voulais, et je me promis bien de ne pas donner de remplaçante à Régina.

Un soir qu'il tombait une pluie battante, je vis passer sur le trottoir une jeune fille à l'air timide, qui s'abritait tant bien que mal sous une pauvre petite ombrelle. Ému de pitié, je lui offris mon parapluie. Elle se défendit longtemps ; j'insistai et, en fin de compte, le parapluie fut accepté avec mon bras. Au bout d'un quart d'heure, nous étions près de la demeure de la jeune fille :

— N'allez pas plus loin, me dit-elle, il ne faut pas que l'on vous voie.

Et elle s'éclipsa par une porte cochère en me faisant un signe d'adieu.

Voilà, me disais-je en m'en retournant, une bien charmante personne. Celle-là au moins ne ressemble en rien à Régina. Elle n'est ni vulgaire, ni effrontée. Ce n'est pas elle qui vendrait mon mobilier et ne me laisserait en échange que l'espoir d'être un jour un petit propriétaire adonné à l'éducation du canard et du lapin... Il faudra que je revoie cette séduisante créature.

En effet, le lendemain, j'étais en campagne. Dieu sait si je posai des jours et même des semaines. Mais, plus je trouvais de résistance, plus je m'obstinais. Enfin, j'obtins des rendez-vous, et je crus sincèrement avoir fait la plus belle conquête de Paris. Mon adorée Cerisette — elle s'appelait Cerisette — donnait à ces rendez-vous une valeur énorme en me faisant remarquer que ses parents la surveillaient comme des tigres, et que son amour seul pouvait la porter à s'exposer à des châtiments dont Barbe-Bleue lui-même n'avait jamais eu l'idée.

Un jour, Cerisette m'annonça qu'elle ne pourrait me voir le lendemain. Elle devait, disait-elle, être marraine d'un beau petit garçon qui venait d'augmenter la famille d'une de ses cousines. Elle pleura en me quittant, et je fus sur le point d'en faire autant. Deux jours d'absence sont bien longs pour des cœurs si tendrement épris !

Le lendemain donc, ne sachant comment tuer le chagrin que me causait l'absence de mon idole, je me rendis à un bal sans autre intention que de regarder danser et de noyer mon ennui dans quelques libations. On s'ennuie toujours quand on n'est pas content de soi-même.

Installé dans un coin, derrière un pilier, je promenais des regards vagues sur les groupes étranges qui composent ordinairement la clientèle des établissements de ce genre, lorsque le nom de Cerisette fut prononcé à quelques pas de moi. Sans tourner la tête, je prêtai 'oreille et j'entendis le dialogue suivant :

— Mais laisse-moi donc faire, Alexandre, je sais comment il faut le prendre. Il me croit au pays pour y être marraine d'un petit parent, et demain, à ma rentrée, il doit me donner une montre en or.

— J'aimerais mieux des *monacos* qu'une *toquante*, ça a plus d'écoulement, et ça ferait mieux mon affaire. Ainsi, soigne-moi ton Honoré, et que ça me rapporte, ou gare à toi.

L'homme se leva. Cerisette — car c'était bien ma

tendre amie — le suivit, et tous deux disparurent dans le tourbillon de la danse.

Je ne quittai pas ma place et continuai d'observer. Une heure après, Cerisette sortait du bal, appuyée au bras d'un vieux monsieur qui était venu souiller ses cheveux blancs dans ce lieu de débauche. Alexandre les suivait à quelque distance.

Ainsi, ma Cerisette, cette jeune fille si timide, si réservée, si difficile à conquérir, ma Cerisette que je croyais la perle des maîtresses, était tout bonnement une hypocrite, une fille dégradée, tombée encore plus bas que les prostituées ordinaires, puisqu'elle faisait commerce de ses charmes au profit d'un de ces êtres sans nom, rebut de toute société, et partout honnis et méprisés.

Je m'éloignai, et me crus guéri pour toujours. Mais l'abîme appelle l'abîme : cette vérité sera éternellement vraie. Je m'ennuyai, la vie ne me parut plus supportable, et je pris une troisième maîtresse. Celle-ci ne se fit pas prier, et s'installa chez moi sans cérémonie. Elle paraissait un peu bêtasse : cela ne me déplaisait pas, car je trouvais que Régina et Cerisette avaient eu beaucoup trop d'esprit. Mathéa — c'était son nom — se montrait si bonne, si prévenante, si facile à contenter que je crus, cette fois encore, avoir mis la main sur l'oiseau rare. Elle me soignait, me gâtait comme un enfant, et je fus, pendant quelques mois, heureux comme un coq en pâte, — en admettant qu'un coq puisse être heureux dans la pâte, ce dont je doute fort. Jamais la moindre dispute, jamais un mot plus haut que l'autre, toujours des gracieusetés : c'était ravissant. Décidément Mathéa n'avait pas la plus petite ombre du plus petit défaut.

Ce qui mettait le comble à ma satisfaction, c'est que Mathéa, au lieu de me demander sans cesse de l'argent, trouvait toujours que je lui en remettais trop pour les besoins du ménage. Elle disait qu'elle avait des économies, réalisées du temps où elle avait été femme de chambre, et chaque jour je voyais apparaître un nouvel objet confortable dans notre petit appartement. Une fois elle revint avec six couverts d'argent ; une autre fois elle me fit cadeau d'une superbe montre à remontoir avec la chaîne en or. Ces objets provenaient, disait-elle, de la succession d'un de ses frères, mort un an auparavant, et elle devait encore recueillir beaucoup d'autres choses de cette succession.

J'en étais venu à professer pour Mathéa une véritable estime, quand un beau matin, à cinq heures, les agents de la sûreté vinrent mettre la main sur elle et sur moi, en vertu d'un double mandat d'amener parfaitement en règle.

Mathéa n'était ni plus ni moins qu'une voleuse de profession ; la route de Saint-Lazare lui était parfaitement connue, et on lui imputait de nombreux méfaits de date toute récente.

Je niai être son complice ; mais les faits étaient contre moi : j'avais reçu d'elle des cadeaux ; j'avais vécu, pour ainsi dire, de ses vols, et j'avoue que je me sentais rougir en parlant de mon innocence. Ce fut bien autre chose quand j'invoquai le témoignage de mon patron en faveur de mon honorabilité : il déclara qu'il m'avait confié plus de cent cinquante grammes d'or pour les travaux à exécuter chez moi, et que, après examen de ces travaux, il avait pu constater que le tiers au moins de cet or n'avait pas été utilisé. Dans une perquisition, on le retrouva caché au fond de mon armoire entre les plis d'une serviette. Mathéa, interrogée, déclara qu'elle n'avait pas connaissance de l'existence de cet or. Toutefois, comme la *brave fille* ne voulait pas se blanchir à mes dépens, elle ajouta que je l'avais mis là probablement pour l'empêcher de se ternir au contact de l'air. Voyez jusqu'où peut aller le dévouement de l'amour !

Ma Dulcinée fut condamnée à cinq ans de prison et moi à deux ans. Je n'en veux pas aux juges : à leur place je n'aurais pu prononcer un acquittement, car ils avaient à mon égard une conviction faite, et cette conviction était basée sur la vérité. Puisqu'il faut tout dire, j'avais depuis longtemps des doutes sur la probité de Mathéa, et loin d'éclaircir ces doutes, je cherchais à endormir ma prudence. Ma paresse morale se trouvait bien de l'état des choses, et c'est un service que m'a rendu la justice en me donnant un avertissement, pénible il est vrai, mais qui a eu pour effet de me rappeler à moi-même au moment où j'allais entrer de plein-pied dans le chemin du crime. Saurai-je profiter de la leçon ?

Voilà où mènent les femmes, je veux dire certaines femmes, car il y en a d'autres qui sont des anges, mais celles-ci, nous trouvons toujours le moyen de leur briser le cœur.

Pauvre Joséphine ! qu'est-elle devenue ? A-t-elle appris

ma lamentable histoire ? J'ai honte de toutes mes fautes, mais celles qui me pèsent le plus sont celles que j'ai commises à son égard. Je sais qu'elle est perdue pour moi, mais je voudrais bien ne pas mourir sans lui demander pardon.

Et mon vieux père, ma vieille mère ! La douleur a dû empoisonner leur existence ! Ils ont dépensé pour faire de moi un honnête homme, tant de dévouement, tant de soins, tant d'amour ! J'aurais dû embellir le peu de jours qui leur restent à vivre, et ils mourront dans l'humiliation, dans la misère, peut-être sur un lit d'hôpital !

CHAPITRE XVI

L'histoire de Giroflée m'a profondément touché.
Pauvre garçon! Il n'est pas gangrené, et il y a bien de la
ressource dans cette nature qui fut autrefois vertueuse.
Il aime ses parents, il est désolé de l'affliction qu'il
leur a causée : c'est de bon augure pour l'avenir. Que
ne puis-je faire quelque chose pour lui ! Ne suis-je pas
moi-même coupable et malheureux! En tout cas, je
lui donnerai de bons conseils, j'essaierai de relever son
courage. Il faudrait bien peu de chose pour refaire de
ce jeune homme un excellent citoyen. . . . . . .

. . . .

. . . .

. . . . . Je viens de recevoir deux lettres, l'une
du bon père Isidore, et l'autre de Marie.

Leur affection est plus tendre, plus profonde que
jamais. J'aurais du marbre à la place du cœur si je
restais insensible à un dévouement si noble, si désintéressé. Ils insistent tous deux sur une affirmation qui
m'a d'abord paru hasardée, mais qui, sans doute, doit

être l'expression de la vérité : c'est que la vertu du
pécheur vraiment repentant est plus solide que celle
de l'homme qui n'a pas péché. Cela tient peut-être à
ce que l'homme qui ne pèche pas a généralement des
passions peu violentes, et que les efforts qu'il fait pour
rester vertueux, sont moins énergiques que ceux de
l'homme tombé qui aspire à revenir au bien. N'est-ce pas
le fond de la doctrine du Christ, de cette doctrine qui
fait du repentir la condition essentielle du salut, en
nous apprenant qu'il y a plus de joie au ciel pour un
pécheur qui se repent que pour quatre-vingt-dix-neuf
justes qui persévèrent. Au reste, qui ne péche pas ici-
bas ? Certaines fautes ne conduisent pas en prison ;
mais il y en a de celles-là qui, en bonne morale, sont
plus détestables que beaucoup d'autres que le code a
prévues. Par exemple, un homme qui maltraite sa
femme, qui laisse ses enfants mourir de froid et de
faim, est plus lâche, plus coupable qu'un jeune étourdi
qui, dans un moment d'oubli, s'est approprié cent
francs, pour acheter un bijou à une Laïs quelconque,
dont il s'est sottement amouraché. Ce dernier a péché
par entraînement ; le premier pèche d'une manière
continue, de sang-froid, pour ainsi dire, et sa conduite
indique qu'il manque de cœur, tandis que l'autre peut
revenir facilement au bien.

Non pas que je veuille dire que les condamnés sont
les moindres pécheurs de ce monde. Hélas non ! Je
veux dire simplement que tout homme étant pécheur,
et que beaucoup d'hommes cependant étant vertueux,
un condamné ne doit pas plus désespérer que les autres

hommes d'effacer ses fautes et de pouvoir revenir dans le droit chemin.

Et puis, si les prisonniers sont sincères, s'il veulent faire un sérieux examen de conscience, que de fautes impunies ils trouveront dans leur passé ! Il est bien rare qu'on vienne en prison d'un seul bond, sans avoir commis une série de fautes plus ou moins graves qui ont amené, pour ainsi dire fatalement, celle que les lois ont dû réprimer. Car les lois ne punissent pas tout ce qui est mal : forcées de respecter, jusqu'à un certain point, la vie privée de l'individu, elles n'interviennent que quand les intérêts de la société ou d'un de ses membres sont en jeu. C'est ainsi que beaucoup de fautes ne reçoivent pas de châtiment visible ; mais pour celles-là, il reste la justice de Dieu qui ne s'endort jamais.

M. l'aumônier nous a parlé quelquefois dans ce sens, mieux que je ne puis le faire, et avec une conviction qui ne me laisse aucun doute sur la puissance du repentir, sur ses effets admirables, sur les consolations qu'il donne à l'âme, et sur la force dont il revêt l'homme sincèrement animé du désir de mieux faire. Je me rappelle en particulier ce fait qui ne m'avait jamais frappé : c'est que le premier saint qui entra au ciel avec le Christ, fut un voleur, bien plus, un assassin, le bon larron qui fut crucifié en même temps que le Sauveur. Et qu'avait-il fait pour mériter cet insigne honneur ? Il s'était tout simplement repenti.   .   .   .

.   .   .   .

Ces réflexions m'ont entraîné bien loin du père

8

Isidore et de Marie, dont je viens de relire les lettres. Le premier m'annonce qu'il voit mon amie deux ou trois fois chaque semaine. Il semble professer pour elle une admiration profonde. « Elle a bien changé, me dit-il, mais à son avantage. Ses traits, sans cesser d'être aimables, un peu enfantins et animés d'une douce expression, ont pris une teinte de mélancolie qui la rend vraiment belle. On voit que les pensées fortes, la volonté sont entrées en possession de son âme. Elle sent qu'elle aura des luttes à soutenir, et elle s'y prépare. Ma position est difficile : je ne voudrais pas l'encourager à l'insubordination envers son père, et pourtant je ne me sens pas le courage de lui dire de ne plus t'aimer, de t'abandonner à ta destinée. Je sais que ce serait vous tuer tous les deux. J'abandonne donc l'avenir aux soins de la bonne Providence. » . . . . .

. . . .

. . . Marie m'apprend qu'elle a fait une précieuse découverte : celle d'une jeune fille douée de qualités exceptionnelles, et que son père lui a permis de prendre comme demoiselle de compagnie. Cette concession du terrible M. Jarville me réconcilie un peu avec lui. La jeune fille en question s'appelle Joséphine, comme celle dont ce pauvre Giroflée n'a pas su apprécier le dévouement et l'affection. « Joséphine est une vraie perle, me dit Marie ; elle est jolie à ravir, bonne comme une sœur de charité, intelligente et instruite. J'ai bien vite oublié qu'elle m'était attachée à titre de suivante, pour en faire mon amie de cœur. Elle est digne de ce titre ; aussi n'ai-je point de secrets pour elle. La pauvre enfant a eu de gros chagrins, surtout des chagrins de cœur. Je sais toute son histoire, mais il serait trop long de vous la raconter ; du reste, vous ne connaissez pas Joséphine, et cela ne vous intéresserait peut-être guère. » . . . .

. . . .

. . . . . Je recueille parfois les pensées ou les maximes qui me frappent le plus dans mes lectures. Voici une de mes glanes :

— Veux-tu manger du pain, ne dors pas sur la farine. (*Proverbe oriental.*)

— L'ignorance est une rosse qui fait broncher celui qui la monte, et qui fait rire de celui qui la mène. (*Idem.*)

— Dieu est bon ouvrier ; cependant il veut qu'on l'aide. (*Idem.*)

— Le paresseux voudrait bien manger l'amande, mais il craint jusqu'à la peine de casser le noyau. (*Idem.*)

— Les effets de la colère ressemblent à la chute d'une maison qui, en tombant sur une autre, se brise elle-même. (*Sénèque.*)

— Celui qui dit un mensonge ne sent point le travail qu'il entreprend ; car il faut qu'il en invente mille autres pour soutenir le premier. (*Pope.*)

— Un homme pauvre et paresseux ne peut être un honnête homme. (*Poincelot.*)

— Un homme oisif est un méchant commencé ; sem

blable à ces liqueurs qui se corrompent dans le repos, et rongent bientôt le vase qui les contient, il faut ou es jeter sans délai ou les faire fermenter de nouveau. (*Servan.*)

— Les vices sont une race féconde : il n'en est pas un qui ne puisse engendrer cent maladies; et quand ils n'ont qu'un enfant, souvent cet enfant est la mort. (*De Jussieu.*)

— Le plaisir est une bonne chose, et on peut en user; mais celui qui en abuse ne se conserve ni ne se repose; il se fatigue et se détruit. (*Idem.*)

— Il n'est pas une chute, sauf la mort, dont on ne puisse se relever. (*Octave Pirmez.*)

CHAPITRE XVII

QUESTIONS DIVERSES.

Georges n'avait pas tardé à être nommé moniteur à l'école des détenus, et à se faire remarquer par l'intelligence et l'activité avec lesquelles il s'acquittait de ses nouvelles fonctions.

Convaincu de cette vérité que le plus grand service qu'on puisse rendre à un homme est de lui apprendre à lire et à se servir de sa langue'maternelle, il obtint bientôt des résultats qui dépassèrent toutes les prévisions de l'instituteur de la maison centrale, lequel lui confia, en même temps que la direction de la première division, un recueil de dictées spéciales, roulant uniquement sur les questions qui touchent de plus près à la vie du prisonnier.

Voici des extraits très intéressants de quelques-unes de ces dictées.

LA JUSTICE.

..... Il fut un temps où la justice pouvait être accusée de partialité, parce que, trop souvent, ses décisions

8.

étaient influencées par des questions de personnes. Un ministre, un grand seigneur, faisaient jeter leurs ennemis dans un cachot, et personne ne songeait à réclamer.

. . . . . . Mais aujourd'hui, l'arbitraire a disparu de nos lois et de nos prisons. La justice est un être impersonnel qui plane au-dessus des intérêts et des rancunes des particuliers, elle ne frappe plus un individu par la seule raison que c'est le bon plaisir d'un autre individu. Elle retourne à grands pas vers ses sources véritables, et se dépouille des haillons terrestres pour reprendre ses attributs divins.

C'est donc une chose déraisonnable de récriminer contre la justice et contre la société dont elle est l'arme défensive. La justice ne connaît pas l'homme, elle ne connaît que les faits dont il est l'auteur. Et quant à la société, pourquoi lui déclarer la guerre ? Qu'a-t-elle fait autre chose que de recourir à une mesure protectrice de la sûreté de ses membres ? La société n'est jamais en guerre avec un homme, bien que des milliers d'hommes soient en guerre avec elle. Elle n'a donc pas lieu de se venger, de traiter personne en vaincu, de faire des victimes ; elle a seulement lieu de se protéger, de se défendre, de ne pas laisser entamer le réseau des lois qui garantissent, dans la mesure du possible, la sécurité de chacun de ses enfants.

Que les assassins cessent de tuer, les voleurs de voler, les impudiques de violer, et l'on verra bien si la société ira les provoquer à un duel quelconque.

Si les détenus étaient francs, ils conviendraient que ce qu'ils doivent maudire, ce n'est ni la justice, ni la société, mais bien leurs propres vices, leurs passions, au moins leurs imprudences. . . . .

LE RÉGIME ALIMENTAIRE.

Le détenu qui se plaint le plus du régime alimentaire, est généralement celui qui, lorsqu'il était libre, n'avait rien à se mettre sous la dent, vivait de mendicité et couchait dans les fossés.

J'en pourrais nommer dix sur vingt qui sont dans ce cas. Ceux-là trouvent le coucher détestable, la soupe aigre, le pain mal cuit. S'ils avaient un peu de mémoire, ils pourraient se rappeler qu'on les a vus arriver à la maison centrale sans chaussures, quelquefois sans chemise, avec des vêtements hideux et un porte-monnaie qui sonnait terriblement creux. Et si l'on remontait plus haut dans leur existence, on trouverait que ce sont ceux-là qui n'ont peut-être jamais eu à eux un lit, une marmite et un chanteau sur la planche. On leur donne, en style de prison, le nom de *fourneaux*, parce qu'ils n'ont jamais été à plus grande fête que le jour où ils ont pu se payer une ration de deux sous à un fourneau économique. On les appelle encore *fours à plâtre*, parce que leur logement habituel se trouve à côté des fours à chaux ou à plâtre, où ils vont se réchauffer pendant les froides nuits d'hiver.

C'est, disent-ils, les condamner à l'annihilation de leurs forces, jeter en eux le germe de nombreuses maladies, bref, les vouer à une mort anticipée, que de les soumettre à un régime alimentaire ne comportant, par jour, que deux soupes, une ration de légumes et sept cent cinquante grammes de pain.

A leur compte, il est impossible, avec une si petite quantité d'aliments, de maintenir ses forces et de vaquer à un travail régulier de dix heures par jour, sans porter de graves atteintes à l'économie du corps.

Je répondrai d'abord qu'il y a un moyen fort simple d'améliorer le régime. Ce moyen consiste tout bonnement à travailler, à gagner de l'argent, et à se procurer à la cantine un supplément de vivres.

Mais, considérons le régime réglementaire tel qu'il est, cantine à part.

Comme toutes les autres parties du règlement sur les prisons, la question du régime alimentaire a été débattue, d'abord par les légistes, auteurs de la loi, ensuite par une commission spéciale, composée de médecins et de savants. Croyez bien que si ces savants avaient vu dans le régime proposé une menace pour la vie, ou simplement pour la santé des condamnés, ils n'auraient pas donné leur approbation. Il ne faut pas vous imaginer que les règlements auxquels vous êtes soumis, sont le résultat du caprice d'un homme, d'un ministre quelconque, ou d'un chef de bureau....... Si le régime alimentaire des prisons avait été combiné de façon à porter atteinte à votre santé, ceux qui l'on fait auraient travaillé contre les intérêts de la société, pour laquelle chaque invalide constitue une perte et une charge nouvelle. Ils auraient, de plus, concouru à une œuvre que

prouverait l'humanité, et l'humanité est la base de
utes nos institutions modernes.

Je conviens que ce régime est peu stimulant, qu'il ne
ommunique pas à vos membres une énergie bien sen-
ble, mais il est suffisamment réparateur pour des
ommes dont la vie est parfaitement réglée et qu'aucun
xcès ne vient affaiblir. Ceci, ce n'est pas moi qui l'af-
rme, c'est la science, par l'organe des médecins dé-
gués à l'étude de cette question.

Beaucoup d'entre vous ont habité la campagne et
vent en quoi consiste la nourriture du travailleur des
amps, dont les labeurs cependant sont plus pénibles
e les vôtres. Ceux-là ne me démentiront pas si j'af-
rme que, dans la plupart des villages, on mange du
in plus mauvais que celui de prison, et de la soupe
uvent moins grasse. Pourtant les habitants des cam-
agnes sont généralement dans un état de santé qui
it envie aux habitants des villes, habitués à la bonne
ière.

Hippocrate disait, il y a quelques milliers d'années,
ue la diète est le meilleur ami de la santé. Tous les
édecins après lui, même ceux de nos jours, sont du
ême avis.

La science range en trois grandes catégories les ma-
dies qui entraînent fatalement une mort prématurée :
celles dont on apporte le germe en naissant ; 2º celles
ui résultent d'un accident grave, 3º celles qui résultent
es excès.

Or, il est constaté, par la statistique, que les décès
rrivés dans les maisons centrales, ont presque tous

une cause antérieure à l'entrée du condamné en priso[n]

Mais admettons que le régime des maisons central[es] soit trouvé insuffisant par qui de droit, et qu'on vien[t] à l'améliorer sensiblement. Je vous laisse le soin de di[re] ce qui arrivera. Dans l'état de choses actuel, il y a [?] pour 100 de récidivistes : alors il y en aura 80 pour 10[0] peut-être davantage. Certains individus se trouveront [si] bien en prison qu'ils n'en voudront plus sortir.

Que de pauvres ouvriers, honnêtes, laborieux, ma[is] chargés de famille, sont plus mal nourris, plus mal co[u]chés, plus mal chauffés que vous !

LE SILENCE.

Le silence est de règle absolue dans les maisons cen[?]trales, et Dieu sait si cette règle fait pousser les hau[ts] cris à la plupart des prisonniers.

Sans doute, la liberté de parler en prison serait un[e] excellente chose, si les causeries des détenus devaie[nt] être irréprochables au point de vue de la morale, o[u] même simplement n'être qu'une distraction. Mais, vou[s] en conviendrez vous-mêmes, si les détenus pouvaie[nt] converser librement, quels seraient les objets de leur[s] conversations ? L'un raconterait sans vergogne se[s] exploits vrais ou imaginaires; un autre, vieux dans l[e] crime, enseignerait aux jeunes les ruses du métier; u[n] troisième, célébrerait ses aventures galantes; bref, toute[s] les conversations rouleraient sur des sujets dont la con[?]naissance cependant vous a déjà coûté cher.

Les récidivistes accusent souvent la prison d'avoir causé leur corruption. Que serait-ce donc si une liberté complète était donnée au cynisme de prôner ses doctrines ?... Malgré toutes les précautions, on ne peut nier, dans les prisons, l'existence de la contagion.

L'abolition du règlement sur le silence en ferait alors de véritables écoles de démoralisation, des pépinières de scélérats, et cela à l'ombre même, sous la protection de l'autorité. Certes, le gouvernement serait un grand coupable d'aller ainsi, sous le faux semblant d'humanité, favoriser le développement de criminelles doctrines, de prêter pour ainsi dire, son appui aux ennemis de la société.

Et puis, partons bien de ce principe qu'on n'est pas en prison pour s'amuser. La statistique prouve malheureusement que trop d'individus sont portés à considérer la prison comme leur *chez-soi*. Un règlement trop doux n'aurait d'autre effet que d'augmenter le nombre des récidives.

Du reste, il faut bien avouer que les moyens de communications entre vous ne vous font pas défaut. Vous ririez sous cape si l'on vous disait que l'œil de vos gardiens suffit pour vous empêcher de parler quand vous l'avez mis dans votre tête. Chaque jour, quelques-uns d'entre vous sont signalés pour bavardage ; mais, si tous ceux qui violent le réglement sur le silence étaient signalés, avouez qu'il faudrait créer un emploi de secrétaire spécial pour la rédaction des rapports.

Un journaliste a dit un jour que les endroits où l'on

bavarde le plus en ce monde sont les ateliers de blanchisseuses et les maisons centrales.

Il voulait peut-être plaisanter, mais il disait vrai, s'il entendait parler des endroits où l'on bavarde sans en avoir besoin et surtout sans permission.

Ne vous plaignez donc pas quand vous êtes signalés au prétoire de justice disciplinaire pour infraction à la règle du silence. En bonne conscience, vous avouerez que vous n'êtes pas signalés une fois par vingt infractions.

LE TRAVAIL.

Je ne sais trop si je dois entreprendre de défendre, auprès de vous, le règlement qui rend le travail obligatoire dans les maisons centrales. Peu d'entre vous, en effet, disconviennent de l'excellence de cette mesure qui vous garantit des sombres ennuis de l'oisiveté, abrège, pour ainsi dire, la durée de votre peine, et enfin, vous crée, pour le jour de votre libération, un petit capital qui, pour la plupart, n'est pas à dédaigner.

Chez tous les peuples, dans toutes les religions, le travail est considéré comme le premier fondement de l'existence de l'homme, comme une nécessité en même temps qu'une satisfaction.

Sans travail, pas de morale et pas de bien-être, et là où il n'y a ni morale ni bien-être, on ne peut rien trouver de ce qui constitue la dignité et le bonheur de l'homme, de la famille, des sociétés.

Les anciens Egyptiens allaient jusqu'à condamner à mort les gens oisifs, comme des sujets dangereux et inutiles.

A Sparte, des peines très rigoureuses frappaient les citoyens qui ne pouvaient rendre compte d'un emploi utile de leur temps. A Rome, les censeurs faisaient condamner aux mines ou aux travaux publics les hommes convaincus de s'être livrés régulièrement à l'oisiveté. Tacite dit que les anciens Germains plongeaient les paresseux dans la fange des marais et les y laissaient mourir. En Orient même, où l'oisiveté semble passée dans les mœurs, on trouve des lois fort sévères contre les gens qui veulent vivre sans rien faire.

Si les peuples d'Occident sont parvenus aujourd'hui à un degré prodigieux de richesse et de civilisation, ils le doivent à leur travail.

Napoléon 1er disait que chaque heure perdue est un élément de moins dans le bonheur d'un homme.

Non seulement le travail est un bienfait pour l'homme, mais il est le principe de ses plus nobles jouissances. Il n'y a pas de bonheur possible sans travail. Voyez le paresseux, même le paresseux qui a de l'argent dans sa poche : au bout de huit jours de plaisirs, même avant, il tombe de lassitude et d'ennui, il ne sait que faire de son corps, comme on dit vulgairement, et les jours lui paraissent d'une longueur désespérante. Ceux-là seuls éprouvent du plaisir à se distraire, qui ont travaillé avant de songer à la distraction. Une distraction continue serait plus fatigante qu'un travail continu. Mais, diront quelques-uns, le travail des prisons est trop pé-

nible. Ceux-là n'ont qu'à regarder autour d'eux quand
ils seront libres : ils verront que des milliers d'hommes
se livrent chaque jour à des travaux bien plus durs et
surtout plus dangereux que ceux auxquels ils sont
astreints. Le mineur, le débardeur, le moissonneur
même peinent plus que le prisonnier, assis à son établi, à l'ombre en été, et bien garanti du froid en hiver.
Et que dire de ces nombreuses industries, où la main-
d'œuvre est préjudiciable à la santé de l'homme, et qui
toutes sont interdites dans les prisons?

Il y a enfin des détenus qui prétendent que leur travail *enrichit le gouvernement*. Ceux-là ne mériteraient
pas qu'on leur fît une réponse si l'ignorance n'était leur
excuse. La meilleure réponse à leur faire est que les
prisons coûtent chaque année, à l'Etat, plus de *vingt-
cinq millions*; que le Ministère de l'Intérieur est obligé
de donner une forte prime aux entrepreneurs qui con-
sentent à affermer le travail et les services généraux
d'une prison, et qu'il n'est pas toujours possible de trouver des entrepreneurs. Si le travail des prisonniers
était aussi fructueux que quelques-uns se l'imaginent,
les entrepreneurs ne manqueraient pas. Sans doute, il
y a, dans les prisons, de bons ouvriers qui rapportent
plus qu'ils ne touchent; mais de ceux-là combien
en compte-t-on? En disant dix sur cent, ce serait exa-
gérer. En revanche, combien d'autres prennent, pour
ainsi dire, plaisir à gâcher la marchandise, à produire
des objets de mauvaise qualité, ayant un vice quelconque? Ici, comme en beaucoup d'autres choses, ce sont
les mauvais détenus qui font le mal des bons.

LES GARDIENS.

En général, quand un gardien débute, il est tout disposé à traiter les détenus avec douceur, même avec bienveillance. Mais qu'arrive-t-il ? Jeté dans un atelier où l'élément mauvais l'emporte sur le bon, il ne tarde pas à être le jouet des *fortes têtes* qui s'ingénient à lui créer des embarras, qui cherchent tous les moyens possibles d'abuser de son inexpérience, et l'agacent par des tracasseries plus indignes les unes que les autres. De sorte que, au bout de trois mois, sinon avant, le gardien le plus pacifique, le mieux intentionné, devient forcément sévère. Que voulez-vous ? Tel il est, tel vous l'avez fait.

Neuf fois sur dix, ce sont les mauvais détenus qui peuvent s'accuser de l'inflexibilité des gardiens. Ils ont voulu les traiter en ennemis : ils recueillent ce qu'ils ont semé.

La besogne des gardiens est difficile et rude. Si vous rendez cette besogne encore plus pénible, il faut vous attendre à les trouver quelquefois de mauvaise humeur. Mais alors n'accusez que vous-mêmes.

Et puis, pourquoi toujours crier à la sévérité, à l'injustice ? On ne vous a pas mis en prison pour jouir de toutes vos aises et couler des jours tissés de soie et d'or. N'avez-vous pas remarqué comme moi que ceux qui se plaignent toujours sont ceux sur lesquels il y aurait le plus à dire, soit dans le passé, soit dans le présent ?

Voyez au contraire le détenu qui ne dit rien, qui fait sa besogne tranquillement, qui mange sa soupe sans crier qu'on l'empoisonne, qui obéit sans commentaires : il y cent à parier contre un que ce détenu avait, dans le monde, une position, qu'il a connu le bien-être et qu'il a reçu de l'éducation.

A ceux qui crient toujours et à propos de tout, on pourrait dire : Si vous vous trouvez si mal, il fallait rester chez vous.

Mais pour rester chez soi, il faut avoir un chez-soi. Or, en avaient-ils un ? Ce n'est pas sûr. . . . . .

. . . .

RELATIONS DES DÉTENUS ENTRE EUX.

La première condition pour vivre en paix avec vos co-détenus, est de ne porter en aucune façon atteinte à leur personne ou à leurs droits. Si vous ne faites aux autres rien de répréhensible, il est plus que probable qu'ils vous laisseront tranquilles. Cependant, si votre numéro d'écrou vous avait placé à côté d'un mauvais coucheur, comme on dit vulgairement, tâchez de le ramener par la patience et les bons procédés. Il ne faut pas oublier que, en prison, vous devez vous attendre à souffrir. Toutefois si les taquineries prenaient des proportions insupportables, recourez à la protection de vos supérieurs. Mais ne le faites qu'à la dernière extrémité.

Défiez-vous surtout de ceux qui vous proposeront

des rendez-vous après votre libération, et vous parleront de superbes coups à faire. Ils vous diront qu'il n'y a aucun danger, qu'ils sont sûrs de la réussite, qu'ils sont trop malins pour se laisser prendre. Répondez-leur que, puisqu'ils sont ici, cela prouve qu'ils ne sont pas des malins hors ligne.

Et puis quels beaux coups peuvent-ils vous proposer? La plupart du temps, il ne s'agit que de quelques lapins dans une masure éloignée, ou d'un pantalon à l'étalage d'un vieux brocanteur à moitié aveugle. J'ai remarqué que les lapins jouent un grand rôle dans l'histoire de beaucoup de condamnés. Et pourtant pour manger une bonne gibelotte il suffit de travailler une heure ou deux. An lieu de cela, les malins, comme ils s'intitulent, préfèrent passer une nuit blanche, laquelle, souvent, leur vaut quelques années de prison. . . . . . .

. . . .

DES RELATIONS AVEC LA FAMILLE.

..... Beaucoup d'entre vous, malgré leurs écarts, malgré leur ingratitude peut-être, n'ont pas encore lassé l'affection de ceux qui leur tiennent par les liens du sang, et, plus d'une fois, j'en ai vu verser des larmes à la lecture d'une lettre tracée par une main amie. Ce dernier signe est rassurant : il prouve que les bons sentiments ne désertent pas pour toujours le cœur d'un homme, par la seule raison que la justice lui a infligé un châtiment.

Je ne saurais trop recommander à ceux qui ont encore une famille qui ne les a pas abandonnés, de correspondre avec cette famille le plus fréquemment possible, c'est-à-dire tous les mois, ainsi que le permet le règlement. L'échange de sentiments qui en résulte ne saurait que grandement concourir à leur moralisation.

Il y a longtemps que les philosophes ont constaté qu'un sentiment était plus puissant que toutes les théories pour guider l'homme vers un but noble et bon. C'est pour cela que toutes les religions tendent à s'appuyer sur le sentiment autant que sur la raison.

Vous ne savez pas toutes les joies, toutes les espérances que donne à un père, à une mère, à une épouse, la lettre d'un prisonnier, quand cette lettre ne parle que de repentir, d'affection et de bonnes résolutions...

Si vous avez du cœur, vous ne ferez pas comme certains détenus qui remplissent leurs lettres du récit de leurs souffrances morales et physiques, qui veulent se rendre intéressants à tout prix, et qui, dans leur égoïsme, oublient que des lettres de ce genre ne causent à leur famille que tristesse et désolation. Vos parents sont déjà assez portés à se représenter la prison sous de sombres couleurs ; vous augmentez donc leurs angoisses en vous disant plus malheureux que vous ne l'êtes réellement. Si vous aimez véritablement ceux à qui vous écrivez, ne les alarmez pas en cherchant à attirer sur vous l'intérêt et la pitié. Votre façon d'agir serait tout aussi méprisable que celle de ces mendiants effrontés qui étalent de fausses plaies pour émouvoir la pitié des passants.

Je connais un détenu qui a joui dans le monde d'une position honorable et indépendante, et qui a toujours vécu dans le plus large bien-être. Eh bien, croyez-vous qu'il se plaint dans ses lettres, qu'il maudit le régime, le travail et les mille ennuis de la prison? Pas du tout. Il plaisante au contraire sur le bouillon du gouvernement, vante les qualités hygiéniques de la pomme de terre et des haricots, dit que le silence est le commencement de la sagesse, etc. Si bien que sa mère a fini par croire que la prison n'est terrible que de loin.

Et pourtant cet homme, qui a vécu dans l'abondance, doit souffrir bien plus qu'un pauvre diable accoutumé aux privations de tout genre. Mais il aime sa mère, et il se ferait un crime d'ajouter à ses peines en lui disant qu'il est malheureux. . . . .

. . . .

CE QU'ÉTAIENT NOS ANCIENNES PRISONS.

. . . . . Ceux qui se plaignent si fort des prisons de nos jours raisonneraient peut-être autrement s'ils connaissaient l'histoire des prisons en France.

Voici ce qu'écrivait un auteur de la fin du seizième siècle :

« . . . . Au lieu de prisons humaines, on fait des cachots, des tasnières, fosses et spelunques, plus horribles, obscures et hideuses que celles des plus vénimeuses et farouches bestes brustes, où on les fait roidir de froid, enrager de male faim, hannir de soif et pourrir de vermine et de povreté, tellement que si, par pitié, quelqu'un va les voir, on les voit lever de la terre humoureuse et froide, comme les ours des tasnières, vermoulus, bazanés, emboufis, si chétifs, maigres et défaits, qu'ils n'ont que le bec et les ongles. . . »

Et, sans remonter si haut, qu'étaient les prisons, il y a moins de cent ans? Des espèces d'égoûts, immondes et malpropres, où l'on entassait pêle-mêle, au mépris de toutes les lois de l'humanité, des malheureux, coupables souvent de simples peccadilles... Vous, qui vous plaignez de la sévérité de nos lois actuelles, que diriez-vous des anciennes lois qui prononçaient la peine de mort pour le vol qualifié, et les galères pour le vol simple? Tel fait qui vous vaut aujourd'hui trois mois de prison, vous aurait alors valu huit ou dix ans de bagne.

Et puis, je ne saurais me lasser de le répéter, si nos prisons sont si horribles, pourquoi tant de gens y reviennent-ils si souvent? Les plus obstinés à se plaindre, à se poser en victimes, sont toujours ceux dont le dossier accuse cinq, dix, vingt, même trente condamnations. Il y en a même dont les étapes sont si nombreuses qu'ils ne peuvent plus les compter. Ils pourraient vous renseigner sur la qualité de la soupe dans les prisons du nord et du midi, de l'est et de l'ouest, sans oublier le centre. Et ils se plaignent! Que devrait donc faire pour eux la société? Peut-être leur donner des pensions et les décorer!. . . . .

. . . .

QUELQUES MOTS SUR LA RELIGION.

. . . . . Un grand philosophe de nos jours a dit que le bien le plus précieux dans la vie, était d'avoir été élevé par une mère chrétienne.

Si vous avez eu ce bonheur, si la foi n'a fait que sommeiller en vous sans déserter le fond de votre cœur, revenez franchement aux pratiques religieuses qui ont embelli et poétisé votre enfance, et ne rougissez pas de vous montrer chrétiens.

Il n'y a que les lâches qui ont peur de mettre leur conduite d'accord avec leurs convictions.

Mais, diront quelques-uns, je ne crois pas à ce que la religion veut m'imposer comme des vérités ; si je m'acquittais de ce qu'on appelle les devoirs religieux, je ferais acte d'hypocrisie.

A ceux-là, je réponds : Puisque vous ne croyez pas, ne pratiquez pas. Votre abstention est mille fois préférable à une démarche entachée de mensonge. Mais tâchez de vous instruire. Vous verrez alors que la religion n'est pas une invention bonne seulement à intéresser les faibles d'esprit, et que, chez tous les peuples, dans tous les temps, tous les hommes qui ont éclairé le genre humain des lumières de leur génie, ont proclamé l'existence de Dieu et, comme conséquence inévitable, la nécessité d'un culte. Votre intelligence, comme la mienne, est bien peu de chose. Il ne s'agit donc pas de dire : Je ne comprends pas, je n'admets pas cela. Il faut, au contraire, dire : Puisque les hommes plus éclairés que moi affirment telle chose, il ne me reste qu'à les croire sur parole. Les savants vous ont dit que la terre tourne autour du soleil, et vous les avez crus, probablement sans pouvour discuter leurs preuves. Ils vous disent aussi que Dieu existe, que ce Dieu jugera tous les hommes ; vous seriez stupidement orgueilleux de répondre qu'ils ont tort, car votre esprit est bien faible comparé au leur. Vous ressembleriez à un homme qui nierait l'existence du pôle nord parce qu'il n'y est jamais allé.

Vous allez me dire que tous les grands hommes ne sont pas d'accord sur l'existence de Dieu. C'est ce qui vous trompe. Leurs opinions peuvent varier sur des questions de détail, mais elles ne varient pas sur les deux points fondamentaux : à savoir que Dieu existe et que les hommes ont à remplir des devoirs envers lui. Jean-Jacques Rousseau, et Voltaire lui-même, que beaucoup se plaisent à regarder comme des négations vivantes de la divinité, se sont vus contraints, par une invincible logique, de proclamer le grand principe. Jean-Jacques-Rousseau a consacré à l'idée de Dieu et au culte qui lui est dû, les plus éloquentes de ses pages ; et c'est Voltaire qui a dit : *Si Dieu n'existait pas, il faudrait l'inventer*, tellement ce grand esprit se sentait incapable de rien expliquer sans l'intervention de Dieu. C'est lui encore qui a rendu, en deux beaux vers, cette pensée : Prétendre que l'univers s'est créé et se gouverne lui-même, c'est prétendre que mon horloge s'est faite toute seule et marchera des milliers d'années sans que personne y mette la main.

Vous voyez donc qu'en vous rangeant du côté de ceux qui croient en Dieu, vous ne courez pas risque d vous trouver en mauvaise compagnie, puisque pas un seul des grands hommes qui ont existé n'a rejeté cette croyance. Voulez-vous savoir, à ce sujet, l'opinion d'un contemporain illustre, M. Thiers ? Voici ce qu'il dit :

« J'invoque souvent ce Dieu, auquel je suis heureux de croire, que des fous et des ignorants nient, mais en qui l'homme éclairé trouve sa consolation et son espérance. . . . .

« J'ai défendu avec conviction la religion chrétienne comme intéressant au plus haut degré la grandeur de la France, la liberté bien entendue, et la société tout entière qui, sans le catholicisme, tomberait dans un affreux chaos.

« Les sots préjugés ne me font pas peur, et je ne craindrai jamais de les heurter pour de si grands et si nobles intérêts.

« Le matérialisme est une sottise en même temps qu'un péril. Pour moi, je suis un spiritualiste, un spiritualiste passionné, et si j'avais plus de temps et de force, je voudrais confondre le matérialisme au nom de la science et du bon sens... »

Je pourrais vous faire des centaines de citations semblables, toutes signées des noms des philosophes, des historiens, des astronomes, des poètes les plus célèbres.

Et si vous m'objectez que vous connaissez des gens

très honnêtes, même très charitables, qui ne pratiquent pas leurs devoirs religieux, je vous ferai remarquer que cela ne prouve rien dans la question qui nous occupe. Vous ne connaissez pas le fond de leur conscience, et je crois que vous seriez bien embarrassés de les trouver en défaut quand il s'agit du respect dû à Dieu et à la religion.

Rappelez-vous bien ceci : un homme instruit et bien élevé peut ne pas donner de signes extérieurs de religion, mais vous ne le verrez jamais se moquer de Dieu. Ce dernier rôle appartient à une catégorie d'individus en qui la pose et la fanfaronnade ont. pour but de masquer le manque de connaissances et les vices d'une éducation défectueuse . . . .

. . . .

L'ÉCOLE.

L'établissement d'une ou plusieurs écoles dans chaque maison centrale, est un des faits qui témoignent le plus des bonnes dispositions de l'administration à l'égard des détenus.

L'ignorance, en effet, est une des causes primordiales de la démoralisation dans les classes populaires. Combattre l'ignorance est donc combattre un des ennemis les plus nuisibles que le peuple ait à redouter.

Aujourd'hui, avec les exigences sans nombre d'une civilisation qui avance à pas de géant, l'homme qui ne sait ni lire ni écrire est réellement à plaindre. Les emplois, même les plus modestes, lui sont interdits, parce qu'il n'en est pour ainsi dire pas qui ne forcent, à chaque instant, à recourir à la lecture ou à l'écriture. On a dit avec raison qu'il manquait un bras, une jambe et un œil à l'homme qui ne sait ni lire, ni écrire, ni compter.

Si donc vous sentez que les éléments indispensables de l'instruction vous font défaut, n'oubliez pas qu'il ne tient qu'à vous d'acquérir ces éléments. C'est pour vous un grand malheur d'être en prison, mais de ce mal vous pourrez faire naître un bien. Vous êtes arrivés ici ignorants, ou à peu près ; vous pouvez en sortir avec une instruction, modeste sans doute, mais qui sera peut-être pour vous le point de départ d'une nouvelle destinée.

Vous avez encore la faculté de recourir aux livres de la bibliothèque que l'administration a mise à votre disposition. Profitez de cette faveur. Au lieu de bavarder sur les cours, lisez avec attention les livres qui vous sont confiés, et, si vous avez en vue quelque carrière spéciale, demandez de préférence les livres qui pourront vous être utiles pour l'avenir. Vous contracterez de la sorte le goût de la lecture, et ce goût pourra, plus tard, être pour vous un préservatif contre les tentations de l'oisiveté et du cabaret.

. . . .

UN SINGULIER REMÈDE CONTRE L'IVROGNERIE.

Je viens de trouver dans un recueil de causeries scientifiques, un bien curieux remède contre l'ivrognerie.

Je me hâte de vous l'indiquer, car il en est bien peu parmi vous qui ne puissent compter le cabaret au nombre des causes qui les ont amenés en prison.

Dans certaines provinces des États-Unis, lorsqu'un homme ivre apparaît dans la rue, il est immédiatement arrêté, conduit dans une prison spéciale, et condamné à y rester sept jours.

Pendant ces sept jours, tous les aliments qu'on lui sert sont imprégnés d'alcool ; tous les objets mis à sa disposition exhalent également une forte odeur d'alcool ; en un mot, il vit dans une atmosphère saturée d'émanations alcooliques.

Dès le troisième jour, souvent même plus tôt, un dégoût profond s'empare de lui, les vivres qu'on lui apporte lui font horreur ; il maudit cette odeur persistante à laquelle il ne peut se soustraire, et, presque toujours, au bout de cent heures de ce régime, le médecin de l'établissement déclare qu'on peut le mettre en liberté. Il est guéri, si radicalement guéri que la seule odeur de l'alcool suffit, même après plusieurs mois, à lui donner des nausées.

L'écrivain qui rapporte ce fait, dit avoir connu personnellement un jeune homme riche, intelligent, bien élevé, auquel l'avenir semblait promettre la plus heureuse destinée. Mais ce jeune homme s'abandonna peu à peu à la passion de l'absinthe et devint, en peu de temps, méconnaissable au physique comme au moral. Triste, découragé, énervé, oubliant ses devoirs, négligeant ses travaux, il se flétrissait à vue d'œil. Un jour, l'écrivain dont nous parlons, se hasarda, avec tous les ménagements possibles, à lui indiquer le remède pratiqué en Amérique : « Je donnerais, répondit-il, toute ma fortune pour n'être plus l'esclave de cette vile passion qui me tuera en me déshonorant. A l'œuvre donc et immédiatement ! » Il achète aussitôt six litres d'absinthe, les emporte chez lui avec des provisions, entre dans sa chambre, arrose du fatal liquide les vivres qui devaient lui servir pendant plusieurs jours, en inonde son lit, ses meubles, et s'enferme à double tour.

Trois jours après, on le revit. Il était pâle et défait, car il n'avait pu manger, mais il était guéri.

Voilà un remède héroïque, très facile dans son application. Il est préférable, au point de vue pratique, à celui dont se servaient les Spartiates pour inspirer à leurs enfants l'horreur de l'intempérance. Vous savez qu'ils gorgeaient de vin des ilotes, ou esclaves, et qu'ils laissaient ensuite ces malheureux se traîner honteusement dans les rues et sur les places publiques. Les enfants les voyaient, se les montraient avec dégoût, et ce spectacle produisait sur eux une telle impression que les citoyens de Sparte passaient, à bon droit, pour les hommes les plus sobres de la Grèce.....

... Chez nous, on a malheureusement le tort de considérer l'ivresse comme une peccadille, comme une sorte de péché mignon qui se pardonne facilement. Cette manière de voir est désolante, car l'intempérance n'a rien qui plaide en sa faveur. On ne peut l'appeler une erreur, un entraînement, à moins qu'elle ne soit accidentelle. Elle n'a pas les caractères qui font parfois excuser la passion, ou, en tout cas, l'expliquent. On a pu dire que l'orgueil était une exagération de la dignité, la prodigalité une exagération de la libéralité, l'avarice un sentiment mal entendu de l'économie. La débauche elle-même, malgré les hontes qu'elle entraîne, n'est qu'un sentiment dévoyé. Tout vice suppose des forces morales qui ont reçu une fausse direction et qui, sous une impulsion salutaire, peuvent être de nouveau dirigées vers la vertu. Mais l'intempérance ! On ne saurait dire d'elle que c'est une qualité exagérée, une vertu dévoyée. Dans l'ordre des choses morales, ce vice reste isolé avec ses caractères repoussants de grossièreté, de brutalité, d'égoïsme. Les lois humaines le punissent à peine, mais l'opinion, d'accord avec la loi morale, le stigmatise et lui réserve les plus durs châtiments. Et l'expérience nous apprend que l'opinion a raison : un ivrogne est mauvais fils, mauvais époux, mauvais père, mauvais citoyen. On se défie de lui, on l'évite, on le rejette, on le laisse dans sa fange. C'est un paria volontaire. Heureux quand son sort n'est pas pire, car les annales judiciaires sont là pour nous apprendre que des milliers de crimes ont pris naissance au seuil d'un cabaret ! . . . . . .

CHAPITRE XVIII

Deuxièmes lectures du dimanche.

ÉVASION D'UN FORÇAT.

On lisait dans un journal de 1849 :

« Une mission vient d'être prêchée au bagne de Brest. Parmi les galériens qu'elle avait ébranlés, sans les convertir, il y avait un condamné à perpétuité, que tout le monde redoutait pour sa force herculéenne.

Quelques jours après l'adieu des missionnaires, cet homme s'évada, malgré la surveillance active dont il était l'objet, et se procura des habits de mendiant qui assuraient l'incognito de sa fuite.

Porté par sa première course à quelques lieues de Brest, il arrive, au point du jour, dans une ferme où il trouve toute une famille en larmes. Malgré la désolation commune, aïeul, père, femme et enfants, s'empressent autour du pauvre, exténué de fatigue et de faim ; sans lui demander qui il est ni d'où il vient, on lui offre cordialement le pain qui restait sur la planche et le dernier pot de cidre du cellier.

Cette hospitalité touchante réveille déjà les remords du galérien...

— Hélas ! se dit-il en mangeant et buvant, me traiterait-on de la sorte, si l'on savait combien je le mérite peu ?

Puis un vif intérêt pour ses hôtes s'empare de lui :

— Quel malheur vous afflige et vous fait pleurer ainsi ? demande-t-il à la fermière qui rallumait le feu pour le réchauffer.

Les sanglots de la pauvre femme l'empêchent de répondre. Son mari s'en charge pour elle, et raconte que lui et sa famille sont chassés de leur maison, parce qu'ils n'ont pu solder, la veille, un terme arriéré de 42 francs.

Et les larmes de recommencer, sans une seule plainte contre la rigueur des lois.

— Dieu nous punit sans doute, balbutie la grand-mère ; que sa justice et sa volonté soient faites !

Devant un tel désastre et une telle résignation, le galérien rentre en lui-même avec horreur, pâlit d'admiration et pleure à son tour de pitié. Son cœur, endurci depuis tant d'années, s'amollit dans sa poitrine... L'homme renaît en lui, et plus que l'homme... le chrétien.

Après un violent combat intérieur, il se lève et dit avec force :

— Il ne vous faut que quarante-deux francs pour conserver votre toit, votre champ et vos instruments de travail ?

— Mon Dieu oui ! répond le chef de famille ; toute

notre vie tient à cette petite somme ; car si je la trouvais aujourd'hui, je me sens le courage de relever mes affaires !

— Eh bien ! vous l'aurez dans quelques heures, et c'est moi qui vous la donnerai.

— Vous ! s'écria le fermier, en considérant les haillons du mendiant.

— Moi, vous dis-je !

Et s'adressant à un jeune gars de seize ans :

— Viens m'attacher les mains.

— Vous attacher les mains ! Et pourquoi faire ?

— Pour me conduire au bagne de Brest.

— Vous êtes donc un voleur !

— Je suis un forçat évadé. La loi donne cinquante francs à l'honnête homme qui m'arrêtera. Cet honnête homme ce sera toi. Enchaîne-moi vite et partons !

La famille fut tentée de s'agenouiller devant le galérien plutôt que de le rendre à la justice.

Mais il déclara qu'il se livrerait lui-même, et le jeune paysan obéit enfin.

Trois heures après, le géant redouté du bagne y rentrait, conduit par un enfant qu'il eût broyé d'un coup de poing.

Les gardiens et le directeur, qui avaient lancé une brigade à sa poursuite, ne pouvaient en croire leurs yeux.

— Comment ! C'est ce garçon qui vous a arrêté ?

— C'est lui-même. Donnez-lui vite les cinquante francs.

On les donna en effet, et le paysan raconta toute l'histoire.

Le lendemain, le récit en était envoyé au Président de la République, et le galérien repenti recevra bientôt la nouvelle de sa grâce. »

L'ABSINTHE ET LES ALCOOLS.

« L'absinthe et sa consommation prennent chaque jour une plus grande place dans les habitudes parisiennes. Passez sur les boulevards, vers cinq heures, entrez dans les estaminets et chez les marchands de vin, vous la verrez versée et bue partout en quantités considérables. Le mal marche, et rien désormais ne l'arrêtera. Il continuera à exercer ses ravages plus redoutables que les ravages de l'opium lui-même, et qui mettront au-dessous des populations chinoises les populations françaises, déjà singulièrement abruties par le coup de vin blanc du matin et par ces brutaux mélanges d'alcool et de poivre rouge, énergiquement et justement appelés *casse-poitrine*.

Sans me dissimuler ce que le tableau que je vais mettre sous vos regards, présente de pénible et même d'odieux, sans espérer convertir un seul des buveurs d'absinthe, je ne vous en dépeindrai pas moins, d'après M. Magnan, médecin du bureau central de l'hôpital Sainte-Anne, ce que ce poison fait d'un homme, et ce que cet homme devient quand il subit les conséquences de sa fatale habitude.

Voici qu'on amène un malade, jeune encore. Il se trouve en proie à un délire violent, à des hallucinations

effrayantes, et présente les symptômes les plus carac-
térisés d'un accès d'alcoolisme aigu.

Déjà deux fois, par suite de deux rechutes, il avait
dû subir un traitement prolongé pendant un mois ; mais
sorti guéri, il avait repris aussitôt ses habitudes d'ivrognerie, et il reparaît aujourd'hui devant le médecin,
sans sommeil, sans appétit, à demi fou, et les membres
incessamment secoués par des soubresauts convulsifs.
A tous les symptômes manifestés lors des premières
crises s'ajoute maintenant l'épilepsie, et sur la langue
du malheureux on remarque de profondes morsures
qu'il s'est faites durant un accès.

Dès son entrée à l'hôpital, pourvu que ce furieux ne
succombe pas le premier ou le second jour, grâce à la
sobriété qu'on lui impose, l'épilepsie disparaîtra, les
tremblements nerveux se calmeront, les hallucinations
ne troubleront plus sa vue, le sommeil deviendra pai-
sible, et la santé reviendra, sinon tout à fait complète,
du moins améliorée considérablement.

La première mesure qu'on prend consiste à coucher
cet homme, qui se débat inconsciencieusement, et
peut non seulement se faire des blessures graves, mais
encore porter des coups dangereux aux infirmiers.

Cette mesure, si simple en apparence, n'en présente
pas moins de sérieuses difficultés ; car le malade se
démène, heurte sa tête contre les murailles et se jette
en bas de son lit. Il faut donc le fixer sur ce lit.
Longtemps on recourut à la camisole de force, mais
l'emploi de cet appareil coercitif détermine presque
toujours des accidents et trop souvent la mort.....

... Pour éviter de si tristes résultats, on [...]
aujourd'hui l'emmaillotement à la camisole [...]

... Dans quelques cas, le maillot et la pr[...]
gardien ne suffisent pas pour éviter les ac[...]
enferme alors le malade dans une vaste cell[...]
tion facile, recouverte sur les parois d'une co[...]
épaisse de crin... L'alcoolique peut se livre[...]
ment aux mouvements les plus désordonné[...]
lences les plus vives, sans que ses fonctions [...]
s'exécuter régulièrement; plus son activité [...]
plus vite aussi le poison s'élimine par les sue[...]
la respiration.

On favorise, en outre, cette élimination [...]
tous les moyens possibles, car l'alcool sor[...]
sans se transformer...

... Dans ces conditions, s'il ne survient pa[...]
plications, les poumons, les reins et la pe[...]
dent pas à expulser l'alcool.

Alors, à la période d'effervescence et de su[...]
nerveuse succède une phase morbide d'un a[...]
différent. Les médecins la nomment *collaps*[...]
consiste en un épuisement et une prostration [...]
dont on ne tire l'ivrogne qu'à grand'peine [...]
le fou disparaît, il ne reste plus qu'un [...]
cent pâle, brisé, hébété, sans force, qui [...]
point cependant à reprendre sa force et son[...]
gence.

Ce traitement exige d'ordinaire un mois. [...]

Par malheur, l'inexorable passion pour l'[...]
est là; et sur dix malheureux guéris, neuf ne[...]

... plus que jamais flétri et
...

...heure, après avoir exercé sa
...i, auquel, vous le savez, ce
...eud, tous les fils de l'admi-
...l'appareil nerveux, l'alcool,
...mation, s'expulse par les
... par la peau.
..., à la longue, finissent par se
... plus d'alcool qu'ils n'en peuvent
... exhalent sans relâche. De là ces cas
... spontanée qui surviennent parfois.
... qui sert de ces poumons saturés
... inflammable, quand elle se trouve
... flamme quelconque, peut prendre
... l'incendie dans la poitrine, à chaque
... pressure une gouttelette d'alcool
...
... s'accompagne de circonstances vrai-
... de petites flammes bleuâtres sortent de
... les lèvres, parcourent chaque partie
... elles brûlent les vêtements, et amènent
... générales
... pour éteindre cet incendie vivant.
... de le comprimer et de l'éteindre, les
... y parvenir, glissent dans une matière noire
... enfin une fumée âcre et cornée se répand
... victime et couvre d'un suint infect les
... les meubles.
... de combustion humaine spontanée se ren-

contrent plus souvent qu'on ne serait disposé à le
croire... En voici un exemple :

L'année dernière, au mois de juin, une vieille femme
occupait une mansarde dans un hideux bouge. Dieu
sait de quoi vivait cette malheureuse créature. A peine
descendait-elle trois ou quatre fois par semaine chez le
boulanger pour y acheter un peu de pain. En revanche,
elle faisait de fréquentes stations chez le cabaretier, et
elle y buvait huit ou dix de ces grands verres d'eau-de-
vie que le peuple a si énergiquement nommés *casse-
poitrine*.

Cependant jamais la mère Larbois ne donnait le
moindre signe d'ivresse. On l'a vue vider une bouteille
entière d'eau-de-vie sans que sa raison en fût même
légèrement troublée. Un tremblement convulsif agitai
constamment sa tête et ses mains ; elle parlait raremen
et sa face jaunie et desséchée, ses yeux noirs et enfoncé:
sous leur orbite, prenaient une étrange animation à
mesure qu'elle s'abreuvait d'alcool.

On se rappelle quelles chaleurs accablantes signa-
lèrent, l'année dernière, les premiers jours du mois de
juin. Sous prétexte de se rafraîchir, la mère Larboi:
ne quittait pas le cabaret ; elle n'en sortait que le soir
après avoir allumé une petite lanterne, dont elle s'é-
clairait pour gravir les marches escarpées de l'escalie
qui la menait à son sixième étage.

Le 9, vers dix heures, elle ramassa un morceau de
papier, l'enflamma à un bec de gaz, et après avoir
allumé sa lanterne, elle l'approcha de sa bouche pou
le souffler et l'éteindre. A l'instant même, un jet de

flamme bleuâtre jaillit de cette bouche, et l'on vit avec effroi ses lèvres et son visage se carboniser. Elle tomba en jetant des cris, et se roula convulsivement à terre. On jeta de l'eau sur elle, on parvint à étouffer la flamme ; mais la malheureuse ne cessait point de crier qu'elle *brûlait en dedans*. On la transporta à l'hôpital, et, deux heures après, elle y mourut littéralement consumée. »

Extrait des chroniques scientifiques de
LA PATRIE — Passim.

UNE HISTOIRE DE BRIGANDS.

« C'était pendant l'hiver de 1849 ; je me trouvais à un grand bal, dans un des premiers salons de Madrid, chez le prince Loridas.

Tous les regards se portaient sur la baronne de Mirosa, éblouissante fleur des tropiques qui s'épanouissait au milieu d'un parterre de Castillanes et d'Andalouses.

Née à Lima et veuve d'un général portugais, la belle créole était venue se fixer à Madrid, où elle faisait le désespoir de toutes les beautés continentales.

Près d'elle se tenait, dans l'attitude d'une profonde admiration, un jeune Suédois d'une rare distinction, le comte de Walrick.

La physionomie de ce gentilhomme me frappa tout à coup, et plus je l'examinai, plus je lui trouvai une ressemblance étrange avec un personnage que je n'avais vu qu'une fois, mais dans un moment fort critique.

Ce n'était pas précisément dans un salon.

Mon amie la comtesse de Santa-Flores vint à passer, je l'arrêtai et la prenant à part :

— Connaissez-vous, lui dis-je, le comte de Walrick ?

— Parfaitement.

— Que fait-il ?

— Il soupire après la blanche main de la baronne de Mirosa.

— Et il l'obtiendra ?

— La main de la baronne est si petite, qu'elle glisse toujours entre les doigts de ses prétendants.

— Etes-vous bien sûre qu'il soit réellement comte de Walrick ?

— Aussi sûre qu'il est blond.

— Qui l'a présenté ici ?

— Tout le monde ; mais que signifie cet interrogatoire ? Seriez-vous par hasard nommé juge d'instruction, monsieur d'Amonville ?

— C'est que, ma chère comtesse, je lui trouve une singulière ressemblance... à M. de Walrick.

— Et avec qui ?

— Avec un chef de brigands qui m'a arrêté, il y a trois mois.

— Je crois que vous perdez la tête, mon cher d'Amonville ; vous aurez trop regardé ce soir la baronne Mirosa ; elle vous aura donné un coup de soleil.

— Voulez-vous me rendre un service, comtesse ?

— Lequel ? Faut-il crier au voleur, me précipiter sur le comte et le garrotter ?

— Écoutez-moi ; je vais me mêler au groupe du comte de Walrick ; vous viendrez m'y rejoindre, et vous me demanderez une histoire de brigands.

La comtesse de Santa-Flores partit d'un éclat de rire, et, me poussant au milieu du cercle :

— Mesdames, dit-elle, j'ai l'honneur de vous présenter le chevalier d'Amonville, qui sait une charmante histoire de brigands. Il meurt d'envie de vous la raconter ; et comme je ne veux pas qu'il meure avant de m'avoir donné la polka qu'il m'a promise, je vous prie de vouloir bien l'écouter.

Mon charmant auditoire chuchota un instant, puis se tut, sourit et écouta.

Je commençai aussitôt, en lançant au comte de Walrick un regard à faire baisser les yeux d'un lion :

— Il y a trois mois, je me rendais à Minarès ; il faisait nuit et j'étais seul. Arrivé à la forêt de Nivao, je fus tout à coup arrêté par un monsieur de haute taille, presque de la taille de monsieur le comte de Walrick, qui me demanda avec une extrême politesse la bourse ou la vie.

Quand le voleur est assez courtois pour laisser choisir le voyageur, celui-ci se prononce ordinairement pour la bourse. C'est ce que j'allais faire. Mais, ô fatalité ! j'avais oublié mon porte-monnaie.

Je comptai mon infortune au bandit en lui offrant de me fouiller :

— Qu'à Dieu ne plaise ! dit-il ; vous êtes gentil-

homme, votre parole me suffit; vous soupçonner de
mentir pour sauver quelques pièces d'or, fi donc! Je
vous prie, au contraire d'accepter ma bourse pour continuer votre voyage. A gentilhomme, gentilhomme
et demi; elle est un peu légère pour le chevalier
d'Amonville, mais je vous l'offre telle qu'elle est.

Comme j'hésitais à accepter cette offre singulière :

— Je comprends vos scrupules, dit-il. D'abord ce
n'est qu'un prêt que je vous fais; voici ensuite le
moyen de me rembourser : gardez toujours sur vous la
lame de ce poignard, dont je conserve le pommeau.
Quand on vous présentera ce pommeau, n'importe qui
et n'importe où, vous rendrez la lame et l'argent.

En même temps il me glissa sa bourse dans la main
et disparut.

Depuis je n'ai vu ni brigand ni pommeau, et je suis
le débiteur de mon voleur.

— Et le poignard ! dit la comtesse de Santa-Flores.

— Le voici, répondis-je en sortant de ma poche une
terrible lame que dix charmantes mains se disputèrent
aussitôt.

— Où donc est la forêt de Nivao, que j'aille m'y faire
arrêter ? dit un jeune étourdi.

— C'est digne de Saint-Martin, répliqua la princesse
de Loridas.

— C'est peut-être une fée, s'écria la baronne de Mirosa en examinant le poignard.

— C'est probablement, ajouta de Walrick, une surprise de votre banquier, qui vous aura fait suivre par
un de ses commis déguisé en Fra Diavolo.

Tout à coup l'orchestre retentit, et une valse de Strauss emporta mon folâtre auditoire.

Je me trouvai seul face à face avec le comte de Walrick.

Après avoir jeté un regard défiant autour de lui :

— Reconnaissez-vous cela ? dit-il d'une voix lente et mystérieuse, en montrant un objet qu'il tenait dans la main.

Je regardai. C'était le pommeau de mon poignard.

— Je ne m'étais donc pas trompé, c'est bien vous ? m'écriai-je en reculant d'un pas.

— Oui, c'est moi, murmura-t-il avec tristesse, mais silence ! Nous sommes ici chez le prince Loridas, et je suis le comte de Walrick, qui vous a gagné dix louis au lansquenet. Désirez-vous me payer, Monsieur le chevalier ?

— Mais quel homme êtes-vous donc ? lui dis-je en donnant les dix louis.

— Ce serait bien long et trop triste à vous dire. Ne sommes-nous pas au bal ?

— Mais l'avenir, Monsieur ! Jeune, instruit, intelligent, vous pourriez encore...

— L'avenir ! Oh ! je crains bien qu'il n'y en ait plus pour moi. Tenez, voyez-vous cette femme, Monsieur le chevalier, dit-il, montrant la baronne de Mirosa. Eh bien, cette femme tient ma destinée entre ses mains ; pour elle je ferais tout au monde, et si elle daignait m'accorder sa main, oh ! alors...

Mais il s'interrompit tout à coup et me quitta brusquement. La valse était finie, et cet homme étrange

10.

allait en riant offrir son bras à la baronne de Mirosa.

Tantôt gai et spirituel, tantôt rêveur et mélancolique ; on l'eût pris pour Werther ou don Juan, mais jamais, à coup sûr, pour un voleur de grand chemin.

— Eh bien, me dit la comtesse de Santa-Flores en prenant mon bras, le comte ne vous fait plus peur ? Que disiez-vous donc à cet affreux chef de brigands ?

— Nous disions, Madame, que Murillo est un grand peintre.

Quelques jours après, toute la ville de Madrid était en émoi. Des flots de peuple inondaient les rues ; les balcons, les fenêtres étaient garnis de femmes élégantes ; les toits étaient couverts de curieux. De temps en temps on entendait crier : « Le voici, il arrive, je le vois ; » et la foule de se ruer avec tumulte.

Quel était donc le personnage illustre attendu avec tant d'anxiété ?

Un chef de brigands que son incroyable audace avait livré à la sagacité des alguazils.

On disait qu'il était gentilhomme, et l'on racontait de lui les choses les plus surprenantes.

Il parut enfin, escorté par les soldats et chargé de chaînes.

Sa haute taille, son attitude fière et majestueuse, ses façons distinguées lui valurent les applaudissements de la foule. Mais quel ne fut pas l'étonnement de la société de Madrid en reconnaissant, dans la personne du prisonnier, le comte de Walrick !

Quant à lui, il traversa la place du palais avec son aisance habituelle. Il portait le lourd collier de fer comme une cravate de satin, et les chaînes qui couvraient ses mains, comme une paire de gants.

Tout le monde était attentif et silencieux, quand tout à coup on entendit un cri.

Une femme venait de s'évanouir ; cette femme était la baronne de Mirosa. Etait-ce un remords ? et la belle créole venait-elle de se rappeler ces mystérieuses et dernières paroles de Walrick : « En m'accordant votre main, vous ferez plus qu'un heureux et vous me sauverez plus que la vie ? »

Nous ne saurions dire ce qui s'était passé dans le cœur de la baronne, mais il s'y était passé quelque chose de grave, comme nous le verrons tout à l'heure. On devine avec quelle impatience les habitants de Madrid attendirent les débats.

Que de choses étonnantes et mystérieuses allaient être dévoilées ! Mais, quand vint le jour du jugement, quelle déception pour les curieux ! quelle surprise pour tout le monde !

On descendit au cachot du prisonnier, il était vide : de Walrick s'était évadé.

Cette nouvelle fit grand bruit à Madrid ; mais ce fut bien autre chose quand on apprit que la baronne de Mirosa avait été vue, pendant la nuit, aux alentours de la prison, et qu'elle avait quitté la ville.

Je vous laisse à penser tous les commentaires peu obligeants qu'on fit sur le compte de la baronne.

Heureusement pour elle qu'on expédia à cette époque une girafe au jardin des plantes de Madrid. Tout le monde s'entretint naturellement de la girafe qui était arrivée, et personne ne parla plus de la baronne qui était partie.

J'avais moi-même presque oublié créole et brigand quand je fis un jour une rencontre bien étonnante.

Je visitais nos possessions françaises d'Algérie ; comme j'entrais dans un petit village, j'entendis quelques coups de fusil, et j'appris qu'on venait de donner une chasse aux Arabes.

Tout à coup, au détour d'un chemin, j'aperçus quatre soldats qui portaient sur leurs fusils le corps d'un officier qu'ils semblaient beaucoup regretter. C'était, disaient-ils, un cœur généreux et la plus brave épée du régiment.

Je m'avançai, et je reconnus le comte de Walrick en costume de lieutenant de la légion étrangère.

Aussitôt une jeune et belle femme vint se précipiter sur le cadavre de l'officier, courba sa tête sur ses blessures et l'inonda de ses larmes.

Je l'avais reconnue, elle aussi : c'était la baronne de Mirosa, ou plutôt la comtesse de Walrick, la femme de Walrick qui était véritablement comte, mais que la dissipation de sa fortune, l'inconduite et les mauvaises sociétés avaient complètement perdu. Après avoir sauvé le prisonnier, la baronne avait purifié l'homme et épousé le soldat. Le lendemain je fis tous les efforts possibles pour la revoir ; mais je ne pus y arriver, elle avait quitté l'Algérie.

Quelques années plus tard, une sainte religieuse tombait mortellement frappée par une balle sur le glorieux champ de bataille de l'Alma. L'armée la regretta comme une véritable sœur, et nos vieux zouaves d'Afrique, en apprenant sa mort, pleurèrent comme des enfants.

Elle se nommait sœur Amélie, mais elle était plus connue sous le nom de sœur Comtesse; elle était comtesse en effet, comtesse de Walrick.

Elle avait refusé sa main au gentilhomme riche, spirituel, élégant.

. Elle avait épousé et réhabilité un chef de brigands dont elle avait fait un glorieux et vaillant soldat.

Quand elle eut perdu celui qu'elle avait sauvé, elle se consacra aux malheureux et se donna à Dieu.

On dit que le cœur de la femme est un véritable abîme. Soit! mais sondez cet abîme, et vous rencontrerez souvent l'héroïsme, presque toujours l'amour et le dévouement, le repentir et l'expiation. »

FULBERT DU MONTEILH.

PLAISIRS DE LA LECTURE.

« Qu'un livre amusant est une douce chose ! Tout en travaillant, et au plus rude de la besogne, je me dis : « Ce soir je lirai le second volume de *** », et cette seule pensée me fait sourire; il me semble que ma peine diminue de moitié et que mon ardeur redouble. Le soir vient : tandis qu'après le repas, mon cher Pierre, tu as toujours hâte de laisser là femmes et enfants pour aller au cabaret ou à l'estaminet, je tire avec délices mon livre de la planche où il m'attend de-

puis la veille ; je m'asseois carrément, commodément
près de la fenêtre ; j'ouvre à l'endroit marqué, et
vogue l'imagination ! Je me laisse conduire par mon
auteur où il lui plaît. Si c'est un voyageur, je l'accompagne aux plages lointaines, j'observe les mœurs
étrangères, je découvre des terres inconnues, je supporte bravement les tempêtes, je combats les sau-
vages, je savoure de nouveaux fruits, je m'égare dans
des forêts vierges, je transporte des marchandises de
Cacao ou de Calcutta, je les échange, je trafique, et je
reviens riche dans ma patrie pour y finir en paix mes
jours ; tout cela sans avoir remué dans mon vieux fau-
teuil de cuir. Est-ce un historien, un conteur ? C'est
autre chose : il me transporte dans le monde intérieur,
il me fait subir une sorte de métempsycose ; je passe
dans l'âme d'un héros, d'un grand homme, et je fais
avec lui de grandes actions ; ou bien je m'insinue genti-
ment dans le cœur de quelque bonne créature, et me
voilà aussitôt heureux ou malheureux avec elle. Je
subis toutes les vicissitudes de vingt ans d'existence...
en une heure. Si c'est un poète, c'est encore un autre
genre de plaisir. Il déroule sous mes yeux des
paysages admirables, il m'entraîne dans des perspectives immenses ; ou bien il m'apprend à lire claire-
ment dans les plus secrètes pages de mon âme, il
m'explique en termes charmants ce que j'ai souvent
éprouvé : plaisirs, peines, regrets, espoirs ; jusque-là,
je croyais être le seul à les avoir connus. Il me pé-
nètre d'une douce et pure émotion, d'une sensibilité
bienfaisante : je me sens meilleur, plus élevé ; autour

de moi, il n'y a plus ni pauvreté ni souci ; mon pauvre intérieur, éclairé par la poésie, me paraît aussi beau qu'un palais. — Père, tu pleures ? — Père, tu ris ? — Mes chers enfants se pressent contre mes genoux en levant vers moi leurs regards curieux ; je sens la figure de ma femme qui se penche et effleure la mienne ; je lis à haute voix le passage qui m'a touché ou égayé. Quelquefois on veut que je continue, et de chapitre en chapitre, de vers en vers, la lecture se poursuit ; la nuit descend lentement sur les pages sans qu'on s'en aperçoive, sans qu'on ait éprouvé un moment d'ennui ; le livre est fermé, on écoute, on rêve encore. Il semble que nous nous aimions et que nous nous compre- nions mieux qu'auparavant ; un honnête plaisir pris en commun ajoute à l'estime, à la tendresse que l'on a les uns pour les autres. — Oui, Pierre, c'est la vérité ; ne prends pas ton air goguenard et cache ta bouteille ; quand elle est bue, il ne t'en reste rien... qu'un mal de tête de plus, et tu as de moins quelque argent dans ton gousset. Mon livre m'enivre aussi, mais d'une si charmante ivresse ! La tienne est trouble et parfois se change en colère : mon livre répand le bon- heur et le contentement autour de moi ; il me fait aimer ma famille, mon chez moi ; puis il me reste et je me réjouis à la pensée que je le relirai un jour, sûr d'y trouver encore du plaisir, quand je l'aurai un peu oublié... Ton vin le plus vieux est bien jeune auprès de tout cela. J'ai connu tes plaisirs ; tu ignores les miens. »

Extrait de l'ouvrage intitulé COMME IL FAUT ÊTRE.

CHAPITRE XI

Je continue à être avec Giroflée dans les meilleurs termes. Le brave garçon m'est reconnaissant de ma sympathie et il m'a déclaré que c'est peut-être à moi qu'il devrait de se rattacher à l'existence. Je lui ai dit que le découragement était le plus redoutable ennemi du prisonnier, et que l'avenir ne serait pas éternellement sombre pour lui, s'il voulait courageusement faire face au malheur, souffrir avec patience tant qu'il serait ici, et, une fois libre, se remettre au travail, en évitant les écueils qui l'ont fait sombrer. Il n'a pas cessé d'aimer ses parents, et je lui ai fait voir que, à ces conditions seulement, il pourrait mettre leur vieillesse à l'abri de la misère et du désespoir. Je le crois tout à fait revenu à des sentiments énergiques et vertueux.

Mais si la société de Giroflée me donne des consolations, il n'en est pas de même de celle du *Lézard*, de ce vieux forçat dont j'ai parlé, et qui en raison de la besogne dont il est chargé, passe presque toute la journée à côté de moi.

J'ai dit qu'il semblait me détester. Je ne lui ai donné aucun motif de haine, car je suis prévenant avec lui peut-être plus qu'avec tout autre détenu ; cependant chaque jour son aversion se manifeste d'une façon moins douteuse. Hier, en prenant sur mon bureau la clef du placard, il a renversé mon encrier sur le grand-livre, alors ouvert, et m'a mis dans une situation très embarrassante. Il m'a fait mille excuses, mais avec un air si narquois, que j'ai facilement deviné qu'il avait agi de propos déterminé.

J'ai eu d'abord un violent mouvement de colère ; puis j'ai pensé à la promesse que je me suis faite d'être patient et maître de moi-même en toutes choses. En somme, il m'a causé moins de mal que je n'en ai causé à M. Merviller en lui faisant tort de cinquante-cinq mille francs. Pourquoi donc m'emporter ?

... J'ai remarqué que les prisonniers jettent feu et flamme à propos du moindre événement qui semble porter atteinte à leurs droits ou à leur personne. Hélas ! ils raisonneraient autrement s'ils voulaient réfléchir un instant à la façon dont ils ont agi envers des personnes qui, la plupart du temps, ne leur ont jamais fait le moindre mal. Ils crient comme des forcenés à la moindre apparence d'injustice, eux qui ont peut-être passé leur vie à commettre des injustices, ou pire encore, des crimes. Un sage a dit : « Songeons moins à ce que nous doivent les autres qu'à ce que nous devons aux autres. »

Je n'ai pas dit au patron que l'accident arrivé provenait de la malveillance du Lézard, et j'ai tout pris sur moi, offrant de remplacer le Grand-Livre à mon compte. Le patron, qui me porte de l'intérêt et me témoigne beaucoup de bienveillance, parce que je le sers consciencieusement, m'a simplement répondu que c'était là un petit accident comme il en arrive tous les jours, qu'il achèterait un Grand-Livre, et que j'en serais quitte pour le remettre à jour.

Ma conduite a paru surprendre le Lézard. Puisse-t-elle modifier son attitude à mon endroit !

L'histoire de cet homme est des plus tristes ; elle peut se résumer en deux mots : paresse et ivrognerie.

Autrefois ouvrier cordonnier, il se maria à vingt-deux ans, et, pendant quelque temps, il parut prendre goût à la vie de ménage. Mais bientôt les funestes habitudes qu'il avait contractées dans sa jeunesse l'entraînèrent de nouveau sur le chemin du vice. Un soir, il rentra plus ivre encore que d'habitude, et maltraita tellement sa femme et son enfant qu'un voisin dut accourir à leur secours. Celui-ci paya cher sa courageuse intervention, car le Lézard, saisissant une hache, lui en porta de si terribles coups que l'infortuné resta trois mois entre la vie et la mort. Il guérit cependant, mais il était estropié des deux bras, et fou sans espoir de guérison : un des coups de hache lui avait ouvert e crâne et touché le cerveau. Le Lézard fut condamné à vingt ans de travaux forcés.

A l'expiration de sa peine, il continua sa vie de débauche, ayant toujours pour devise que les *malins* sa-

vent s'amuser sans travailler. Cette devise lui a laissé
en tout huit mois de liberté sur trente ans. Il faut
avouer qu'il aurait pu en choisir une meilleure.

On a dit depuis longtemps que le métier de paresseux, ou plutôt celui de voleur, — car l'un ne peut
aller sans l'autre, à moins d'avoir des rentes, — était
le plus sot des métiers, un métier de dupes, question
de morale à part, et en ne considérant que les avantages matériels qui en résultent.

J'ai pu me convaincre de la vérité de cette asser-
tion. Prenons mille condamnés au hasard, faisant en
moyenne deux ans de prison, soit en tout deux mille
ans. Or, je suis persuadé que ces mille condamnés
n'ont pas volé en tout un million, soit mille francs
chacun. Je suis certainement bien au-dessus de la vérité, mais en admettant même que cette somme soit
exacte, il en résulterait que chacun de ces condamnés
a consenti à faire un an de prison pour cinq cents
francs, somme qu'il aurait pu gagner, en quelques
mois, en restant libre et en jouissant de tous les avantages de la liberté. Il y a ici des détenus qui font trois
ou quatre ans pour vol d'objets qui ne valaient pas
cent sous. On m'a cité deux jeunes gens condamnés
aux travaux forcés à la suite d'un vol avec effraction
qui leur avait rapporté à chacun trente-deux sous.

Oui, le métier de voleur est un métier de dupes.
Une preuve qui se renouvelle tous les jours, c'est que
tous ceux qui veulent vivre de ce métier, tous ceux
qui ne viennent pas en prison à la suite d'une faute
qu'on pourrait appeler un accident, — tous ceux-là

arrivent ici dans le dénûment le plus complet, sans un sou dans leur poche. Et je n'en ai pas encore trouvé un seul qui ait pu me dire : A ma sortie, je vivrai des rentes que me procurera l'argent que j'ai volé.

Le bon sens, l'intérêt bien entendu, devraient détourner les voleurs de leur profession, qui est à la fois vilaine et bête. Ils ressemblent à un joueur qui engagerait sa fortune dans une partie où il n'a qu'une chance, tandis que son adversaire en a quatre-vingt-dix-neuf. L'or, l'argent, les objets précieux ne traînent pas à l'abandon. Que peut donc voler le vagabond qui se propose de vivre aux dépens du public? Il attrapera une paire de bottines par ci, une blouse par là, plus loin un lapin ou une poule. Et puis?... et puis il ira en prison, la plupart du temps avant d'avoir pu manger la poule ou le lapin. J'en sais un qui, après avoir volé une lourde valise à une gare de chemin de fer, l'emporta à deux lieues de distance avant de l'ouvrir : il croyait avoir trouvé la pie au nid et se félicitait de sa bonne fortune. Mais, hélas ! au lieu d'objets précieux, la valise contenait des échantillons de betteraves et de topinambours. Il mourait de faim, et n'eut pas même la consolation de pouvoir dîner du produit de son vol, car un paysan, auquel il s'adressa pour vendre la curieuse marchandise dont il était porteur, se trouva précisément être l'expéditeur du colis.

Mais, dira-t-on, il y a des chances de n'être pas pris. Soit, j'admets qu'on ne soit pris qu'une fois sur cinquante, — ce qui est pousser fort loin les conces-sions. — Mettons de plus que chaque vol rapporte vingt francs, ce qui est certainement très exagéré. Qu'en résulte-t-il? C'est que le voleur est pris une fois par mille francs qu'il vole. Or, mille francs ne mènent pas loin, quand on passe son temps au cabaret ou dans des maisons mal famées, et la conclusion forcée, c'est que, à raison d'un an de prison seulement pour chaque fois qu'il est pris, il passera encore les deux tiers de sa vie sous les verrous. Belle perspective!

Il faut, pour être voleur, une certaine force de caractère, un certain déploiement de volonté. Celui qui vole s'expose à trouver à qui parler, et il n'est pas rare qu'on le reçoive à coups de fourche, voire même à coups de fusil, là où il croyait pouvoir *travailler* en paix. Or, on ne s'expose pas à des périls qui n'ont rien d'imaginaire, sans être doué d'un certain courage. Mais, grand Dieu! que ce courage, que cette volonté sont sottement employés! Si les voleurs faisaient, pour être honnêtes, la moitié des efforts qu'ils font pour aller en prison, ils seraient tous, sinon des hommes remarquables dans la société, au moins d'excellents citoyens.

L'un d'eux, à qui je tenais ce langage, m'a répondu que j'avais raison, mais qu'il espérait bien, un jour ou l'autre, attraper le bon numéro, c'est-à-dire faire un grand coup qui lui permettrait de vivre de ses rentes et en *honnête homme*. Celui-là raisonne aussi mal que les autres, toujours question de morale à part. Il ne se fait pas en France, par année, dix vols considérables qui restent impunis, et il y a dans les prisons plus de trente mille voleurs. C'est donc tout au plus une chance sur trois mille d'arriver à vivre de ses rentes ar un vol, et il reste deux mille neuf cent quatre-vingt-dix-neuf chances d'être pris. Qui voudrait, sans être fou, tenter de pareilles chances, quand le profit est tellement problématique, et la perte à peu près certaine ?

Admettons cependant qu'un voleur réussisse à faire un grand coup et à mettre son magot en sûreté : il est encore plus que probable qu'il ne pourra jouir en paix du fruit de son larcin ; car, si les lois humaines sont impuissantes à l'atteindre, il faudra qu'un jour ou l'autre, il soit frappé par la vengeance divine. Celle-là ne fait pas d'exception. Autant il est vrai, dans les lois visibles de la création, que la terre tourne autour du soleil, autant il est vrai, dans les lois invisibles qui régissent le monde moral, qu'un crime ne reste jamais impuni.

Il y a ici, à deux pas, au quartier des infirmes, un détenu dont l'histoire nous édifiera à ce sujet. Ce détenu s'appelle Lindsec, mais il est plus connu sous le nom de l'*homme aux diamants.*

Lindsec est un enfant de l'Auvergne. Frotteur de son métier, il acheta, il y a quelques années, la clientèle d'un de ses compatriotes qui se *retirait des affaires.* Parmi les maisons où Lindsec devait se rendre, deux ou trois fois la semaine, pour cirer les parquets, se trouvait celle d'un riche négociant du quartier de la Madeleine.

Il arrive un matin au moment où presque tout le monde dormait encore dans la maison. Il y avait eu, la veille, grande fête chez le négociant.

Entré au salon, il aperçoit sur la cheminée une magnifique rivière de diamants et d'autres bijoux de grand prix, le tout valant plus de cent vingt mille francs. Madame avait oublié de remettre ses pierreries dans leur écrin, et mal lui en prit, car Lindsec les glissa dans sa poche, sortit sous prétexte d'aller chercher une paire de brosses qu'il avait oubliées, et ne reparut plus.

Huit jours après, la police le retrouva dans un autre quartier de Paris. On constata qu'il n'avait fait aucune dépense extraordinaire, mais aucun des bijoux, sauf une bague de peu de valeur, ne restait en sa possession. Il se refusa absolument à dire l'emploi qu'il en avait fait, et fut condamné à cinq ans de prison.

On raconte que, à la Roquette, le directeur de cette maison employa tous les moyens possibles pour amener Lindsec à restituer les pierreries, lui promettant, s'il le faisait, une grâce prochaine. D'autre part, le négociant, lié avec de hauts personnages, s'engageait par écrit, non seulement à le faire gracier dans les délais possibles, mais encore à lui compter trente mille francs s'il voulait indiquer l'endroit où étaient cachés les diamants.

Lindsec s'obstina dans son silence.

Arrivé ici, il raconta à un de ses voisins que le produit de son vol était enfoui dans la forêt de Fontainebleau, à un endroit que lui seul connaissait, et que, au jour de sa libération, il irait le déterrer.

— Êtes-vous bien sûr de pouvoir retrouver l'endroit? demanda le voisin.

— Parfaitement sûr, répondit-il; j'ai remarqué les allées par lesquelles j'ai passé, et la disposition des arbres dans le fourré où se trouve le magot. *A moins de devenir aveugle*, je ne puis me tromper.

Il y a un mois, Lindsec, en s'approchant d'un fourneau, fit un faux-pas et tomba le visage sur les charbons ardents. Aujourd'hui il est aveugle, et le médecin dit qu'il n'y a aucun espoir de guérison.

Ainsi ce voleur, qui se croyait riche pour l'avenir et s'apprêtait déjà à jouir d'une fortune mal acquise, se trouve doublement ou plutôt triplement puni. D'abord, il fait cinq ans de prison pour le vol qu'il a commis, ensuite il ne jouira pas du produit de ce vol, enfin, terrible châtiment! il est aveugle.

Ce n'est pas seulement chez les peuples chrétiens que se professe la doctrine qu'un crime ne reste jamais impuni. Elle fait le fond de toutes les morales, dans tous les pays. Les anciens eux-mêmes, qui pourtant avaient mis un voleur parmi leurs dieux, nous ont laissé à ce sujet une histoire très connue, mais toujours bonne à raconter. Elle a pour titre les *Cigognes d'Ibicus*.

Le poète grec Ibicus fut un jour attaqué, volé et tué par des bandits. Pendant que ses meurtriers lui donnaient le coup mortel, il aperçut dans les airs une troupe de cigognes, et s'écria : « Oiseaux, vous êtes témoins du crime; vous en porterez témoignage. » Quelque temps après, les assassins se trouvaient sur la place publique d'une ville, lorsque des cigognes vinrent à passer au-dessus de leurs têtes. L'un d'eux leva les yeux, regarda les oiseaux, les montra à ses compagnons et leur dit en souriant : « Voyez donc là-haut les témoins d'Ibicus! » Un passant, qui connaissait la nouvelle du meurtre du poète, entendit ces paroles. Elles lui donnèrent à penser que ces hommes en savaient plus que lui sur l'affaire : il les questionne, ils se troublent. Le passant, soupçonnant alors qu'il a devant lui les auteurs du crime, les fait arrêter et conduire devant les magistrats. Ils furent interrogés, convaincus et condamnés au dernier supplice.

Les histoires de ce genre — et ce ne sont pas des histoires inventées à plaisir — se trouvent par centaines dans les livres de tous les pays. En voici encore une qui prouve que le bien mal acquis ne profite jamais.

Trois voleurs s'étaient emparés d'une forte somme dont ils firent le partage. Le plus jeune s'étant absenté pour aller chercher des vivres, les deux autres résolurent de l'assassiner à son retour, afin d'augmenter la part qui leur revenait. De son côté, le plus jeune se dit : « J'aimerais bien avoir tout l'argent pour moi seul. Je vais empoisonner les vivres que j'achèterai ; mes compagnons mangeront, mourront, et je serai riche. » Il empoisonna en effet les vivres ; mais, à son retour, il fut mis à mort. Les deux survivants mangèrent les mets empoisonnés et moururent à leur tour, de sorte que le vol ne profita à aucun de ceux qui l'avaient commis.

Cette histoire prouve encore que là où il n'y a point de vertu, il n'y a point d'amitié, point de confiance possible. Que de fois n'ai-je pas entendu dire : « C'est un tel, mon meilleur ami, qui m'a vendu! »

11.

Il ne faut pas s'en étonner. Celui qui est capable de voler est bien capable de trahir, soit pour se blanchir, soit par jalousie, soit par vengeance, soit même pour le simple plaisir d'entraîner les autres dans le gouffre où il tombe. Aussi, un préfet de police a-t-il pu dire, avec raison, que la besogne de ses agents était plus facile qu'on ne le croit généralement; qu'un voleur en fait souvent trouver dix autres, et qu'une moitié des malfaiteurs passe son temps à compromettre l'autre moitié.

.   .   .   .

.   .   .   .

CHAPITRE XX

JOSÉPHINE MALGRANGE.

Depuis plusieurs semaines, Georges n'avait reçu aucune lettre de Marie. Ce silence l'inquiétait et il se perdait en conjectures sur les motifs qui avaient pu le provoquer.

Ce fut alors que l'inspecteur le fit appeler ;

— Je crois, lui dit celui-ci, que je me suis engagé dans une affaire scabreuse ; car voici une lettre qui prouve que M. Jarville, le père de votre amie, n'est pas du tout d'avis que sa fille corresponde avec vous. Quoi qu'il en soit, je vous remets cette lettre. Quelque chose me dit qu'il n'y a dans tout ceci rien que de très moral et de profitable pour vous. Or, je m'intéresse plus à vous qu'au père de mademoiselle Marie.

J'ai conféré de cette affaire avec M. le directeur ; il m'a répondu que ses instructions, tout en lui recommandant la prudence, étaient empreintes d'un caractère très libéral ; que, si elles visaient à éloigner le détenu des femmes perdues, elles encourageaient au contraire

ses rapports avec les femmes honnêtes. Nos règlements ont, dans le fond, plus de philosophie, plus de
hauteur de vues qu'on ne le suppose généralement.
Ceux qui les ont faits sont non seulement des adminis-
trateurs, mais des moralistes ; ils savent que la vie
morale du détenu peut dépendre d'un sentiment, que
l'influence d'une femme vertueuse est un précieux auxi-
liaire pour la régénération du condamné, et ils favori-
sent cette influence au lieu de l'écarter. Dans toutes les
prisons, dans celles de Paris surtout, beaucoup de détenus reçoivent la visite de femmes qui ne leur sont pa-
rentes à aucun degré. On se tromperait, en supposant
que ce sont là des passe-droits : les permissions accor-
dées à ces femmes ont pour point de départ un principe de haute morale sur lequel il est inutile de
m'étendre.

J'ai donc obtenu la permission de vous remettre
une lettre d'une personne que vous ne connaissez pas,
mais qui me paraît foncièrement honnête. C'est elle
désormais qui vous donnera des nouvelles de votre
amie. Cette dernière — et cela me prévient en sa
faveur — ne veut pas enfreindre les ordres de son
père en vous écrivant. De votre côté, ne lui écrivez
pas. Cela ne ferait qu'empirer une situation déjà assez
difficile.

Rentré à son bureau, Georges ouvrit la lettre que
venait de lui remettre l'inspecteur, et tressaillit en parcourant la première ligne.

— Joséphine Malgrange ! s'écria-t-il ; mais c'est
ainsi que se nommait la fiancée de Giroflée ! Comment

peut-elle me connaître et m'écrire?.... Mais voyons....
Et il lut :

Monsieur Georges,

Je m'appelle Joséphine Malgrange. Mais comme je n'ai pas l'honneur d'être connue de vous, et que je n'ai personne pour me présenter, il faut que je remplisse moi-même cette formalité.

Je suis née à Paris.

Mon père, veuf depuis mon enfance, était un commerçant aisé, et il me fit donner une éducation convenable.

J'allais avoir quinze ans, lorsque la faillite d'un banquier nous plongea presque dans la misère. Mon père ne put supporter ce coup fatal et il mourut quelques mois après.

Restée seule sur la terre, dans une ville comme Paris, ne connaissant rien de la vie, et presque encore enfant, mon sort n'était pas très enviable. Je me plaçai comme domestique. Mais j'eus affaire à des maîtres si méchants, que je dus les quitter, à l'instigation d'une femme du voisinage qui se chargea de me trouver du travail. C'est ainsi que je devins ouvrière en passementerie. J'étais assez adroite de mes mains, exacte dans mes livraisons, soigneuse dans les détails , scrupuleuse en tout, de sorte que les commandes ne tardèrent pas à m'arriver en abondance. Je pris des apprenties, et dès lors, je pus non seulement vivre à l'aise, mais encore faire des économies.

J'allais avoir dix-huit ans, lorsque je fus demandée
en mariage par un jeune homme que je croyais vertueux et digne d'affection. J'acceptai d'abord l'offre de
sa main ; mais bientôt de pénibles circonstances me
firent changer d'avis. Ma conduite fut dictée par la
prudence et le devoir, car si je n'avais écouté que mon
cœur, j'aurais certainement lié ma destinée à la sienne.
Aujourd'hui même, je sens que je l'aime encore, bien
que je sache parfaitement que sa conduite n'est pas
bonne.

Mais ceci ne doit guère vous intéresser, et si j'en
parle, c'est parce que tous ceux qui ont aimé s'imaginent que le reste des humains prend part à leurs tris-
tesses ou à leurs joies.

Après ma rupture avec Honoré Girodet — c'est ainsi
que s'appelait mon prétendant — je pris Paris en dégoût et résolus d'aller m'installer à Nancy où demeurait
une vieille tante de ma mère. En arrivant, j'appris que
cette tante était morte depuis longtemps, et je dus me
résigner à vivre seule. Je m'étais remise au travail, lorsque je fus tout à coup atteinte d'une maladie grave,
que le médecin déclara devoir être fort longue. Je me
fis d'abord soigner avec mes économies, mais un jour
elles vinrent à manquer, et je dus entrer à l'hôpital.
J'y restai deux mois. On m'annonça enfin que j'étais
sauvée et que j'allais entrer en convalescence.

Un jour — c'était l'après-midi — je rêvais tristement à ce que je deviendrais, lorsque je serais complètement guérie et sortie de l'hôpital. Il ne me restait
plus rien. A ce moment, je vis une belle jeune fille,

accompagnée d'une sœur de charité qui lui parlait à demi-voix, traverser la salle où je me trouvais. Elle s'arrêtait de temps à autre auprès d'un lit, et je compris, à ses douces paroles, à ses regards où se lisait la tendresse plutôt que la pitié, qu'elle devait être aussi bonne que gracieuse. Je priai Dieu de lui inspirer la pensée de venir près de moi, et ma prière fut exaucée.

Après m'avoir adressé quelques questions sur ma santé, voyant que je pleurais, elle me prit les mains, s'assit à mon chevet, et me demanda la cause de mes larmes.

— Mademoiselle, lui répondis-je, vous paraissez douce et bonne, et vous l'êtes puisque vous venez visiter les pauvres malades. J'ai un service à vous demander : c'est de me trouver du travail pour le jour même où je sortirai d'ici. Je n'ai plus aucune ressource, et je frémis à l'idée de me voir arrêtée comme n'ayant pas de domicile.

— Mais, ma pauvre enfant, me répondit-elle, je ne suis pas de Nancy, et je n'y connais personne. Je ne vois guère de moyens de vous être utile dans le sens que vous désirez. Je préférerais de beaucoup vous prêter une petite somme que vous me rendrez plus tard.

Son offre était aussi sincère que généreuse ; mais je ne pouvais m'ôter de l'idée qu'en recevant ainsi de l'argent, je jouais presque un rôle de mendiante. J'avais peut-être tort, et je suppliai la jeune fille de m'être utile d'une autre manière.

— Vous raisonnez mal, me dit-elle doucement, je ne

vous fais pas l'aumône. D'ailleurs, avez-vous réfléchi
que le prix de votre première journée de travail ne
peut suffire à vous procurer un logement fixe, et ce
dernier point doit primer tous les autres. Acceptez donc
le prêt que je vous offre ; vous m'affligeriez en refu-
sant.

Je ne répondis rien. Elle sembla réfléchir un instant
puis me dit :

— Consentiriez-vous à travailler à la campagne ?

— Je crois que je ne suis pas assez forte pour me
livrer aux travaux des champs. Toutefois, je veux bien
essayer.

— Ce n'est pas de ces travaux que je veux parler ;
j'habite la campagne et j'ai de quoi vous occuper quelque temps à la maison. Voulez-vous venir avec moi
aussitôt après votre rétablissement ?

J'acceptai avec bonheur.

Quinze jours après, j'étais chez mademoiselle Marie
Jarville, — car vous avez bien deviné qu'il s'agissait
d'elle. — Elle me traita avec tant de bonté que je me
sentis toute désolée lorsque je vis approcher le moment
où, les travaux étant finis, il faudrait m'en retourner à
Nancy. Elle s'aperçut de ma tristesse, en devina la
cause, et finit par me proposer de rester avec elle, à
titre de demoiselle de compagnie. M. Jarville ne fit
aucune opposition à ce projet, mais la façon dont il
donna son consentement me déplut singulièrement : il
se contenta de dire qu'une jolie fille n'était jamais de
trop dans une maison.

Ce que je vais dire vous fera peut-être penser, Mon-

sieur, que je suis sotte et orgueilleuse. Cependant je
ne puis m'empêcher de vous déclarer, parce que c'est
la vérité, que j'ai bon cœur, que je suis sensible, et
que mes sentiments ne sont ni vulgaires, ni égoïstes.
Mon affection pour votre amie était si sincère, si dévouée, qu'elle ne tarda pas à m'estimer, à me donner
son amitié et toute sa confiance. Je suis loin de la valoir, mais je suis digne de la comprendre, de l'aimer ;
nos âmes se touchent par un côté que nous seules,
femmes, pouvons connaître. Je suis donc, dans la force
du terme, l'amie de votre amie, et, si le proverbe ne
ment pas, je suis la vôtre. Je suis dépositaire de tous
les secrets qui vous touchent tous les deux ; je vous
connais sans vous avoir jamais vu ; je m'intéresse à
vous de tout l'intérêt que je porte à mademoiselle Marie,
et vous pouvez compter que votre cause ne sera jamais
trahie par moi, excepté si vous vous montrez indigne
de l'amour qu'a pour vous celle que je place avant
tout.

Mais je ne vous ai pas encore dit quel est l'objet de
cette longue lettre. Je vais aller droit au but, puisque
vous connaissez maintenant la nature de mes relations
avec mademoiselle Marie.

Depuis le jour où M. Jarville vous congédia si grossièrement, vous qui veniez de sauver la vie à sa fille, il
ne fut plus absolument question de vous à la maison. Il
resta dans l'ignorance de tout ce qui suivit : rendez-
vous, aveux échangés, projets pour l'avenir. Je crois
même qu'il ne se donna pas la peine de se renseigner
sur votre personnalité.

Sans doute, dans des conditions ordinaires, mademoiselle Marie eût été blâmable d'avoir des secrets pour son père ; mais cet homme est si méchant, si dur pour sa fille, que je comprends qu'elle n'ait jamais osé lui parler de vous. Elle n'avait pu se décider à le faire lorsque vous étiez libre et sur le chemin de la fortune : elle le pouvait encore moins après votre malheur. Elle a donc renfermé son secret dans son cœur, espérant tout de Dieu qui bénit toujours les bonnes intentions et les sentiments purs.

Il y a huit jours, M. Jarville surprit sa fille au moment où elle vous écrivait. Il prit connaissance de la lettre :

— Tiens ! tiens ! dit-il, tu écris à un prisonnier. Quel est donc cet intéressant personnage assez heureux pour occuper tes pensées ?

La jeune fille ne répondit rien.

— J'exige une réponse, entends-tu ? cria M. Jarville, d'une voix menaçante.

Mademoiselle Marie ne sait pas mentir, et elle sait obéir. Elle avoua tout, et ne put même cacher qu'elle vous avait donné son cœur et vous le conservait, car c'était écrit en toutes lettres sur le papier saisi par M. Jarville.

La pauvre enfant essaya de justifier sa conduite en rappelant à son père qu'elle vous devait la vie, et que, lors même qu'elle ne vous aimerait pas, il serait de son devoir de vous témoigner de la reconnaissance, et de vous donner des consolations dans la triste situation où vous vous trouvez.

L'insensible père ne répondit d'abord que par un rire méchant; puis il entra dans une rage sans pareille, et donna à sa fille les noms les plus offensants.

Quand il fut parti, la pauvre enfant alla à son prie-Dieu, se mit à genoux et adressa au Ciel une fervente prière pour son père.

N'est-ce pas, Monsieur, que cette jeune fille est une héroïne, une sainte? Le père Isidore lui a donné ces noms, et je trouve qu'elle les mérite bien.

M. Jarville a naturellement interdit à sa fille de continuer à vous écrire. Et voilà pourquoi je le fais, moi, sans me préoccuper de son bon plaisir. Il n'a de droits sur moi qu'en ce qui concerne le service de sa maison, et encore je ne me considère que comme dépendant de mademoiselle Marie. Je ne sais d'où vient l'aversion que j'éprouve pour cet homme, mais elle est profonde, et je ne pourrai probablement la lui cacher longtemps. Il me vient, à son sujet, les idées les plus étranges : je me figure, par exemple, qu'il n'est pas le père de mademoiselle Marie, et, en effet, elle n'a pas souvenir qu'il lui ait jamais parlé de sa mère. Je n'ose dire tout ce que je pense à ma pauvre amie, mais l'ensemble des détails m'indique qu'il y a de tristes secrets dans la vie de M. Jarville. Je ne puis m'ôter de la pensée que je suis dans le vrai, et que quelque événement me mettra bientôt sur la trace de quelque mystère.

Que ceci ne vous afflige pas. Il en résultera peut-être un grand bonheur pour vous. En tout cas, votre amie a en moi une personne vigilante et dévouée, qui remplira son rôle de façon à mériter votre approbation.

J'ai annoncé ce matin à mademoiselle Marie que j'allais vous écrire. Elle s'y est d'abord opposée, disant que ce serait transgresser d'une façon indirecte les ordres paternels. Puis elle m'a laissée libre, mais n'a voulu me charger d'aucune commission pour vous. Son cœur était bien gros quand elle disait cela, et elle a caché sa tête dans ses mains en pleurant. Au milieu de ses sanglots, j'ai plusieurs fois entendu cette exclamation : Pauvre Georges ! pauvre Georges !

Les ordres de M. Jarville ne s'étendent pas au père Isidore, qu'il ne connaît probablement pas. Cependant, mademoiselle Marie ne veut plus continuer à aller le voir : elle exécute les ordres de son père, non seulement à la lettre, mais dans leur sens intime.

Pour moi, je continuerai à voir le père Isidore toutes les fois qu'il me sera possible, et à causer avec lui de ma bien-aimée mademoiselle Marie et aussi du *cher absent*, c'est-à-dire de vous.

À bientôt, Monsieur.

JOSÉPHINE MALGRANGE.

P. S. En allant mettre cette lettre à la poste, j'ai rencontré votre père adoptif. Je lui ai raconté ce qui s'est passé et, en particulier, j'ai appuyé sur la façon indigne dont M. Jarville traite mademoiselle Marie.

Le bon vieillard a rougi de colère puis, me regardant en face, il m'a dit d'un ton mystérieux :

— Joséphine, j'ai aperçu, ces jours-ci, pour la première fois, *depuis qu'il demeure dans ce pays*, le père de Marie... Je ne puis vous dire ce que la vue de son visage m'a rappelé... Mais n'oubliez pas ceci : s'il continue à maltraiter sa fille, venez me trouver. Je me charge, moi, de mettre un frein à sa brutalité. Je n'aurai pas besoin de lui parler dix minutes pour le forcer à ramper à mes genoux... Il ne m'a pas reconnu, mais je sais qui il est, et ce qu'il vaut. .   .   .   .   .   .

C'est en vain que j'ai voulu arracher d'autres explications au père Isidore. Il a obstinément gardé le silence.

Quand je vous disais qu'il y a là-dessous quelque mystère !

J. M.

CHAPITRE XXI

Ainsi me voilà séparé de Marie par une barrière qui me semble infranchissable. Car elle ne désobéira pas aux ordres paternels, et je ne puis avoir un seul instant l'idée de l'encourager à la résistance.

Pourtant cette nouvelle ne me cause ni dépit, ni douleur. En effet, je ne puis songer à unir la destinée de Marie à la mienne avant de longues années; il faut d'abord que je me purifie de mon passé, ensuite que je me refasse une position dans le monde. Or, avant le jour où j'aurai atteint ce double but, que d'événements peuvent subvenir qui changeront la face des choses! L'important, c'est que Marie continue à m'aimer, et je n'ai aucune inquiétude à ce sujet.

Quel peut être le secret dont le père Isidore fait si grand mystère? Comment se fait-il qu'il connaisse M. Jarvil'e? Il m'a promis son histoire. Sans doute, j'y trouverai quelques éclaircissements, quelques indices qui me mettront sur la voie des découvertes. . . .

. . . .

Dirai-je à Giroflée que je connais maintenant la jeune fille qu'il a aimée, qu'il a dû épouser ?

Quelle étrange surprise ! Quel incroyable concours de circonstances !

Non, je ne lui dirai rien. Je veux auparavant m'assurer complètement des sentiments qui l'animent. S'il est sincèrement repentant, résolu à vivre d'une vie nouvelle, si, par la façon dont il supportera le malheur, il se montre digne d'un bonheur qui ne lui a peut-être pas échappé pour toujours, eh bien ! alors, je ferai intervenir Marie, et je trouverai moyen de rendre à ce pauvre jeune homme l'affection de celle qu'il a si cruellement affligée et méconnue. Je garde donc mon secret, surtout dans l'intérêt de Joséphine, à qui je ne dirai rien non plus. Si Giroflée redevient digne d'elle, elle lui pardonnera, j'en suis sûr. S'il ne se relève pas, s'il ne répare pas courageusement le passé, mon secret ne lui sera jamais dévoilé. Que Dieu l'inspire ! une belle récompense est promise à sa persévérance !

. . . .

Je commence à craindre véritablement le Lézard. Depuis trois semaines, il ne s'est pas passé un seul jour sans qu'il ait essayé de me nuire d'une façon ou d'une autre. Que faire ? Dois-je me plaindre à l'autorité ?... J'attendrai. Peut-être ma patience finira-t-elle par désarmer cette bête fauve.

Hier, les timbres-poste que le patron laisse au bureau, sous ma garde, ont disparu pendant une absence de quelques minutes que j'ai faite. Je ne puis prouver quel est l'auteur de ce vol, mais je suis certain, à des indices

particuliers, que c'est le Lézard. Comment vais-j
arranger cette affaire?

Ce matin, il m'a prié de lui donner un coup de mai
pour fermer une caisse. Au moment où j'appuyais su
le couvercle, il s'est arrangé de façon à prendre le
doigts de ma main gauche entre les jointures, et je l'a
vu frapper à grands coups de marteau à l'endroit mêm
où ma main se trouvait engagée. Peu s'en est fall
que je n'aie eu les doigts littéralement broyés. Il a
bêtement en faisant semblant de s'apercevoir de l'ac
cident, et m'a fait mille excuses dont la sincérité ne m'
pas trompé un instant.

Giroflée est furieux de ce qui se passe, et a voul
plusieurs fois intervenir. Je l'en ai toujours empêché
Du reste, que pourrais-je prouver? Mes affirmations n
suffiraient sans doute pas à me délivrer de la présenc
de ce dangereux scélérat qui semble avoir juré mo
malheur . . . .

. . . .

CHAPITRE XXII.

HISTOIRE DU PÈRE ISIDORE.

Georges avait toujours pensé qu'il y avait un mystère dans la vie de son père adoptif. Aux manières simples, mais distinguées du vieillard, à son langage correct, surtout à son instruction peu commune, le jeune homme devinait que le colporteur avait dû occuper autrefois une certaine position dans le monde, et il se demandait quels événements, quels revers de fortune avaient pu le conduire à embrasser une profession si modeste.

D'autre part, quelles circonstances l'avaient mis autrefois en relation avec M. Jarville ? Quel était ce secret si terrible, que la seule menace de le révéler ferait tomber l'orgueilleux millionnaire aux pieds du colporteur ? Enfin qu'avait voulu dire le père Isidore, en écrivant à Georges qu'il avait été dans une situation plus désespérée que la sienne ?

Pour trouver la solution de ces énigmes, notre jeune prisonnier attendait avec impatience la lettre que son père adoptif avait promis de lui écrire.

Cette lettre, ou plutôt ce manuscrit, arriva enfin. Nou
le transcrivons en entier :

« C'est pour toi, mon cher enfant, que j'entreprend
d'écrire les principaux événements de ma vie.

Sans l'affection que je te porte, sans l'espoir que j'à
de te voir tirer d'utiles leçons du récit de mes fautes
tous mes secrets seraient morts avec moi, et personn
n'eût jamais connu un mot de ma lamentable histoire

Je connais tes sentiments à mon égard. Je ne crain
donc point, en te dévoilant mon passé, de les voi
changer de nature. Tu me plaindras, sans cesser d
m'aimer, et tu ne te détourneras pas de ton vieil am
en disant : Je le méprise, parce que c'est un ancie
forçat !

Oui, mon cher Georges, je suis un forçat libéré
Écoute donc mon histoire, et qu'elle t'apprenne à n
jamais désespérer, car j'ai été plus criminel que toi, plu
abandonné que toi, et cependant j'ai pu rentrer en paï
avec Dieu et avec les hommes, en bénissant l'un, au
lieu de le maudire, et en aimant les autres, au lieu d
leur déclarer la guerre.

Mes parents étaient marchands de vin à Bordeaux
Leur maison était florissante, et j'étais fils unique
mon enfance fut donc entourée des soins les plus em-
pressés et les plus tendres. J'aimais beaucoup mon père
et surtout ma mère, femme d'une bonté et d'une douceur angéliques : elle a laissé dans mon cœur des souvenirs qui ne s'en effaceront jamais. Je me rappelle en
core les heureux instants où, me prenant sur ses
genoux, elle me caressait en me répétant que, pour être

heureux, il suffit d'aimer la vertu. Jamais un pauvre ne passait le seuil de notre porte sans s'en retourner soulagé et avec un rayon d'espoir dans le cœur. Tous les malheureux connaissaient ma mère, et, comme je l'accompagnais dans ses visites de bienfaisance, on avait fini par m'appeler la *petite Providence*.

Mon père mourut jeune et lorsque j'atteignais à peine ma dixième année. Ma mère liquida la maison de commerce et se trouva à la tête d'une petite fortune de soixante mille francs environ. Son vœu intime était de me voir entrer dans les ordres ; je commençai donc mes études et j'obtins, pendant toute leur durée, de brillants succès. A dix-huit ans, je déposais aux pieds de ma mère, heureuse et fière, mon diplôme de bachelier. Elle consulta mes professeurs, hommes de grande expérience, et tous furent unanimes à lui déclarer que j'étais un bon sujet, mais qu'ils n'avaient pas reconnu en moi les indices de la vocation ecclésiastique. Elle n'insista pas, et il fut résolu que j'entrerais dans l'Université.

Cette carrière me plaisait. Je travaillai avec ardeur, j'obtins mon diplôme de licencié, et le ministre de de l'instruction publique me pourvut d'une chaire dans un excellent collège. Mais ce résultat ne suffisait pas à mon ambition ; je voulais être docteur. J'avais, du reste, à cette époque, un stimulant non moins puissant que l'amour de la science et le désir de parvenir. Un de mes collègues était père d'une charmante jeune fille dont je m'étais épris, et il m'avait dit : La noce se fera quand vous aurez coiffé le bonnet de docteur.

Que j'aurais pu être heureux ! Mais je ne sus pas l'être.

Le hasard m'avait mis en relation avec un certain personnage dont je n'ai jamais su la profession exacte, mais dont l'occupation consistait à chauffer des élections. En temps ordinaire, il habitait Paris ; mais, pendant les périodes électorales, il courait d'un département à l'autre, prononçant des discours, répandant des imprimés, et inondant de sa prose les journaux de sa couleur. Je me liai avec lui, je pris goût à la politique et ne tardai pas à me mêler à des questions tout à fait étrangères à ma profession. Mon nouvel ami me fit nouer des relations avec des hommes célèbres de la capitale. Mon amour-propre en fut flatté ; j'étais jeune, ardent, et j'abandonnai bientôt mes calmes études classiques pour me jeter, corps et âme, dans les questions brûlantes du jour. Le recteur d'académie me rappela doucement à l'ordre ; mais, au lieu de tenir compte de ses observations, je lui ripostai par une lettre insolente. Mes nouveaux amis crièrent à la tyrannie, me firent passer pour un martyr, et m'engagèrent à jeter bas ce qu'ils appelaient la défroque universitaire. Je les écoutai et, dès lors, je me trouvai tout entier à la merci des chefs de mon parti. Je parlais avec facilité ; ma prose était vive et acerbe : on me mit en avant et mes diatribes eurent les honneurs de la première page dans les journaux qui soutenaient la cause que j'avais embrassée.

Je ne sais à quel point de folie, d'erreur, de dépravation morale, j'en arrivai. Toujours est-il que j'effrayai mes amis eux-mêmes par mon audace, et que la plupart me renièrent. Loin de tirer de cette conduite un avertissement salutaire, je n'y vis qu'une offense à ma dignité, et la haine, une haine farouche, s'étendant à tous les hommes, s'empara de mon cœur.

Rien ne me retenait plus. J'entrai dans un complot contre la vie du chef de l'État, et le sort me désigna pour porter le coup mortel.

Mon attentat échoua, je fus arrêté et déféré à une haute cour de justice.

Ma prévention fut longue, et j'en remercie Dieu. Seul, dans ma cellule, je me pris à réfléchir sur ma conduite, je descendis au fond de moi-même, et la lumière ne tarda pas à se faire dans mon âme. Je compris combien j'avais été fou et criminel; je récapitulai tous mes souvenirs, et j'en tirai la conclusion que tous ceux qui m'avaient entraîné étaient des ambitieux sans talent, sans instruction, — la plupart du moins, — paresseux avant tout, et demandant au désordre ce qu'ils ne voulaient pas demander au travail.

Voilà les hommes à qui j'avais vendu ma jeunesse, mon avenir, tout ce que j'avais de plus précieux, et qui se disaient les amis du peuple, profanant ainsi un titre qu'ils étaient loin de mériter. Un ami du peuple, n'est-ce pas celui qui procure du travail à ceux qui en ont besoin; n'est-ce pas l'industriel qui fonde une caisse de retraite pour ses ouvriers; n'est-ce pas le million-naire qui consacre une partie de son revenu à l'entre-tien d'une maison où les orphelins sont recueillis et élevés; n'est-ce pas le savant qui trouve moyen de rendre moins insalubres les ateliers ou les hôpitaux, ou qui simplifie la main-d'œuvre dans un travail pénible et malsain; n'est-ce pas le légiste qui, après de laborieux travaux, trouve la solution d'un problème d'économie sociale dont l'humanité entière sera appelée à profiter; n'est-ce pas, enfin, et surtout, celui qui s'applique à rendre heureux ceux qui l'entourent?

C'est par l'oubli de ces saines notions du bon sens et du droit, comme aussi par l'aberration la plus profonde, que je devins un grand coupable, digne du plus grand châtiment.

L'instruction de mon affaire ne fut pas difficile, car je fis les aveux les plus complets: cependant, je m'arrangeai de façon à ne compromettre aucun des malheureux qui avaient causé ma ruine, qui avaient fait de moi un misérable assassin. Étaient-ils dignes de cette générosité? J'en doute encore; mais plusieurs étaient pères de famille, et j'espérais que la peine terrible qui allait m'être infligée, suffirait à les faire rentrer en eux-mêmes, et à leur inspirer de salutaires réflexions.

Mon repentir était sincère. Mes juges ne s'y trompèrent pas, et, au lieu de prononcer la peine capitale, que j'avais méritée, ils me condamnèrent seulement à dix ans de travaux forcés.

Après un séjour de deux ans au bagne de Toulon, je fus transporté à Cayenne. Ma bonne conduite, ma résignation touchèrent mes chefs et, peu à peu, de grands adoucissements furent apportés à ma situation. J'en profitai surtout pour rendre quelques services à mes malheureux compagnons, et presque tous finirent par me prendre en amitié. Je leur disais que la seule consolation possible dans les grands malheurs, consiste à se soumettre franchement à la volonté de Dieu, à le désarmer par le repentir et à ne jamais désespérer. Beaucoup me riaient au nez; mais comme ils me voyaient toujours de bonne humeur, résigné à mon sort, serviable pour tous, ils finissaient par convenir que je n'avais peut-être pas tort. Tous étaient donc mes amis, sauf un, à qui cependant j'avais peut-être fait plus de bien qu'à tous les autres. Je ne sais pourquoi il me haïssait, mais j'étais convaincu que ma vie n'eût pas été en sûreté si je m'étais trouvé seul avec lui dans quelque endroit écarté.

Ce forçat se nommait Granchorerr.

Un soir, profitant de la liberté qui m'était laissée dans une certaine mesure, j'étais allé me promener à quelque distance de l'enceinte du bagne. En me rapprochant de cette enceinte, j'entendis tout à coup, les cris : Au secours! au secours! poussés par une voix désespérée. J'accourus et trouvai Granchorerr engagé dans une lutte terrible avec un gardien. Ce dernier avait déjà reçu deux coups de couteau. Je m'élançai sur l'assassin, mais lui, lâchant le gardien et tournant sa rage contre moi seul, me terrassa, me plongea son couteau dans la poitrine et s'enfuit en me criant :

— Tu m'as empêché de finir l'affaire de l'argousin, mais la tienne est bien faite.

Il disparut et il fut impossible de retrouver ses traces, car notre état, au gardien et à moi, ne nous avait pas permis de donner l'alarme assez vite.

Le médecin visita ma blessure, déclara qu'elle n'était pas mortelle et je me rétablis promptement.

Des poursuites judiciaires furent dirigées contre Granchorerr, en raison de la double tentative d'assassinat dont il s'était rendu capable, et il fut condamné à mort par contumace.

Un rapport sur cet événement avait été envoyé au ministre de la marine, qui demanda ma grâce au chef de l'État. Elle me fut accordée, et je rentrai en France.

Ma pauvre mère était morte, de chagrin sans doute, et je ne me pardonnerai jamais d'avoir abrégé ses jours.

Il me restait un petit héritage. Je le recueillis et vins m'installer à Nancy, où personne ne connaissait mon triste passé. Je cherchai un emploi, et finis par en découvrir un dans une maison de commerce où je plaçai mon petit capital. La maison fit faillite, et je me trouvai un matin sans travail et presque sans argent.

Un forçat libéré, soumis à la surveillance de la haute police, ne peut espérer voir toutes les portes s'ouvrir devant lui. Il me fut impossible de retrouver un autre emploi en rapport avec mes goûts et mes connaissances. Faute de mieux, je m'offris pour servir des maçons. Cette occupation était bien prosaïque pour un licencié, ancien professeur de l'Université de France; mais j'aurais préféré descendre plus bas encore que de demander mon pain quotidien à la mendicité ou au vol. On ne fut pas d'abord très satisfait de mes services, mais j'avais tant de bonne volonté que je parvins bientôt à acquérir les connaissances spéciales qui me faisaient défaut, et je finis même par mériter le surnom de *roi des goujats*. J'avais déjà économisé une centaine de francs, lorsque les travaux de maçonnerie vinrent à cesser subitement. Je me rendis alors à la préfecture et suppliai les employés de me délivrer une patente de colporteur. Ou examina mon dossier et ma demande fut agréée. J'achetai une petite pacotille et me mis à parcourir les villages, sans sortir jamais des limites de la circonscription qui m'avait été indiquée.

Ma résolution avait d'abord été un pis-aller. Mais, peu à peu, je pris goût au métier. De l'honnêteté, de l'ordre, de l'économie, tels furent les moyens que j'employai pour améliorer ma situation; et ils réussirent si bien que, au bout de deux ans, j'étais estimé de tous ceux qui me connaissaient, et à la tête d'une petite clientèle qui valait celle de bien des petites maisons de commerce.

Le préfet, satisfait des rapports qui lui parvinrent à mon sujet, me dispensa des formalités relatives à la surveillance de la haute police, et me permit la vente de certains objets qui d'abord m'avaient été interdits. Mon sort s'améliora donc et devint, sinon enviable, du moins très supportable.

J'avais alors trente-deux ans. Un jour j'entrai chez une pauvre veuve pour lui offrir mes marchandises. Je la trouvai au lit et fort malade. Sa fille Justine, que je connaissais pour être la meilleure couturière du village, pleurait auprès d'elle. J'essayai de la consoler.

— Hélas! me répondit la jeune fille, vous le voyez, ma mère est très malade et je n'ai plus d'argent pour acheter les remèdes nécessaires. J'ai vendu ma croix d'or et ma bague, mais il ne me reste plus rien. Que le bon Dieu ait pitié de nous !

La douleur de la pauvre fille me toucha. J'avais quelque argent sur moi. Je la suppliai de me permettre de lui prêter une petite somme qu'elle me rendrait plus tard, lorsqu'elle serait à même de retourner en journée.

Justine me remercia par un regard que je n'oublierai jamais, et accepta quarante francs.

— Je vous devrai la vie de ma mère, ou au moins la consolation d'avoir adouci ses derniers moments, me dit-elle, en pleurant encore, mais de joie. Puisse le Ciel me permettre de m'acquitter envers vous !

Mes visites chez la veuve devinrent presque quotidiennes, car la maladie s'était aggravée, et Justine, excédée de fatigues, avait souvent besoin du concours que je lui apportais. J'étais sans cesse sur la route de Nancy, allant tantôt chercher le médecin, tantôt faire préparer des remèdes, ou acheter quelque douceur dont la pauvre malade avait envie. Mais tous nos efforts furent inutiles, et la digne femme, nous appelant un soir tous les deux, dit d'une voix lente et solennelle :

— Mes enfants, je vais mourir..... Justine, tu as un bon cœur, tu es vertueuse ; tu as été bonne fille, tu seras bonne épouse... Je ne connais qu'un homme qui puisse te rendre heureuse comme tu le mérites : c'est M. Isidore... Dis-moi que tu veux bien l'accepter pour époux... et qu'il me dise qu'il veut bien faire de toi sa femme, et je mourrai contente... Donnez-moi vos mains, mes enfants, et laissez-moi vous bénir...

Tous deux à genoux, Justine et moi, nous reçûmes, avec son dernier soupir, la bénédiction de la mourante.

Dieu m'est témoin que je n'avais jamais songé à capter l'affection de Justine, et que les bons offices que je lui avais rendus étaient complètement désintéressés. Je ne croyais même pas que, dans ma triste position, il me fût possible d'entrer en ménage. Je déclarai donc à la jeune fille qu'elle ne devait pas se considérer comme engagée par les paroles de sa mère, attendu que j'étais un forçat libéré, et que cette particularité, si elle eût été connue de la mourante, aurait certainement modifié ses intentions à mon égard. Justine me répondit que les derniers vœux de sa mère étaient pour elle des ordres et qu'elle les exécuterait, à moins qu'ils ne fussent pas à ma convenance. Elle ajouta qu'elle n'avait pas à s'occuper de mon passé, qu'elle n'entendait rien à la politique, qu'elle m'estimait et m'aimait, et que cela devait suffire, enfin que, si j'avais été malheureux, c'était pour elle une raison de plus d'essayer de me rendre heureux.

Tu vois par là, mon cher enfant, qu'une bonne action ne reste jamais sans récompense. J'avais rendu à Justine un service bien léger, et ce service allait me valoir une épouse belle et vertueuse, un foyer et toutes ces joies inestimables après lesquelles soupire le malheureux qui, par sa faute, s'est isolé de la société et a perdu sa place au banquet de la vie.

Un an donc après la mort de la veuve, j'épousai Justine et j'allai habiter sa petite maison, son unique héritage. Je fus alors aussi heureux qu'on puisse l'être ici-bas. Je ne te ferai pas le portrait de Justine : si tu veux le connaître, pense à Marie Jarville ; c'était le même cœur, le même caractère expansif, les mêmes qualités, le même mélange de force et de douceur, et, e dirai, presque les mêmes traits, la même physionomie. J'aime beaucoup Marie Jarville pour ce qu'elle est, mais je l'aime encore plus pour le cher visage qu'elle me rappelle.

Hélas ! mon bonheur fut de courte durée. Ma pauvre Justine mourut six mois après ses couches. Je me soumis à la volonté de Dieu, et je reportai tout mon amour, tout mon dévouement sur le fruit de notre union, une jolie petite fille qui s'appelait Léonie.

Je dus mettre l'enfant en nourrice. La femme Chalvette, à laquelle je confiai mon trésor, m'avait été signalée comme étant de mœurs irréprochables et d'une constitution saine et vigoureuse. J'eus d'abord lieu de me féliciter de mon choix : grâce à mes largesses, la petite Léonie était traitée comme l'enfant d'un prince. J'allais la voir aussi souvent que le permettaient mes occupations ; je passais de longues heures à jouer avec elle ; je la soutenais dans ses premiers pas, et je fus bien heureux le jour où elle commença à me reconnaître et à me tendre de loin ses petits bras en bégayant le mot *papa*.

Un dimanche matin, je me rendis chez la femme Chalvette dans l'intention de passer la journée entière avec ma chère Léonie. Que de joies je me promettais pour cette bienheureuse journée ! J'apportais une belle poupée toute neuve, avec de jolis cheveux blonds et

des yeux qui s'ouvraient et se fermaient à volonté;
j'avais encore une paire de mignons souliers bleus,
garnis de satin blanc en dedans; puis un petit mouton
tout blanc qui bêlait quand on lui passait la main sur
le dos; puis un bonnet gros comme le poing, tout
garni de dentelles, et que sais-je encore? Je voyais en
imagination Léonie battre des mains, sauter de joie et
m'embrasser en m'appelant son *mignon papa*.

Hélas! quelle déception amère m'attendait en arrivant chez la femme Chalvette! Je trouvai cette malheureuse dans la consternation, et ma présence parut la
terrifier.

— Où est Léonie? m'écriai-je, fou de douleur.

La femme ne me répondit que par des sanglots.

Je la menaçai de ma colère. Alors d'une voix presque
éteinte, elle m'annonça que mon enfant avait été
volée, trois jours auparavant, par des bohémiens qu'on
n'avait plus revus.

Je partis à l'instant même. Pendant huit jours, sans
prendre le moindre repos, et me donnant à peine le
temps de manger et de boire, je courus dans toutes les
directions, intéressant à ma douleur toutes les personnes que je rencontrais, et les suppliant de me dire
si elles n'avaient pas vu des bohémiens emmenant
avec eux une petite fille. Quelques-unes avaient bien
vu une voiture attelée d'un mauvais cheval et suivie
d'un individu à mine suspecte, mais elles ne pouvaient
affirmer si cette voiture appartenait à des bohémiens,
ou simplement à un petit marchand forain.

La police, prévenue, ne fut pas plus heureuse que

moi dans ses recherches. J'écrivis sur tous les
points de la France et même de l'étranger, mais sans
pouvoir obtenir le moindre renseignement. Désespéré,
je me renfermai dans ma douleur, et je crois que
j'aurais demandé à la mort la fin de mes maux, si la
pensée de Dieu n'était venue me rappeler que la vie
est un dépôt et qu'il nous en sera demandé compte un
jour.

Je ne me consolai pas, mais je voulus vivre encore
pour ne rien déranger aux projets de la Providence
à mon égard. Toutefois, il me fut impossible de continuer à vivre dans le village où j'avais été si heureux
et si malheureux à la fois, et je m'établis à quelques
lieues plus loin, où je suis maintenant.

Ce fut à cette époque qu'un parent éloigné, dont je
connaissais à peine l'existence, me laissa un héritage
de vingt mille francs. J'aurais pu changer mon genre de
vie ; mais à quoi bon ? Le métier de colporteur me
laissait une certaine liberté que je n'eusse trouvée dans
aucun autre ; il me permettait de m'asseoir le long
d'une route et de pleurer à mon aise, quand j'avais le
cœur trop gros, et l'activité qu'il exigeait faisait un peu
diversion à mes chagrins. Et puis, je n'avais plus d'ambition, puisque j'avais perdu mon enfant. Depuis lors,
il m'est venu plusieurs fois à l'idée de m'établir en
boutique ; j'ai toujours repoussé cette idée, parce que
je perdrais des clients éloignés auxquels je ne pourrais
plus aller, et que la distance empêcherait de venir à
moi. Du reste, quand on est modeste dans ses désirs,
quand on travaille activement en s'appuyant toujours

sur la loyauté, tous les métiers sont bons pour arriver à l'aisance, sinon à la fortune.

Quelques années plus tard, ta bonne tante te confiait à mes soins, et je reportai peu à peu sur toi une partie de l'affection que j'avais eue pour ma chère Léonie. Je ne t'ai jamais parlé d'elle, pas plus que des autres événements de ma vie, parce qu'il est des douleurs si cuisantes qu'on n'a pas toujours le courage de les réveiller. Si je romps le silence aujourd'hui, c'est parce que le malheur a resserré les liens qui nous unissent.

Depuis longtemps, j'ai perdu tout espoir de retrouver mon enfant. Il faudrait pour cela un miracle, et je ne mérite pas que Dieu en fasse un en ma faveur. Si Léonie vit encore, elle est aujourd'hui âgée de dix-huit ans et demi, et si elle ressemble à sa mère, si la misère n'a pas altéré ses traits, elle doit avoir la physionomie de Marie Jarville, car cette dernière ressemble étrangement à ma pauvre Justine.

Dans mon récit, j'ai oublié de te dire mon nom de famille qui est Baratier. Je dois ajouter que, depuis plusieurs années, je suis réhabilité devant la justice des hommes et rentré dans tous mes droits de citoyen français. »

Après avoir lu ce qui précède, Georges resta silencieux; mais l'animation de ses traits indiquait que son esprit et son cœur étaient agités de puissantes émotions.

— Bon vieillard, dit-il enfin, comment as-tu pu craindre un seul instant que la révélation de ton passé fût capable de porter atteinte aux sentiments de vénération que j'éprouve à ton égard! Ta vie est au contraire pour moi une source d'enseignements. Dieu veuille qne je puisse t'imiter! Je savais que tu étais bon, noble et vertueux, mais je ne connaissais pas les sources où ta belle âme puisait sa force et sa grandeur. Merci de me les avoir fait connaître!

Cependant le manuscrit du père Isidore n'apprenait pas à Georges où et comment le colporteur avait connu M. Jarville. Le jeune homme écrivit une lettre pressante pour obtenir des éclaircissements à ce sujet; mais le vieillard se borna à répondre que le moment n'était pas venu.

CHAPITRE XXIII

Troisièmes lectures du dimanche.

SAINT LUNDI.

«... Quelques-uns de mes compagnons du chantier fêtaient dévotement *saint Lundi,* et avaient essayé plusieurs fois de m'entraîner. Je résistai d'abord sans trop de peine. Mais on m'attaqua par la raillerie; on déclara que j'avais peur d'être fouetté par ma mère, que je n'étais point encore sorti de sevrage, et que le cognac me brûlerait le gosier. Ces sottises me piquèrent. Je voulus prouver que je n'étais pas un enfant, en me conduisant aussi mal qu'un homme. Entraîné hors barrière un lendemain de paye et encore muni de l'argent de ma quinzaine, j'y demeurai jusqu'à ce que tout eût passé de la poche de ma veste dans le tiroir du marchand de vin.

Le dimanche et le lundi avaient été employés à cette longue débauche; je rentrai le soir du second jour sans chapeau, couvert de boue et battant de mon corps toutes les murailles du faubourg. Ma mère igno-

rait ce que j'étais devenu, et me croyait blessé ou mort ;
elle m'avait cherché à la morgue d'abord, puis à l'hôpital. Je la trouvai avec Mauricet (un ami de la maison)
qui s'efforçait de la rassurer. Ma vue la tira d'inquiétude, mais non de peine. Après la première joie dé me
retrouver, vint le chagrin de me voir en pareil état.
Aux lamentations succédèrent les reproches. J'étais
tellement ivre que j'entendais à peine et que je ne
pouvais comprendre. Le ton seul m'apprit qu'on me
réprimandait. Ainsi que la plupart des ivrognes, j'avais
.le vin glorieux, et je me regardais, pour le quart
d'heure, comme un des rois du monde. Je répondis en
imposant silence à la bonne femme, et déclarant que je
voulais désormais vivre à ma guise et porter tout seul,
comme on dit, ma cuiller à la bouche. Ma mère éleva
la voix, je criai plus fort, et la querelle s'envenimait,
quand le père Mauricet mit le holà ! Il déclara que ce
n'était point le moment de causer et me fit coucher
sans aucune observation. Je dormis d'un trait jusqu'au
lendemain.

..... Lorsque j'arrivai au chantier, je trouvai déjà les
autres au travail ; mais ils ne parurent pas prendre
garde à moi. Je me mis à *limousiner* d'assez mauvaise
humeur et avec nonchalance. Ces deux jours de débauche m'avaient ôté le goût du métier. J'avais, de
plus, comme une humiliation intérieure que je cachais
sous un air de bravade. Je prêtais l'oreille à ce que
disaient les autres compagnons, craignant toujours
d'entendre quelque plaisanterie ou quelque fâcheux jugement sur mon compte. Quand l'entrepreneur arriva,

je feignis de ne pas le voir, et j'évitai de lui parler, de
peur qu'il ne me demandât la cause de mon absence de
la veille. J'avais perdu cette bonne conscience qui,
autrefois, me faisait regarder le monde en face ; je
sentais maintenant dans ma vie un souvenir à cacher.

Ceux qui m'avaient entraîné à la barrière n'étaient
point encore de retour ; l'entrepreneur en fit la remarque.

— C'est une infirmité qu'ils ont comme ça, dit le
loustic du chantier ; quand ils travaillent par hasard,
ils avalent tant de plâtre qu'il leur faut au moins trois
jours de vin d'Argenteuil pour se rincer le gosier.

Tous les compagnons se mirent à rire ; mais il me
sembla qu'il y avait dans ce rire une sorte de mépris.
Je rougis involontairement, comme si la plaisanterie eût
été faite contre moi. Tout nouveau dans le désordre,
j'en étais encore aux scrupules et aux remords.

La journée se passa ainsi assez tristement. L'espèce
de malaise que j'éprouvais dans tous les membres s'était
communiqué à mon esprit ; j'étais fatigué au dedans et
au dehors.

Tant que nous avions travaillé, le père Mauricet ne
m'avait point adressé la parole ; mais à l'heure de partir,
il vint à moi et me dit que nous ferions route ensemble. Comme il logeait à l'autre bout de Paris, je lui
demandai s'il avait quelque affaire dans notre quartier.

— Tu verras, me répondit-il brièvement. Je voulais
suivre mon chemin ordinaire ; mais il me fit prendre par
d'autres rues, jusqu'à ce que nous fussions arrivés devant
une maison du faubourg Saint-Martin ; là il s'arrêta.

— Vois-tu dans ce bâtiment, me dit-il, la haute cheminée qui se dresse près du pignon, et que j'appelle *la cheminée de Jérôme ?* C'est là que ton père s'est tué.

Je tressaillis jusqu'au fond des entrailles, et je regardai la cheminée fatale avec une espèce d'horreur mêlée de colère.

— Ah ! c'est là, répétai-je d'une voix qui tremblait ; vous y étiez, pas vrai, père Mauricet ?

— J'y étais.

— Et comment la chose est-elle arrivée ?

— Ni par la faute du bâtiment, ni par la faute du métier. L'échafaudage était bien établi, le travail sans danger ; mais ton père est venu là en descendant de la barrière ; la vue était trouble, les jarrets ne se connaissaient plus ; il a pris le vide pour une planche, et il s'est tué sans excuse.

Je sentis le rouge me monter au visage et le cœur me battre plus fort.

— Le père Jérôme eût été un vaillant ouvrier, reprit Mauricet, si la *gourmandise* ne l'avait perdu. A force de s'attabler chez les marchands de vin, il y avait laissé sa force, son adresse, son esprit. Mais bah ! on ne vit qu'une fois, comme dit cet autre ; faut bien s'amuser avant son enterrement. Si les veuves et les orphelins ont faim ou froid plus tard, ils vont au bureau de charité, et ils soufflent dans leurs doigts.

Et il se mit à chanter un refrain bachique alors à la mode :

> Occupons-nous de bien boire.
> Quand on sait bien boire on sait tout.

J'étais humilié, confus, et je ne savais que répondre ; je sentais bien que Mauricet ne parlait pas sérieusement ; mais l'approuver m'eût fait honte ; le contredire c'était me condamner. Je baissai la tête sans rien dire. Cependant il continuait à regarder ce pignon maudit.

— Pauvre Jérôme, reprit Mauricet, en changeant de voix et comme attendri, s'il n'eût pas suivi les mauvais exemples quand il était jeune, nous l'aurions encore avec nous ; sa femme reposerait son vieux corps, et toi tu trouverais quelqu'un qui te montrerait la route. Mais non, il n'y a plus rien de lui, pas même un bon souvenir, car on ne regrette que les bons ouvriers. Quand le malheureux s'est écrasé sur le pavé, sais-tu ce qu'a dit le tâcheron ?... — *Un ivrogne de moins, enlevez et balayez.*

Je ne pus retenir un mouvement d'indignation.

— Dame ! c'était un dur à cuire, continua Mauricet ; il n'estimait les hommes que pour ce qu'ils valaient. Si la mort avait pris un bon travailleur, il eût dit : — C'est dommage ! Au fond, tout le monde pensait comme lui, et la preuve c'est qu'il n'y a eu que les amis à suivre le corps de Jérôme jusqu'à la fosse. Ceux-là même avec lesquels il trinquait lui ont tourné le dos dès qu'il a été dans sa bière ; car les vauriens se fréquentent, vois-tu, mais ils ne s'aiment pas.

J'écoutais toujours sans répondre. Nous nous étions remis en marche : au premier carrefour, Mauricet s'arrêta, et me montrant la cheminée qui se dressait au loin par dessus les toits :

— Quand tu voudras recommencer ta vie d'hier,

13.

dit-il, regarde d'abord de ce côté, et le vin que tu boiras *aura le goût du sang.*

Il partit en me laissant tout saisi. »

ÉMILE SOUVESTRE.

COMMENT ON FAIT FORTUNE.

Le fils d'un millionnaire, originaire du Velay, racontait un jour en ces termes l'histoire de son père :

« Garçons, dit un soir mon grand-père à ses enfants, le temps est venu de gagner vous-mêmes votre vie. Voici chacun une pièce de trente sous ; vous partirez demain matin, à la grâce de Dieu ; tâchez de vivre en honnêtes gens et de faire fortune, si Dieu le permet.

Le lendemain, au point du jour, il éveilla les quatre enfants, qui embrassèrent leur mère en larmes et partirent chacun de leur côté.

Mon père, quoique le plus jeune, fut le premier à prendre une résolution énergique ; il se dirigea vers Paris, gagnant sa vie tant bien que mal à ramoner des cheminées sur sa route, et obtenant toujours un peu de pain à manger et une botte de paille pour dormir. Si bien qu'arrivé à Paris il possédait encore sa pièce de trente sous, toute neuve et toute luisante.

Au lieu de baguenauder dans les rues et de mendier aux passants quelque menue monnaie, il se mit à ramasser dans un petit panier tout ce qu'il trouva de morceaux de toile, et il alla les offrir chez un marchand de chiffons, qui sourit en voyant la mince pacotille et

la jolie petite mine de mon père ; ce dernier, le lendemain, lui en apporta le double.

Le marchand interrogea l'enfant, dont les réponses lui
plurent, et le prit chez lui pour faire les commissions.

En apprenant qu'il allait avoir un toit pour s'abriter,
une paillasse pour dormir, et du pain et de la soupe à
discrétion, mon père sauta de joie.

Il fit les commissions dont son maître le chargeait
avec tant d'intelligence et de promptitude, il apportait,
dans l'exécution des ordres qu'on lui donnait, un désir
si vif de bien faire, il se montrait si doux et si poli pour
chacun, que bientôt petit Jacques devint le favori de la
maison. La femme de son maître résolut même de lui
apprendre à lire et à écrire. Au bout de trois mois, il
passait tout le temps dont il pouvait disposer, à lire
une vieille Bible qu'il avait achetée quinze sous chez
un bouquiniste. Au bout de huit mois, il écrivit lui-
même une longue lettre à sa mère pour lui annoncer
tous les heureux événements qui lui étaient survenus.
Je ne vous garantis pas que les lettres ussent bien
moulées et l'orthographe fort exacte, mais enfin la
lettre fut écrite, partit et amena certes une grande joie
à mon aïeul et à sa femme.

Six à huit mois après, le marchand de chiffons, qui
était riche et qui faisait d'importantes affaires, car ce
commerce, tout humble qu'il semble, demande de gros
capitaux et produit d'énormes bénéfices, éleva petit
Jacques au poste de garçon de recette.

Petit Jacques, à six mois de là, rentra un portefeuille
à la main ; il le remit à son maître :

— Il y a là dedans, dit-il, cinquante mille francs en billets de banque ; gardez-les, Monsieur, jusqu'à ce qu'on vous les réclame. J'ai prévenu le commissaire de police, et je lui ai donné mon nom et mon adresse.

— Cela est bien, Jacques ; cela est très bien, Jacques.

Au bout de huit jours, un négociant se présenta ; c'était le propriétaire du portefeuille ; il offrit mille francs à petit Jacques, qui refusa en disant qu'il n'avait pas besoin d'être payé pour avoir fait son devoir.

Ce langage étonna le négociant. Il prit des informations sur petit Jacques, et il apprit sa conduite honorable, son amour du travail et la persévérance avec laquelle il cherchait à s'instruire ; car Jacques était devenu un très bon calculateur et s'était acquis une fort belle écriture.

Le négociant écrivit le lendemain à Jacques pour lui proposer chez lui une place de caissier, avec trois mille livres d'appointements.

Jacques crut faire un rêve ; il porta cette lettre à son maître qui l'embrassa plein de joie.

— Mais, s'écria Jacques, pour avoir cette place il faudrait vous quitter ?

— Non, répliqua son maître, car ton couvert sera mis chez moi tous les jours, et tu deviens dès aujourd'hui mon pensionnaire.

Jacques devint donc caissier à mille écus, et la pauvre famille de Velay se ressentit, comme vous le comprenez sans peine, de la prospérité de Jacques.

Probe, intelligent, laborieux, rangé, mon père se rendit bientôt tellement indispensable à son nouveau patron que ce dernier lui accorda un intérêt dans son commerce. D'un autre côté, la fréquentation de son premier maître et des rapports plus nombreux avec le monde, donnèrent à ses façons de l'élégance ; si bien que personne ne se fût avisé de soupçonner l'Auvergnat dans l'associé d'une riche maison de banque, qui faisait des affaires immenses et gagnait des sommes énormes.

Cependant, son ancien maître le voyait depuis quelque temps soucieux et rêveur ; car Jacques continuait à venir dîner tous les jours avec celui qui l'avait accueilli jadis pauvre et ignorant.

Jacques éluda ses questions.

A quelques jours de là, pressé plus vivement, il fondit en larmes.

— Vous allez me trouver bien hardi et bien audacieux ; certes, jamais je ne vous eusse dit ce que vous allez entendre, si vous ne l'eussiez exigé de moi : eh bien ! j'aime votre fille.

— Et tu l'épouseras, mon garçon ! répliqua le négociant ; je serai fier, je serai heureux de te nommer mon gendre. Ah ! ça donc, à quand la noce ? je donne deux cent mille francs de dot.

— Et je possède la même somme.

— Voilà qui est convenu. Parlons de la chose à ma fille, et, si elle lui plaît, à demain les bans.

Mademoiselle M... s'estima heureuse de devenir la femme d'un homme si estimable et si bien d'ailleurs, et la noce fut arrêtée à trois semaines de là.

La veille de ce jour fortuné, deux chaises de poste s'arrêtèrent devant la maison des futurs époux : il en

descendit toute une famille d'Auvergnats dans le costume de leur pays. C'étaient le père et la mère de Jacques; c'étaient ses frères et ses sœurs, qui tous lui sau-
tèrent au cou.

Jacques voulut que sa famille l'accompagnât à l'église
avec son costume pauvre et humble.

— Ce sont mes titres de noblesse, dit-il. Chacun
l'approuva hautement.

Mon père, tout en augmentant sa fortune, s'occupa
du sort de toute sa famille ; il maria ses sœurs, il plaça
ses frères et procura à son père et à sa mère une vieillesse honorable et douce. Aujourd'hui, il vit retiré,
à quelques lieues d'ici, riche comme vous le savez, aimé
de ses enfants, respecté de tous ceux qui le connaissent,
et ne redoutant point la mort qui s'avance vers lui;
car, lorsqu'on a bien vécu, on n'a rien à redouter de la
mort.

Voilà l'histoire de mon père. N'est-elle pas la preuve
la plus consolante que le travail et la probité présentent
les moyens les plus assurés de *faire fortune* ? »

Extrait d'un récit signé : UNE CONTEMPORAINE.

CHAPITRE XXIV.

Je sors de l'infirmerie où je suis resté près de deux mois.

Voici le récit de l'accident à la suite duquel j'ai dû y entrer.

La machine à vapeur qui donne la force motrice à la plupart des établis de l'atelier, se trouvait en mauvais état. Le patron fit suspendre les travaux pendant quarante-huit heures pour procéder à des réparations. Quand tout fut fini, le chauffeur se disposait à lâcher de nouveau la vapeur, lorsqu'on s'aperçut que quelques courroies de l'arbre de couche n'étaient pas en place. Le patron nous envoya, Giroflée, le Lézard et moi, pour réparer cet oubli et voir si tout était disposé pour la reprise des travaux. Monté sur une échelle, j'avais la main gauche appuyée sur l'arbre de couche, et la droite engagée dans les courroies de transmission, lorsque tout à coup le Lézard, qui observait mes mouvements, s'écria : Ça y est, lâchez tout !

Le chauffeur, entendant cette invitation, lâcha la

vapeur, l'arbre de couche tourna et je fus engagé dans son mouvement. Aux cris que poussèrent les ouvriers, le chauffeur retint de nouveau la vapeur, mais il était trop tard. Quand on me releva, j'avais un bras cassé et le corps couvert de meurtrissures graves.

Je m'étais évanoui. En reprenant connaissance, je vis le Lézard à côté de moi, dans un état presque aussi piteux que le mien.

On nous plaça, à l'infirmerie, dans deux lits voisins, et huit jours se passèrent sans que le Lézard m'adressât une seule parole.

Le neuvième jour, le directeur, accompagné du gardien-chef, s'approcha du lit du Lézard.

— On vous accuse, lui dit-il, d'avoir causé volontairement l'accident qui a failli coûter si cher à Martinval.

— Et à moi, répondit le Lézard. . . . . . . Mais qui m'accuse ?

— Les ouvriers de l'atelier.

— Ce sont des idiots. Comment voulez-vous que j'aie causé un accident dont je suis la première victime ?

— Vous n'avez pas réussi ; mais votre plan primitif était de faire casser les reins à Martinval, sans vous exposer à la moindre égratignure. Tous les ouvriers disent qu'ils vous ont entendu donner le signal de lâcher la vapeur au moment où Martinval était engagé dans les courroies. Vous étiez à côté de lui, vous ne pouviez ignorer le danger qu'il courait ; de plus, avant de donner le signal, vous aviez eu soin de vous écarter de l'arbre de couche, et c'est en vous retirant que vous

vous êtes trouvé pris, sans vous en douter, dans une courroie qui vous a entraîné également. Du reste, tout le monde est d'accord pour dire que vous êtes un mauvais sujet, capable de tout, et que vous faites à vos camarades tout le mal possible.

Le Lézard se retourna dans son lit, sans rien répondre, et fit semblant de dormir.

Le directeur s'approcha ensuite de moi, et me demanda de lui raconter comment les choses s'étaient passées.

Mon premier mouvement fut de dire tout ce que je savais au sujet de l'accident, et de joindre à mon récit le détail de toutes les vilenies dont le Lézard s'était rendu coupable à mon égard depuis plusieurs mois. Puis je changeai d'avis ; et ma déposition ne fut pas de nature à compromettre le moins du monde le scélérat qui avait bien réellement, — cela ne faisait pas question pour moi — attenté à mes jours.

Le directeur m'écouta d'un air de doute et se retira en hochant la tête.

Le Lézard resta encore plusieurs jours sans m'adresser la parole.

Enfin, un matin, il me dit :

— Martinval, pourquoi avez-vous caché à ces messieurs que je vous ai joué plusieurs vilains tours et que, en dernier lieu, j'ai voulu vous faire briser les os par la machine à vapeur. Je sais bien ce que vous pensez de tout cela, car vous n'êtes pas bête, et je ne me suis jamais imaginé que vous *coupiez* dans mes *boniments*. Pourquoi donc n'avez-vous rien dit ? Je me

creuse en vain la cervelle pour trouver le motif de
votre silence.

— Je n'ai rien dit parce que je ne suis absolument
sûr de rien, et que je ne veux pas mentir. Une autre
raison pour laquelle je n'ai rien dit, c'est que vous
êtes mon ennemi.

— Cette raison devrait au contraire vous faire parler.

— Non pas. La religion et même la simple morale
nous ordonnent de pardonner à nos ennemis. Cependant
il y a des limites à tout. Je vous crois assez corrigé par
le dénoûment inattendu de votre criminelle tentative;
mais je dois vous prévenir que, à la moindre faute
dont vous vous rendrez coupable à mon endroit, je ne
vous ménagerai plus.

— Alors votre pardon n'est pas franc.

— Très franc, en ce qui concerne le passé. L'avenir
dépendra de votre conduite.

Il parut réfléchir.

— Ainsi, continua-t-il, vous ne reviendrez pas sur
la déposition que vous avez faite ?

— Je ne la modifierai en rien, à moins que vous ne
m'en donniez des motifs.

— C'est que, voyez-vous, je m'y connais. Quand je
serai rétabli, on va me colloquer au cachot et ensuite
m'envoyer aux assises. Le fait est que ma malice était
trop cousue de fil blanc pour n'être pas visible.

— J'essaierai d'empêcher qu'on ne vous envoie aux
assises. Mais voudriez-vous me dire pourquoi vous
me haïssiez au point d'attenter à ma vie?

— Je n'en sais rien. Vous me déplaisiez. . . .

Je vous croyais un *batteur* (hypocrite) ; mais votre conduite a changé ma façon de voir. Je crois maintenant que vous êtes un *homme*.

Le Lézard ne s'était pas trompé dans ses prévisions. Il quitta l'infirmerie pour passer au cachot, et une instruction fut commencée contre lui. Mais je lui tins parole ; mon silence le sauva, et il rentra dans ses fonctions d'emballeur, comme si rien ne se fût passé.

Quand il reparut à l'atelier, il se mit à rôder autour de moi.

— Eh bien ! lui dis-je, vous avez une confidence à me faire. Je vous écoute.

— Voilà l'affaire, me répondit-il. Je mentirais en vous disant que je suis meilleur qu'auparavant. Non, je ne vaux pas mieux. Quand je sortirai, ce sera pour vivre encore de vol, me griser et faire la vie du diable. Je suis perdu sans ressource. Mais, en ce qui vous concerne, je dois vous dire que je vous estime, et que si jamais vous avez besoin du Lézard, vous le trouverez prêt à vous rendre service. On ne sait pas ce qui peut arriver.

Et il me tourna le dos, comme s'il eût fait un effort surhumain pour me dire ces quelques paroles . . .

. . . .

CHAPITRE XXV

Quatrièmes lectures du dimanche.

LE PRIX MONTHYON

Mérité par un forçat.

« A l'époque où la France, pour soutenir ses luttes glorieuses avec l'Europe, offrait à la victoire ses jeunes générations presque entières, dans l'une des petites villes des environs de Paris (Pontoise), un conscrit, nommé Postolle, désolé de se voir arraché à la famille dont il était le soutien, déserte les drapeaux sous lesquels il n'a été conduit que par la violence. Soldat réfractaire, errant à l'aventure, il se lie avec des bandits, et bientôt devient leur complice dans un vol commis la nuit avec effraction et toutes les circonstances aggravantes. Condamné à seize ans de travaux forcés, il revient, à l'expiration de sa peine, dans le lieu de sa naissance subir la surveillance perpétuelle qui pèse sur le forçat libéré. Ouvrier menuisier, il ne parvient que très difficilement à s'ouvrir la porte des ateliers. Mais sa conduite régulière, son assiduité au travail, la douceur de son caractère éloignent insensiblement la méfiance qu'inspirait son passé ; le temps achève de lui reconquérir l'estime de ses compatriotes. Non seulement cet ouvrier emploie sagement ses journées dans son intérêt, mais il aide souvent ses compagnons, il leur rend de bons offices, et parfois il partage son pain avec le pauvre. Le temps que les autres ouvriers donnent au plaisir, Postolle l'emploie à des actions utiles.

La veuve d'un pharmacien, dénuée de toute ressource, ne pouvait élever ses deux filles, encore dans l'enfance. Postolle est touché de l'infortune d'une famille tombée d'un sort heureux dans une douloureuse indigence. L'ouvrier travaille quelques heures de plus chaque journée ; et du produit de ce labeur la pauvre veuve est nourrie et les enfants reçoivent une utile et modeste instruction. Vieillie par le chagrin, la veuve tombe dangereusement malade : rien ne lui manque, l'ouvrier veille sur elle ; le zèle de son bienfaiteur s'accroît avec ses besoins. La maladie se prolonge et sa gravité exige des médicaments qu'on trouve rarement préparés dans une petite ville : pour les lui procurer, Postolle s'esquive pendant la nuit, il va jusqu'à Paris, et il renouvelle plusieurs fois ces périlleuses excursions, qui l'exposent au châtiment réservé au forçat libéré rencontré hors des limites de sa résidence, en rupture de ban. Grâce à son dévouement, la malade est sauvée, mais sa santé reste chancelante. Après avoir reçu pendant douze années les soins de Postolle, elle meurt et laisse sa jeune famille si pauvre qu'elle ne peut même payer ses modestes funérailles. C'est encore le libéré qui se charge de ce pieux devoir : il donne une tombe à celle dont il a prolongé la vie, et il continue à la servir dans ses enfants.

Après avoir fait de la fille aînée une honnête et bonne ouvrière, il la marie avantageusement. Puis il surveille avec une attention soutenue la conduite de la dernière fille ; lorsque, par ses labeurs journaliers, elle est appelée aux longues veillées d'hiver, son bienfaiteur la conduit et la ramène, gardien vigilant des mœurs de son enfant. Cet homme, infatigable dans sa bienfaisance, ne restreint pas son dévouement à une seule famille ; il se rend utile chaque fois que l'occasion lui en est offerte. Partout où un danger, un événement malheureux réclament l'assistance d'un homme intrépide et désintéressé, on trouve Postolle. Vingt-deux ans d'une vie de dévouement, de probité, de courage, ont acquis à cet homme, autrefois réprouvé, l'estime, l'affection, la confiance d'une population entière. Les sentiments qu'il inspire ont excité les autorités et les principaux habitants de la ville à solliciter auprès de l'Académie française l'admission de cet homme bienfaisant au concours du prix Monthyon. En terminant l'éloge simple et touchant de sa conduite, le maire ajoute : « Si je voulais mettre ma bourse en sûreté, je la confierais à Postolle. » Au vœu unanimement formé par les habitants, s'est associé leur député, l'un des hommes les plus honorables par son caractère et des plus célèbres par son éloquence au barreau et à la tribune.

Cette circonstance, qui révèle une amélioration dans

les mœurs populaires, produisit une vive sensation sur la commission chargée par l'Académie de décerner les prix de vertu. Il lui semblait qu'un grand exemple était offert ainsi au coupable repentant ; mais était-il convenable, en encourageant cette éclatante conversion, d'associer au partage des plus nobles récompenses l'ancien condamné et l'homme pur qui couronne par une action vertueuse une vie sans tache ? Cette question, si importante dans son effet moral, a été développée dans la commission de l'Académie française avec la chaleur et l'entraînement de la véritable philanthropie, avec les lumières de la prudence et la fermeté de la raison. Il lui parut évident qu'une récompense était due à un homme qui, parti de si bas pour s'élever si haut dans le bien, donnait un salutaire exemple. Une grande leçon de morale éclate en effet dans la persévérance expiatoire qui relève un coupable du gouffre d'abjection jusqu'à la vertu. N'était-ce pas avertir les malheureux aveuglés un moment par les passions, qu'une main secourable est toujours tendue au repentir ; ces malheureux qui, libérés aux yeux de la justice, demeurent insolvables envers la société, inflexible dans ses préventions ?...

La commission, ajournant avec sagesse la question du partage au prix Monthyon, s'est accordée à demander au roi l'affranchissement de la surveillance de Postolle et sa réhabilitation. Le vœu de l'Académie a été exaucé. Ainsi le principe de justice et d'humanité que la commission désirait proclamer, approuvé par la sagesse royale, est désormais mis en pratique. La flé-

trissure corporelle a été récemment abolie, l'autre
flétrissure ne sera plus ineffaçable. Les infortunés que
la misère et l'ignorance auront conduits au crime,
pourront du moins profiter de ce qui leur sera resté
d'honnête dans le cœur pour tenter de rentrer dans la
société, qui ne leur opposera plus la devise désespérante de la porte des enfers. L'acte qui relève ce libéré,
la récompense qui l'attend, sont les gages de l'influence certaine des mœurs sur les lois et des lois sur
les mœurs. »

DE PONGERVILLE.

de l'Académie française. — 1843.

CHAPITRE XXVI

UNE DÉCOUVERTE.

Six mois s'étaient écoulés pendant lesquels aucun événement important n'était survenu dans l'existence des personnages qui figurent dans ce récit.

Marie et Joséphine, liées d'une tendre amitié, passaient les journées dans d'aimables entretiens, dans de douces confidences, surtout dans l'étude. Joséphine, bien que très instruite elle-même, avait lieu à chaque instant de s'étonner des connaissances variées et même profondes que possédait son amie. Marie écrivait et parlait très correctement l'italien, l'anglais et l'allemand, jouait à la perfection de divers instruments, et peignait même de petits tableaux remarquables par un faire délicat et fin. Les mathématiques elles-mêmes n'étaient pas un mystère pour elle. Un jour que Joséphine lui manifestait son admiration de la voir si instruite, elle lui répondit simplement :

— Je suis loin d'être savante, ma chère amie ; cependant il ne faut pas vous étonner si j'ai quelques connaissances. Ma mère est morte avant que j'eusse l'âge de raison et, depuis mon enfance jusqu'à cette heure, je n'ai eu d'autres distractions, d'autres joies que les livres. Mon père a toujours été très occupé, et les ennuis des affaires ne lui ont guère permis de veiller à mon éducation. Mais je dois lui rendre cette justice qu'il ne me refusait rien. Je demandais des maîtres, et il m'en donnait ; des livres, des instruments de musique, des pinceaux et il m'en faisait acheter à profusion. Ma jeunesse s'est donc passée un peu solitaire pour le cœur, mais non pour l'esprit ; j'ai trouvé dans l'étude des plaisirs, des consolations, et plus encore, le moyen de gagner mon pain quotidien, si jamais quelque revers de fortune nous arrivait.

Rarement la conversation roulait d'une façon directe sur le compte de M. Jarville. Quand cela arrivait, Joséphine écoutait son amie sans la contredire. Elle ne voulait pas lui ôter les illusions que lui donnait la piété filiale. Mais elle se vengeait de cette contrainte lorsqu'elle se trouvait seule avec le père Isidore, et ne se gênait nullement pour dire que le sieur Jarville était un fieffé coquin.

Et pourtant, elle ne disait pas tout au bon colporteur. Elle en disait encore moins à Georges, à qui elle écrivait tous les quinze jours, et dont elle ne voulait pas augmenter les peines morales par des révélations sinistres. Elle cachait, par exemple, que M. Jarville se grisait souvent, qu'il maltraitait sa fille dans ses moments de colère, qu'il lui avait fait, à elle Joséphine, les propositions les plus déshonnêtes, et qu'il l'avait menacée de la renvoyer si ces propositions n'étaient pas accueillies. La courageuse fille, uniquement préoccupée de ses devoirs envers son amie, se bornait à conjurer les orages, cherchait à les détourner de la tête de Marie quand elle ne pouvait les écarter, et cachait toutes ses angoisses dans le fond de son cœur.

Georges avait persisté dans sa résolution de laisser ignorer à Giroflée ce qu'il savait de Joséphine, et à celle-ci ce qu'il savait de son ancien prétendant. Il avait fixé dans sa pensée l'heure des révélations, et cette heure était encore éloignée.

Toujours désireux de savoir dans quelles circonstances le père Isidore avait connu M. Jarville, et quel était le secret, terrible pour ce dernier, dont le colporteur était maître, il lui écrivit encore une fois pour le prier de satisfaire sa légitime curiosité. Le père Isidore resta muet sur ce sujet ; il se hasarda tout au plus à dire qu'un grand événement, qui serait heureux pour Georges et pour Marie, ne tarderait pas à survenir.

Joséphine le pressa également de lui faire des confidences. Elle ne réussit pas mieux que Georges. Tout ce qu'elle put savoir, c'est que le père Isidore avait fait plusieurs voyages, qu'il écrivait de nombreuses lettres, et qu'il en recevait de toutes les directions, principalement de la Suisse et de l'Italie. .   .   .   .

.   .   .   .

Un matin, Joséphine, pâle, défaite, tout en larmes, quittait la maison de M. Jarville.

Elle n'avait pas fait cinq cents pas qu'elle rencontra le père Isidore.

— J'allais vous voir, mon enfant, dit celui-ci, car j'ai besoin de causer avec le père de Marie... Mais dans quel état vous êtes ! Mon Dieu, qu'est-il donc arrivé ?

— C'est une infamie, s'écria la jeune fille. Je ne puis me taire plus longtemps. Il faut que j'appelle les vengeances divines et humaines sur cet homme !

— Quel homme ?

— Ce monstre de monsieur Jarville.

— Vous oubliez que c'est le père de Marie.

— Je n'oublie rien, et je répète que c'est un être dénaturé, sans cœur et sans entrailles, mille fois indigne d'avoir une fille si bonne, si douce, si vertueuse... en admettant que ce soit sa fille, car je ne puis me mettre cela dans la tête.

— Expliquez-vous ?

— Depuis six mois, il n'y a pas de cruautés dont il ne se soit rendu coupable envers cette chère Marie. Il lui parle plus durement qu'à ses chevaux ou à ses chiens ; il fait des perquisitions dans sa chambre et lui enlève ses livres et ses papiers ; à table il lui demande en plaisantant des nouvelles de son amoureux le repris de justice. Chacune de ses paroles est un coup de poignard qui s'enfonce dans le cœur de la pauvre enfant, et chacun de ses actes est une provocation ou une lâcheté.

Ce matin, j'étais avec Marie dans sa chambre. Il est venu nous trouver : son visage était encore plus sinistre que d'habitude. Il m'a pris le bras et m'a secouée rudement ; puis, me regardant en face, il m'a déclaré que j'étais une servante infidèle, qu'il connaissait mes allées et venues, qu'il savait que je servais d'intermédiaire entre sa fille, d'une part, vous et ce pauvre M. Georges, de l'autre. Enfin, il m'a insultée grossièrement et m'a invitée à déguerpir au plus vite de sa maison.

Marie m'a ordonné d'obéir, et j'ai obéi. Mais, au lieu de m'éloigner, je suis restée à quelques pas de la porte, prête à tout événement.

Alors je l'ai entendu qui donnait à sa fille les noms les plus révoltants. Il lui a déclaré qu'il la condamnait à ne plus sortir de sa chambre sans permission, et à vivre de pain et d'eau pendant quinze jours. — Tu es une mauvaise fille, a osé dire le monstre.

— Mon père, a répondu Marie d'une voix suppliante, je me soumets à vos ordres ; mais, de grâce, ne dites pas que je suis une mauvaise fille ! Dieu m'est témoin que je ne mérite pas ce nom.

— Et quel nom mérites-tu donc, misérable? toi qui oses entretenir des relations avec un repris de justice !

— Mon père, Dieu m'ordonne de vous aimer et de vous respecter : je vous aime et je vous respecte. Mais s'il y a d'autres sentiments dans mon cœur, je suis persuadée que ce même Dieu les approuve. D'ailleurs, vous êtes dans l'erreur en supposant que je continue à entretenir une correspondance avec le jeune homme qui m'a sauvé la vie, et à qui, pourtant, je dois bien un peu de reconnaissance. Depuis le jour où vous m'avez interdit de lui écrire, je n'ai pas songé un seul instant à enfreindre vos ordres.

14.

— Mais Joséphine, que fait-elle donc dans ces conciliabules avec ce chien de colporteur?

— Je ne sais.

— Alors tu es prête à me jurer que tu n'aimes pas ce voleur qui cherchait à spéculer sur ta sottise, et que tu ne le reverras jamais.

Marie n'a pas voulu répondre.

Alors, j'ai entendu le bruit d'un soufflet, suivi bientôt d'un cri de douleur qui indiquait une brutalité plus monstrueuse encore. Je savais que ce n'était pas la première fois qu'il arrivait à cette bête féroce de frapper Marie, mais je n'avais jamais été témoin de ses attentats. L'indignation et la rage m'ont donné des forces que je ne me connaissais pas; j'ai ouvert la porte et d'un bond je me suis trouvée devant M. Jarville. J'ai défendu Marie de mon mieux, mais il m'a frappée et j'ai le corps endolori.

Vous comprenez que j'ai dû quitter la maison à l'instant même. Marie, anéantie, n'avait plus la force de dire un mot, ni de faire un geste. En m'en allant, j'ai passé sous ses fenêtres, et j'ai entendu les vociférations de M. Jarville et les sanglots de la pauvre enfant. Je suis même sûre que, à un moment, elle a crié : Au secours !

En entendant ce récit, le père Isidore était resté calme et presque impassible. Joséphine s'en montra indignée.

— Comment ! s'écria-t-elle d'une voix animée. Vous écoutez cela froidement ! Ah ! père Isidore, vous me trompez. Venez avec moi, faisons quelque chose pour ma pauvre amie !

— Mon enfant, répondit le colporteur, vous vous

méprenez beaucoup, si vous croyez que je reste insensible. La circonstance est grave, et elle exige de moi
du calme et du sang-froid. J'étais venu pour parler à
M. Jarville, mais j'hésitais encore, dans l'intérêt de
Marie, à brusquer la situation. Maintenant je n'hésite
plus. Un grand événement se prépare dont vous ne
devez pas savoir un mot, pas plus que Marie. Tout ce
que je puis vous dire, c'est que, à partir de ce jour,
M. Jarville, au lieu de brutaliser sa fille, la traitera avec
les plus grands égards ; que vous rentrerez auprès d'elle
à titre d'amie et de confidente ; qu'il vous traitera vous-
même avec douceur, et qu'il sera désormais aussi soumis qu'il a été despote.

— Qui fera ce miracle ? demanda Joséphine d'un ton
de doute.

— Moi, moi seul. Mais je ne puis vous dire comment
je m'y prendrai. Suivez-moi. Pendant que je parlerai à
son père, vous irez trouver Marie et vous lui raconterez
ce que je viens de vous dire. Une heure après mon
départ, vous pourrez toutes deux, si vous le jugez à
propos, vous présenter devant M. Jarville : il vous
demandera pardon de sa conduite passée et se montrera
doux comme un agneau.

Le père Isidore et Joséphine arrivèrent bientôt à la
maison de Renémont. Le premier se fit introduire auprès
de M. Jarville, pendant que la seconde arrivait jusqu'à
son amie par une porte dérobée.

La pauvre Marie était dans un état lamentable. Eten-
due sur le tapis de la chambre, le visage et les bras

meurtris, elle sanglotait, et, dans ses yeux qui n'avaient plus de larmes, on pouvait lire les signes douloureux de la plus déchirante agonie du cœur.

— C'est toi, ma bonne Josephine, soupira-t-elle en apercevant son amie. Que Dieu nous vienne en aide!

— Horreur! s'écria Joséphine, en voyant les cheveux de Marie dénoués et des mèches éparpillées à plusieurs endroits, horreur! il vous a traînée par les cheveux!

Marie ne répondit rien.

Joséphine la releva, l'embrassa, la caressa comme une mère caresse son enfant malade, et lui apprit la bonne nouvelle dont l'avait chargée le père Isidore.

— Que pourra-t-il faire? dit tristement Marie. qui ne soupçonnait même pas les armes dont le colporteur pourrait faire usage. Je n'ai plus d'espoir qu'en Dieu, et si ce n'était mal faire, je le prierais de me délivrer de la vie.

Pendant ce temps, le père Isidore avait été admis auprès de M. Jarville, et il remarqua, non sans un éclair de joie, que le monstre portait sur son visage les traces non équivoques du passage des ongles de Joséphine.

La conversation suivante s'établit entre eux :

— Que me voulez-vous, homme de malheur? demanda Jarville; car, sans vous connaître, je suppose que vous êtes cet honnête colporteur qui s'est fait complice d'un voleur, actuellement sous les verrous, dans le but de séduire ma fille et de l'amener par ruse à un mariage qui ferait bien l'affaire de deux mendiants. Car ma fille

sera riche, chacun sait cela. Mais vous jouez contre
plus fin que vous, je vous en préviens, et mes écus ne
feront jamais crever votre bourse.

— M. Jarville, répondit le père Isidore avec un froid
sourire, je ne prendrai pas la peine de répondre à vos
insinuations malveillantes. Je vais donc tout simplement vous dire pourquoi je me suis permis de vous
déranger.

— Allez vite ; je n'ai pas de temps à perdre en pareille compagnie.

— Je viens donc vous dire ceci : à partir de ce moment, entendez-vous bien, à partir de ce moment
même, vous allez cesser les brutalités dont votre fille
est la victime.

— Ah ! par exemple ! s'écria Jarville en ricanant, je
voudrais bien savoir de quel droit vous vous mêlez de
mes affaires et de mes rapports avec ma fille.

— Je ne vous réponds pas. Je disais donc que, à
partir de ce moment, vous allez traiter Marie avec
douceur, avec respect, sans jamais lui dire une parole
malsonnante et surtout, entendez-vous bien, sans porter la main sur elle, lâche que vous êtes ! .   .   .   .
.   .   .   .   .Ah! ah! vous regimbez, et je vous sens
disposé à vous débarrasser de moi coûte que coûte ;
mais j'ai pris mes précautions, car je sais ce dont vous
êtes capable, et vous n'auriez pas si bon marché de
moi que d'une pauvre fille sans force et sans volonté de
se défendre. Ne touchez pas à la sonnette, n'appelez
pas vos domestiques, et surtout n'essayez pas de
porter la main sur moi ; il vous en coûterait cher.

Jarville écumait de rage.

— Je dis encore, continua le colporteur, que vous allez laisser rentrer chez vous Joséphine Malgrange. Elle sera, comme par le passé, l'amie de Marie, et de plus, notez bien ceci, elle me tiendra au courant de votre conduite. Et si vous manquez à un seule de ces conditions . . . . .

— Brave homme, vous êtes fou. A ce titre je ne veux pas vous faire de mal. . . .

— Laissez-moi continuer. Je disais que si vous manquez à une seule de ces conditions. . . . . .

— Que ferez-vous ?

— J'irai dire à qui de droit que vous ne vous appelez pas Jarville, mais bien Granchorerr; que vous avez d'abord été condamné à vingt ans de travaux forcés, que vous vous êtes évadé de Cayenne; que, à la suite de cette évasion, vous avez été condamné à mort par contumace pour avoir tenté d'assassiner un gardien, et assassiné — du moins vous l'avez cru — un autre forçat qui vint au secours de ce gardien. Ce forçat, c'était moi... Vous ne me reconnaissez pas, mais je vous ai bien reconnu, moi. Croyez-vous maintenant à la justice de Dieu, M. Jarville, ou M. Granchorerr, à votre choix?

Jarville — nous continuerons à lui donner ce nom — était devenu blême comme un cadavre. Il voulut parler, mais, d'un signe, le colporteur lui imposa silence.

— Je sais ce que vous allez me dire, continua-t-il; je sais que vous avez des papiers bien en règle établissant que vous vous appelez Jarville. Mais ces papiers ont un léger vice : ils sont faux. Depuis le jour où je vous ai reconnu, je ne suis pas resté inactif, et ce n'est pas sans être muni de solides preuves que je me suis risqué à faire la démarche qui me vaut l'honneur de renouer connaissance avec vous. Voulez-vous que je vous raconte votre histoire ? J'avoue que je ne la connais pas en entier depuis votre évasion de Cayenne, mais je suis sur la piste, et je pourrai un jour, si vous le voulez, vous aider à écrire vos mémoires. Tout ce que je sais de positif jusqu'à cette heure, c'est que, il y a treize ans, vous étiez à Nancy, veuf, avec une petite fille. Vous aviez déjà pris le nom de Jarville. Votre conduite était exemplaire; vous vous disiez entrepreneur de travaux, et la protection de quelques personnes bienveillantes — que vos vertus avaient touchées — vous valut quelques adjudications. Vous fîtes alors connaissance avec un riche Italien qui mit ses capitaux à votre disposition pour soumissionner l'entreprise d'un chemin de fer en Toscane. Vous partîtes pour l'Italie, afin de juger personnellement de l'importance de l'affaire. Votre fille resta à Nancy, chez une dame Viombois, et alla vous rejoindre lorsqu'il fut décidé que vous séjourneriez longtemps dans la Péninsule.

Il y avait cinq ans que vous étiez dans ce pays. Vous aviez fait de grandes entreprises, toujours avec l'argent de ce riche personnage qui vous avait donné sa confiance. Un jour, il eut des soupçons sur votre probité et vous demanda des comptes : trois mois après il mourait de consomption. Moi, je suis persuadé que vous l'aviez empoisonné.

La terre d'Italie devenait trop brûlante pour vous; la prudence vous la fit quitter, et la Suisse vous vit à son tour à la tête d'une autre entreprise. Après avoir réalisé de beaux bénéfices, — Dieu sait par quels moyens, — vous êtes revenu en France, et, tout récemment, vous avez acheté cette jolie maison de campagne.

Vous avez été très adroit dans toutes vos combinaisons, et je conviens qu'il est difficile de vous surpasser en prudence et en ruse. Cependant vous avez oublié une chose importante : c'est que la justice divine a des combinaisons plus subtiles encore que celles du scélérat le plus intelligent. Vous en voyez aujourd'hui la preuve.

J'aurais encore bien des choses à vous dire, mais je remets cela à notre prochaine entrevue. Du reste, j'avoue que je ne tiens pas tous les fils qui me sont nécessaires pour reconstituer la trame de votre histoire; par exemple, je ne sais encore rien sur votre mariage, sur la mère de Marie. Mais, ces fils, je les réunirai. Vous avez beau avoir le diable pour vous, Dieu est pour moi et pour ceux qui me sont chers. Tàchez de bien comprendre la portée de ces dernières paroles; elles font allusion à votre fille en particulier.

Jarville se voyait perdu. Il n'essaya même plus de nier.

— Que voulez-vous de moi? demanda-t-il. Qu'exigez-vous pour prix de votre silence? Car je suppose que vous êtes venu dans l'intention de me vendre ce silence. Je vous offre cent mille francs. Est-ce assez ?

— Je ne voudrais pas toucher à un liard sortant de

vos mains. Je me croirais souillé par ce simple contact, car l'argent que vous possédez est de l'argent volé et sur lequel il y a peut-être du sang. Je vous ai dit le prix de mon silence. L'avez-vous oublié ?

— Répétez vos conditions.

— Je vous ai dit que vous deviez renoncer à tout exercice de votre autorité sur votre fille, car vous êtes mille fois indigne de contrôler ses actions. Mais comme, par affection pour Marie, je ne veux aucun scandale, comme je ne veux pas qu'elle rougisse de son père, l'initiative de ce nouvel ordre de choses sera censée venir de vous et être dictée par votre affection. Je vous affirme que Marie ne saura absolument aucun des secrets dont je suis maître.

— Je comprends, cent mille francs ne vous suffisent pas ; vous voulez m'enlever tout pouvoir sur ma fille, afin de la jeter, avec une fortune d'un million, entre les bras d'un chenapan dont vous êtes le compère.

— Ce chenapan vaut mieux dans son petit doigt que vous dans toute votre personne. Je ne sais si jamais il épousera Marie : ceci est l'affaire des deux jeunes gens et le secret de Dieu. Mais ce que je sais, c'est que, si jamais il l'épouse, elle entrera sous son toit sans y apporter un centime de votre fortune. Je lui ferai même préparer des vêtements à l'avance, afin de brûler ceux qu'elle tient de vous.

J'ai fini. Ne manquez pas aux conditions que je vous ai imposées, et n'oubliez pas que je saurai tout ce qui se passera ici. A la moindre infraction de votre part, j'exécute mes menaces. Marie elle-même ne pourrait m'en empêcher. J'aime mieux la voir orpheline d'un père mort sur l'échafaud que victime de vos scélératesses, dont je n'ose mesurer les limites.

Le père Isidore se leva, salua froidement Jarville et reprit le chemin de sa maison.

Il marchait lentement, absorbé dans de profondes méditations. Un moment, il s'arrêta, regarda le ciel, comme pour invoquer la lumière d'en haut, et se frappa le front en s'écriant :

— Une voix intérieure me dit que Marie n'est pas la fille de Jarville. Mais où trouver des preuves ? Mon Dieu, faites un miracle pour cette pauvre enfant .. pour moi peut-être !

CHAPITRE XXVII

Ni Marie, ni Joséphine ne se doutaient des moyens qu'avait pu employer le père Isidore pour dompter l'humeur farouche de Jarville et amener un changement dans sa conduite à leur égard.

Aussi, leur étonnement fut grand lorsque, le soir même qui suivit l'entretien que nous avons rapporté, M. Jarville les fit appeler et leur tint le langage suivant :

— Mes enfants, j'ai eu une longue conférence avec le père Isidore dont vous connaissez, mieux que moi encore, la sagesse et la bonté. Il m'a montré combien j'étais injuste de soupçonner la conduite d'une fille aussi irréprochable que ma vertueuse Marie, et de rendre tristes les jours de sa belle jeunesse. Croyez bien, mes enfants, que mes procédés n'étaient inspirés que par les soucis de l'amour paternel : c'est là ma seule excuse. Mais je reconnais mes torts, et désormais la vie vous sera aussi douce qu'elle vous a été pénible depuis quelque temps. Viens, ma chère Marie, que je t'embrasse en te demandant pardon ; et vous aussi, Joséphine, venez dans mes bras, car vous méritez d'être traitée par moi comme une seconde fille.

Marie se jeta, en pleurant de joie, dans les bras de son père. Quant à Joséphine, elle ne bougea pas.

— Eh bien, demanda Jarville, est-ce que vous me boudez encore, Joséphine ? Ne vous ai-je pas dit que désormais je vous aimerais comme ma seconde fille ?

— C'est possible, Monsieur, répondit Joséphine. Vous pouvez m'aimer, je ne vous en empêche pas ; mais quant à me laisser embrasser par vous, c'est une autre affaire. Vous oubliez qu'un père ne doit pas embrasser la demoiselle de compagnie de sa fille.

Jarville essaya de sourire et congédia les deux amies en leur assurant de nouveau qu'il leur laisserait la liberté complète de leurs actions, et qu'il essaierait de réparer, par sa douceur et ses bontés, les chagrins dont il avait pu être l'auteur.

Quand il fut seul, il resta pensif quelques instants ; puis un ricanement contracta sa bouche, et il dit à demi-voix :

— Allez, mes belles, vous ne vous doutez guère de ce qui vous attend. Et toi, maudit colporteur, tu perds ton temps et ta peine. Dans un mois, Marie sera avec moi à San-Francisco, une bonne ville où l'on n'épluche guère le passé des gens. Là, je dirai à la belle que je ne suis pas son père, qu'elle est un enfant trouvé, et il faudra bien qu'elle m'épouse de gré ou de force. Quelle folie a été la mienne de venir acheter cette maison du diable ! Je croyais y faire un joli nid pour mes amours, et voilà qu'il faut déguerpir comme un renard pris au poulailler... Marie va faire des difficultés pour partir ; mais elle cédera devant mon autorité *paternelle* ; je la connais. Une fois là-bas, je lui expliquerai que ma conduite était dictée par la jalousie... Le fait est que j'aurais pu m'y prendre plus adroitement pour me faire aimer d'elle... Mais bast ! il faudra bien qu'elle en passe par où je veux. N'ai-je pas un million ? Avec cela on triomphe de tout. Allons, en route pour San-Francisco ! Je prendrai juste le temps de réaliser mes fonds et, pour ne pas éveiller les soupçons, je ne mettrai même pas cette bicoque en vente. Je partirai sans tambour ni trompette ; la frontière n'est pas loin.

Pendant que l'honnête Jarville dressait ainsi ses batteries, les deux jeunes filles étaient rentrées dans leur chambre. Marie, avec sa foi naïve, s'abandonnait aux douces émotions du moment. Elle était heureuse de voir tomber les barrières qui la séparaient du père Isidore et surtout de Georges, heureuse aussi de voir que son amie dévouée pourrait rester auprès d'elle, l'aimer, la soutenir, et partager ses chagrins et ses joies.

— N'est-ce pas, dit-elle à Joséphine, que mon père est bon au fond du cœur ? Vous avez vu comme il reconnaissait ses torts.

Joséphine ne répondit rien : elle ne voulait pas alarmer son amie. Mais elle pensa en elle-même que le moment était venu d'être plus que jamais sur ses gardes. Quelque chose lui disait que le monstre méditait une nouvelle atrocité. . . . .

. . . .

Le lendemain de ce même jour, un paysan vint prier le père Isidore de se rendre immédiatement auprès d'une femme qui se mourait, et qui voulait absolument lui parler.

— Comment s'appelle cette femme? demanda le colporteur.

— Attendez donc... c'est celle qui demeure là-bas, toute seule, dans la lande... On l'appelle, je crois, Chalette ou Salette, ou quelque chose comme çà.

— N'est-ce pas Chalvette?

— C'est cela même.

Le père Isidore pâlit. Ce nom lui rappelait de si douces joies et de si cruelles angoisses!...

Quand il arriva chez la femme Chalvette, celle-ci ne donnait plus que quelques signes de vie. Il s'approcha d'elle, anxieux et suppliant :

— Vous avez à me parler, dit-il d'une voix douce.

Les mots pardon ! pardon ! furent les seuls que put articuler la mourante. Le bon vieillard lui assura qu'il lui pardonnait et la supplia de faire un effort pour lui dire dans quel but elle l'avait fait appeler auprès d'elle au moment suprême.

— Laissez-moi mourir en paix, maintenant que je suis assurée de votre pardon... La vie est bien dure quand on a des crimes sur la conscience... M. le notaire vous dira tout.

Le colporteur s'agenouilla devant le lit de l'ago-nisante, fit une prière, et courut ensuite chez le notaire.

Quelques heures après, il se présentait devant Jarville. Sa démarche était hardie, son front rayonnait, ses yeux pétillaient d'une joie pure et vive.

— Que me voulez-vous encore? demanda Jarville.

— Je viens, comme je vous l'ai promis, vous conter le reste de votre histoire. Je vous avais bien dit que la Providence déjoue tôt ou tard les combinaisons les plus subtiles des criminels. Écoutez-moi donc, et soyez bien sage, car, cette fois, votre liberté, votre vie peut-être, ne tiennent plus qu'à un fil bien léger. S'il ne s'agissait que de vous, je briserais ce fil, mais je suspends mes vengeances en considération d'une autre personne.

Voici donc le reste de votre histoire. Dans votre eunesse, vous avez connu à Sarrebourg une jeune fille qui, séduite par vous, devint mère. Grâce à vos soins, l'enfant mourut de mort violente, sans que personne en eût soupçon. Quelque temps après, vous alliez au bagne, à la suite d'une tentative d'assassinat, et la malheureuse dont vous aviez fait la complice d'un crime resté impuni, vint se fixer à Nancy où elle se plaça comme servante. A quinze mois de là, elle épousait un paysan des environs, nommé Chalvette.

Rentré en Europe, après votre évasion de Cayenne, vous avez erré de ville en ville, ne demandant de ressources qu'au vol et à l'escroquerie. Pour mieux déjouer les poursuites que vous saviez être dirigées contre votre estimable personne, il vous vint à l'idée de vous transformer en père de famille. C'était bien trouvé. Quand un homme arrive quelque part, avec une femme et un enfant qu'il entoure des soins les plus tendres,

qui pourrait soupçonner en lui un forçat évadé que la
police signale comme célibataire? Une chanteuse des
rues consentit à jouer le rôle de votre femme. Mais il
vous fallait un enfant. Vous aviez revu votre première
victime, la femme Chalvette, liée à vous par le secret
d'un crime; elle avait comme nourrisson une charmante petite fille de quinze mois, nommée Léonie.
Cela faisait bien votre affaire. La petite fille fut con-
fisquée à votre profit et la nourrice laissa croire qu'elle
avait été volée par des bohémiens. Vous habitiez alors
Chaumont, où mourut l'infortunée qui passait pour
votre femme. Quelque temps après, vous revîntes à
Nancy. Léonie avait grandi; il était impossible de la
reconnaître. Du reste, vous aviez eu soin de changer
son nom en celui de Marie. Vous vous présentiez chez
des personnes bienfaisantes, tenant votre enfant dans
les bras : ce spectacle touchait les cœurs; on vint à
votre aide, et dès lors il vous fut possible de jeter les
bases de votre fortune actuelle. Vous avez emmené
l'enfant en Italie et en Suisse. Toujours dans le but de
prévenir l'opinion en votre faveur, vous faisiez semblant, en public, d'avoir pour Marie l'affection la plus
tendre, et chacun vous citait pour un père modèle.
Mais au fond vous n'aviez aucun souci de la pauvre
enfant, et, si elle est devenue une jeune fille vertueuse,
elle ne doit vous en savoir aucun gré. Depuis que sa
beauté s'est développée, vous avez tenu à son égard la
conduite la plus révoltante. Je comprends cela de votre
part ; vous vouliez la terrifier, la rendre votre esclave,
car j'ai idée que vous nourrissiez à son sujet les des-

seins les plus infâmes. Si vous lui avez permis de
prendre Joséphine avec elle, c'est parce que vous pen-
siez avoir sous la main deux victimes au lieu d'une.
Joséphine devait vous servir de passe-temps en attendant que Marie en fût venue à vos fins.

J'arrive à temps pour mettre un terme à vos attentats... Maître Jarville, vous allez, à l'instant même,
rendre Marie à son père, et Joséphine à un protecteur
plus digne que vous. Ce père, ce protecteur, c'est
moi !

Jarville se sentait vaincu. Loin de protester, il se
montra soumis, modeste, et simula un profond repentir,
Il ne demandait qu'une chose : c'est que le colporteur
voulût bien lui épargner un scandale en lui laissant
Marie jusqu'au moment où il quitterait le pays pour
n'y plus reparaître. Il pensait en lui-même que quelques
heures lui suffiraient pour gagner la frontière, et que la
jeune fille, encore ignorante du grand événement qui
venait de s'accomplir, ne pourrait refuser de le suivre.

Mais le père Isidore n'entendait pas se laisser duper.
Il fit appeler Marie et Joséphine et, sans les mettre
encore au courant de la situation, les pria de se rendre
chez lui et de l'y attendre jusqu'à son retour.

Puis, s'adressant de nouveau à Jarville :

— Nous n'avons pas fini de régler nos comptes, lui
dit-il. Je sais de bonne source que vous possédez un
million en valeurs immobilières. Vous allez me suivre
chez un notaire et faire une donation de neuf cent-cin-
quante mille francs à l'administration de l'assistance

15.

publique. Je vous laisse cinquante mille francs pour aller vous faire pendre ailleurs. Il y a bien des honnêtes gens qui sont encore plus à plaindre que vous.

Jarville s'exécuta, et le lendemain il avait quitté le pays.

— J'ai peut-être eu tort de le ménager, se disait le père Isidore, en allant retrouver les deux jeunes filles. Ce coquin-là est capable de tout, et il pourrait, un jour ou l'autre, me jouer quelque vilain tour. Je serai sur mes gardes.

Nous n'essaierons pas de peindre les sentiments qui agitèrent le cœur de Marie — nous continuerons à l'appeler ainsi — lorsque le père Isidore lui apprit qu'elle était sa fille, et la pressa dans ses bras en versant des larmes de bonheur.

Joséphine les contemplait tous deux avec attendrissement et respect. Puis, s'approchant à son tour du colporteur, elle dit en souriant :

— Cette fois, il est permis à un père d'embrasser la demoiselle de compagnie de sa fille.

CHAPITRE XXVIII

UN MINISTRE ET SA FILLE.

Le lendemain de l'heureux jour qui avait rendu Marie à son père, tous deux, la main dans la main, causaient de leur bonheur, et formaient de doux projets pour l'avenir.

— Vous ai-je dit, mon père, fit tout à coup Marie, que Joséphine veut nous quitter?

— Et pourquoi cela?

— Elle dit que maintenant je puis me passer d'elle; que vous n'êtes pas assez riche pour donner une demoiselle de compagnie à votre fille, et qu'elle se ferait un crime de rester à votre charge.

— Joséphine pense et parle en femme de cœur. Il est vrai que je ne suis pas fort riche; mais j'ai assez d'écus pour en faire rouler quelques-uns sans que mon escarcelle cesse d'être convenablement gonflée. Voici ma réponse à ce qu'a dit Joséphine : elle restera ici trois mois avec toi, sans autre occupation sérieuse que d'être heureuse de ton bonheur. Vous avez besoin toutes deux de ce moment de répit. Après les tempêtes

que vous avez essuyées chez ce scélérat de Jarville, il
est bon que vous viviez dans une atmosphère de joies
calmes et sereines. Au bout de trois mois, si Joséphine
veut rester dans nos régions, je lui achèterai un petit
magasin, et si elle veut retourner à Paris, je la mettrai
à même de s'y tirer d'affaire. Nous ne pouvons la condamner à une inactivité qui, de toutes façons, lui serait
préjudiciable. . . . .

. . . . Maintenant, veux-tu que je te parle un peu
de Georges ? Cependant, si cela te déplaît.....

— Vous êtes un méchant... Vous savez bien que cela
ne peut que me rendre heureuse.

— Ce matin, je voulais lui écrire pour lui annoncer
notre bonheur... Je le voyais, en imagination, bondir de
joie en apprenant que tu es ma fille. Puis, j'ai renoncé
à lui écrire. J'ai un autre projet en tête.

— Quel est ce projet?

— Je vais essayer d'obtenir la grâce de Georges, et
je crois que je réussirai. Il y a près de quarante ans,
j'avais, au collège, un bon camarade dont les parents
étaient très pauvres et qui, par conséquent, était privé
de ces petites douceurs dont les enfants sont si heureux et si fiers. Quand sa mère venait le voir, elle
n'avait que des baisers et des encouragements à lui
donner ; mais moi qui nageais dans les gâteaux, les pra-
lines et les fruits glacés, je partageais tout avec lui. De
plus, bien qu'il fût très fort dans presque toutes les
branches des études classiques, — car c'était un pio-
cheur de premier ordre, — il ne pouvait parvenir à résoudre convenablement un problème de géométrie, et

c'était encore moi qui le tirais d'embarras chaque fois qu'un travail de ce genre nous était donné. Bref c'était mon *copain*, ce mot dit tout. Avant la fin de nos études, des raisons de famille lui firent quitter le pays. Notre séparation fut déchirante, et nous nous jurâmes de ne jamais nous oublier, quelles que pussent être nos destinées.

Je n'ai jamais revu cet ami d'enfance, mais je sais qu'il est aujourd'hui ministre de l'instruction publique. Son exemple, après mille autres, prouve que le travail et la bonne conduite mènent à tout, même à un ministère.

Je vais aller trouver cet ami, lui rappeler les jours de notre enfance, et, s'il ne m'a pas oublié, lui demander d'intercéder pour Georges. Que penses-tu de mon projet, ma chère Marie ?

— Je pense que vous êtes toujours bon et toujours admirable dans tout ce que vous dites et tout ce que vous faites... J'espère que vous me permettrez de vous accompagner.

— Sans aucun doute. Joséphine aussi viendra avec nous. Nous lui ferons revoir ce Paris où elle a passé sa première jeunesse et où elle a eu, s'il m'en souvient bien, un petit roman d'amour.

— Oui, la pauvre enfant a aimé quelqu'un, mais elle a été bien mal payée de retour. Celui à qui elle avait donné son cœur, est devenu un homme de la pire espèce.

. . . .

Le père Isidore, arrivé à Paris avec les deux jeunes filles, se fit conduire au ministère de l'instruction publique, écrivit quelques mots sur un billet et pria l'huissier de le remettre au ministre en personne.

A son grand étonnement et à sa grande joie, il fut admis immédiatement. Marie l'accompagna, mais Joséphine voulut rester chez le concierge.

Le ministre, M. E..., n'était pas de ceux à qui la prospérité fait oublier les mauvais jours et surtout les dettes de cœur. Il reçut son ami d'enfance avec tous les témoignages de la joie la plus sincère et se mit tout entier à son service. Il connaissait le triste dénoûment de la carrière politique du père Isidore, mais il eut la délicatesse de n'y faire aucune allusion.

Le colporteur exposa l'objet de sa démarche, après avoir raconté par quel enchaînement de circonstances Georges avait mérité d'être condamné à la prison.

— Cette affaire me semble peu grave, dit le ministre, et, puisque ton protégé a une conduite excellente, je ne doute pas de réussir. La première condition, pour obtenir la grâce d'un condamné, réside dans les preuves non équivoques qu'il donne de son repentir et de ses bonnes dispositions pour l'avenir. Je crois donc pouvoir te promettre que, dans trois semaines, ton fils adoptif te sera rendu. Je vais au conseil, je verrai mon collègue de la justice et... c'est une affaire faite.

Le père Isidore et Marie, le cœur gonflé de joie et de reconnaissance, allèrent rejoindre Joséphine, et les deux amies proposèrent d'écrire immédiatement à Georges pour lui annoncer la bonne nouvelle.

— Non, mes enfants, dit le père Isidore, il ne faut pas lui écrire. Il vaut mieux lui laisser le plaisir de la surprise, d'autant plus que cette surprise sera suivie d'une autre plus agréable encore, lorsque, en arrivant chez moi, il apprendra que Marie est ma fille.

Le colporteur proposa alors d'aller visiter quelques salles du musée du Louvre. Mais Joséphine pria ses amis de la dispenser de les accompagner.

— Je veux, dit-elle, avant de quitter cette ville où j'ai été si heureuse et si malheureuse, revoir la mère de celui que j'ai aimé. Quelque chose me dit qu'elle souffre beaucoup : j'essaierai de la consoler. Et puis, pour être franche, je voudrais aussi savoir ce qu'est devenu Honoré. Sans doute, il continue à mener une vie désordonnée... mais que voulez-vous?... Je l'ai aimé, et son sort ne m'est pas indifférent... Que n'a-t-il su me comprendre? Il serait heureux aujourd'hui.

Le père Isidore et Marie accédèrent facilement au vœu de Joséphine, qui se rendit immédiatement au faubourg Saint-Antoine.

Dans le même petit logement où elle avait passé de si bonnes heures à causer d'avenir avec la mère Girodet ; dans ce même petit logement, autrefois si propre et si confortable dans sa simplicité, maintenant triste, dénudé, à peine garni de quelques vieux meubles, elle trouva la mère d'Honoré, accroupie sur une chaise, pensive, le visage sillonné de rides creusées par les larmes. Son cœur se serra : elle lisait là, en caractères sinistres, toute l'histoire du malheureux jeune homme.

En apercevant Joséphine, la mère Girodet se leva péniblement, baissa les yeux et se mit à pleurer.

La jeune fille l'embrassa, la caressa comme aux jours d'autrefois, et employa toutes les séductions de son bon cœur pour ramener un peu de joie et d'espérance dans cette âme dévastée par la douleur.

— Ma pauvre enfant, murmura la vieille femme, je suis bien malheureuse, et je voudrais mourir. Mon mari est comme moi : c'est tout juste s'il peut encore tenir le rabot qui nous donne un peu de pain. Nous avons reçu au cœur un coup dont nous ne guérirons jamais... Que Dieu pardonne à Honoré, comme je lui pardonne !

— Qu'est-il devenu? demanda Joséphine, d'une voix faible et hésitante.

— Il est en prison, répondit la pauvre mère en cachant son visage dans ses mains.

— Et ce coup terrible n'a pas modifié ses sentiments?

— Je crois qu'il nous reste encore une lueur d'espoir. Ses lettres témoignent d'un repentir sincère; je sais que ses supérieurs n'ont rien à lui reprocher, et il nous envoie le peu d'argent qu'il gagne. Dieu aura peut-être pitié de nous.

Joséphine resta quelques minutes silencieuse et dans l'attitude de la méditation la plus profonde. Puis, se levant tout à coup :

— Au revoir, à bientôt, mère Girodet. Si ce soir, je ne vous apporte pas de bonnes nouvelles, il n'y aura pas de la faute de celle que vous avez autrefois appelée votre fille.

Elle se retira précipitamment et se dirigea du côté du faubourg Saint-Germain.

— C'est peut-être moi qui suis là seule coupable, disait-elle en parcourant les rues d'un pas rapide... Peut-être n'ai-je été qu'une coquette... Honoré est en prison, ses parents sont malheureux : il faut que j'obtienne sa grâce, puisqu'il est repentant. Comment ferai-je? Je n'en sais rien. Dieu m'inspirera... Oui, il faut que j'obtienne la grâce d'Honoré, car je suis sûre que lorsqu'il verra à quelle cruelle misère il a réduit son père et sa mère, son cœur sera touché, il reviendra dans la bonne voie, travaillera avec ardeur et réparera le passé... Je ferais peut-être bien d'aller trouver le père Isidore et de solliciter son concours... Mais ce serait indiscret; il a épuisé son crédit... J'irai seule... Mais comment arriver au ministre de l'instruction publique? Et pourquoi m'adresser à lui plutôt qu'à un autre?... Allons toujours...

Joséphine arriva au ministère de l'instruction publique, entra chez le concierge, avec qui elle avait fait connaissance le matin, et lui expliqua qu'elle voulait à tout prix parler au ministre.

— Ce n'est pas tout ce qu'il y a de plus commode, répondit le concierge en riant. Pourriez-vous me dire le motif qui vous amène? Je connais les ressources de la maison et... on ne sait pas...

Joséphine raconta tout et essaya d'intéresser le bonhomme au succès de sa démarche.

— Je crois, ma belle enfant, que vous faites fausse route, répondit le concierge en caressant son menton de l'air d'un homme qui a conscience de la valeur de ses paroles. Il n'est pas impossible que vous arriviez à

M. le ministre, car il n'est pas fier, mais il est probable qu'il ne pourra s'engager à rien. Ecoutez-moi bien, ajouta-t-il, d'un ton mystérieux, ce n'est pas le ministre qu'il faut voir, mais bien sa fille.

— Il a donc une fille ? Dieu soit loué ! ma cause est à moitié gagnée.

— Certainement qu'il a une fille, et une fille comme on n'en trouve pas tous les jours... jolie comme une rose et bonne comme un ange. Parlez-moi d'une jeune personne comme cela... pas plus fière qu'une ouvrière, causant avec tout le monde, même avec moi, et passant son temps, à faire de bonnes œuvres.

Et courageuse ! Tenez, pas plus tard qu'hier, elle était là où vous êtes, me demandait des nouvelles de mes enfants, quand tout à coup on entend des cris dans la rue : c'était un petit garçon qui était tombé sous les pieds d'un cheval. Qui s'est précipité pour le retirer, au risque de se faire écraser ? Mademoiselle Julie, ni plus ni moins. Elle a été plus leste que moi, et je lui en veux un peu pour cela, car une personne comme elle ne devrait pas s'exposer à être piétinée par un cheval ou écrasée sous les roues d'un camion... Ah ! si vous pouviez l'intéresser à votre affaire ! Il n'y aurait pas de ministre qui tienne...

Voyez-vous, continua le brave concierge en s'animant, il faut vivre comme moi dans les ministères, pour bien juger ceux qu'on appelle les grands. D'abord, ce sont presque tous des gens partis de très bas, des fils de commerçants ou de cultivateurs, qui ne doivent rien à leur naissance, qui ont souvent dîné de pain et de fromage pendant leurs études, et qui ne sont parvenus à un poste élevé qu'après toute une vie de travail acharné et de privations de toutes sortes. On se trompe beaucoup sur le compte de ceux qui dirigent la machine gouvernementale, à quelque titre que ce soit. Je les vois tous les jours à l'œuvre, moi, et je puis en parler savamment; ils travaillent plus que n'importe quel ouvrier, car celui-ci est au moins tranquille une fois sa besogne faite, tandis qu'eux, ils ont sans cesse en tête des affaires qui ne leur laissent aucun répit. Toujours sur la brèche, tiraillés par Pierre, par Paul, ils sont en réalité esclaves de ceux qu'ils sont censés gouverner. L'ouvrier qui a de la santé et du travail est plus favorisé qu'un chef de bureau, et moi qui vous parle, je déclare que je suis le plus heureux des employés de ce ministère, parce que j'en suis le plus petit. Je mange à ma faim, je dors sans souci, et je ne troquerais pas ma destinée pour celle d'aucun de ces messieurs en habit noir, en cravate blanche, dont le sort paraît si enviable... Mais tout cela n'a qu'un rapport très éloigné avec l'objet de votre démarche. Nous disions donc qu'il fallait voir mademoiselle Julie...

— Si vous êtes assez bon pour m'en indiquer le moyen.

— C'est l'heure de sa promenade. Elle va sortir dans quelques instants avec sa mère. Voyez la voiture qui les attend. A votre place, aussitôt que je verrais approcher ces dames, j'irais à leur rencontre et... à la grâce de Dieu.

Les deux dames parurent en effet presque aussitôt.

Joséphine courut au-devant d'elles, se jeta aux pieds de la jeune fille et la supplia de l'entendre.

Joséphine, nous l'avons dit, était mise simplement, mais non sans une certaine élégance. Ses manières étaient celles d'une fille bien élevée. Madame et mademoiselle E... pressentirent une grande infortune et avec la délicatesse qui caractérise les gens de cœur, elles ne voulurent pas qu'on pût être témoin — tant de gens passent dans la vaste cour du ministère — de l'humiliation de cette femme à genoux devant elles. Mademoiselle E... releva donc aussitôt, avec une grâce exquise, notre héroïne, puis, après avoir consulté sa mère du regard :

— Venez avec nous, mademoiselle, dit-elle à Joséphine. Nous allons faire une promenade à Saint-Cloud, où demeure un employé dont la femme est malade depuis quelque temps. Montez dans la voiture. Chemin faisant, vous nous direz en quoi nous pouvons vous être utiles.

Encouragée par tant de douceur et de simplicité, Joséphine fit ce qu'on lui commandait de faire . . .

. . . .

Au bout d'un quart d'heure, mademoiselle E... ordonnait au cocher de tourner bride et d'aller au ministère de la justice.

— Ma chère Julie, dit alors madame E... je crains que tu ne t'engages trop vite. Es-tu bien sûre de réussir? Tu sais que M. le garde des sceaux n'est pas toujours facile à émouvoir. Déjà ce matin, il a promis à ton père la grâce d'un condamné...

— C'est vrai, ma chère mère ; mais si M. le garde
des sceaux a promis une grâce à mon père, comment
voulez-vous qu'il m'en refuse une, à moi? Du reste,
ce n'est pas à lui que je veux m'adresser directement.
Sa fille est mon amie, et je suis sûre que par elle,
j'obtiendrais tout, car, chère mère, vous savez bien
le proverbe : « Ce que femme veut, Dieu le veut. » Je
voudrais bien voir, par exemple, que MM. les ministres
eussent la prétention de nous empêcher de faire le
bien, nous femmes, placées par Dieu sur la terre pour
être des messagers de paix et de miséricorde.

Madame E... sourit, et son sourire indiquait qu'elle
était heureuse d'avoir une pareille fille.

La voiture s'était arrêtée. Les deux dames descendi-
rent, et furent introduites dans un somptueux salon,
où une jeune fille, de manières aussi affables que distinguées, leur fit l'accueil le plus affectueux et le plus
sympathique.

En quelques mots, elles eurent exposé l'objet de leur
visite.

— Que pourrais-je vous refuser, ma chère Julie? répondit la fille du garde des sceaux en prenant les mains
de son amie. Papa va gronder ; il me dira encore que je
mets des entraves au cours de la justice, mais je ferai
mine de bouder, et, pour reconquérir mes bonnes grâces,
il se hâtera de m'accorder la liberté de votre protégé.

Deux heures après avoir quitté mademoiselle E...,
Joséphine avait revu la mère Girodet, lui avait annoncé
le succès probable de sa démarche et, en la quittant,
avait oublié sa bourse sur la cheminée.

Quand elle eut raconté l'emploi de son après-midi au père Isidore et à Marie, celle-ci l'embrassa tendrement en lui disant :-

— Joséphine, vous êtes une femme de cœur. Vous méritez d'être heureuse, et vous le serez un jour.

— Je le suis déjà, répondit l'intrépide jeune fille.

CHAPITRE XXIX

LA LIBERTÉ.

Georges Martinval et Giroflée furent mis en liberté le même jour.

Chose étrange ! ils ne semblaient ni joyeux, ni enthousiastes. C'est que, pendant leur captivité, ils avaient moins songé à la liberté qu'au bon usage qu'ils devraient en faire. Pour eux, être libre n'était pas synonyme de boire et manger à discrétion et se livrer à toutes sortes de plaisirs plus ou moins nobles ; ils voyaient dans leur nouvelle situation ce que tout libéré devrait y voir : le point de départ d'une nouvelle vie, le commencement d'une grande œuvre, celle de la réhabilitation.

Ils déjeunèrent confortablement : qui pourrait leur en faire un crime ? Quand on a vécu un an seulement à la table d'hôte d'une maison centrale, on peut bien se permettre le luxe d'un repas composé de deux plats de viande et d'un plat de légumes, avec accompagnement d'une bouteille de vin, et même d'une tasse de moka fumant. Mais leurs dépenses se bornèrent là.

Pendant qu'ils dégustaient le café, Georges dit à Giroflée :

— Savez-vous pourquoi il y a tant de récidivistes dans les prisons ?

— Je suppose que c'est parce que beaucoup d'hommes sont radicalement vicieux.

— Pas absolument. Il y a bien, en effet, des individus chez qui la manie du vol et d'autres instincts pervers sont passés à l'état endémique. De ceux-là, il y en aura longtemps encore, et je ne crois pas que jamais aucune civilisation arrive à constituer une société où il n'y ait pas de membres gangrenés. Le mal existera toujours, parce que s'il n'existait plus, le bien, à son tour, ne pourrait plus exister. Il faut donc en prendre son parti : dans notre pays comme dans tous les autres, il y aura toujours des paresseux, des ivrognes, des impudiques, des voleurs, des gens qui cherchent à pêcher dans les eaux troubles du vice. Mais, ceci admis, il n'en reste pas moins vrai que la plupart de ceux qui retournent en prison, quelques mois, souvent quelques semaines seulement après en être sortis, ne sont pas entraînés à une nouvelle faute par un vice de constitution morale. Il y en a bien peu qui soient absolument corrompus ; ils sortent avec de bonnes intentions, ils jurent qu'on ne les reverra plus, et ils sont sincères...

— Comment expliquer alors qu'ils retournent en prison à si brève échéance ?

— Cela tient à ce qu'ils ne savent pas se gouverner pendant les huit jours qui suivent leur mise en liberté. Ils s'abandonnent sans frein aux jouissances dont ils ont été si longtemps sevrés, mangent et boivent comme des gloutons, noient leur raison au fond du verre, dépensent sottement le peu d'argent qu'ils ont, et se réveillent un beau matin les poches vides et sans travail assuré. J'en ai connu qui m'ont avoué n'avoir pas eu un seul instant leur raison entière, pendant le temps qui s'était écoulé depuis l'heure de leur libération jusqu'à celle de leur nouvelle arrestation.

Cette conduite est déplorable. L'avenir réservé au condamné libéré, dépend beaucoup, pour ne pas dire absolument, de la conduite qu'il tient pendant la semaine qui suit sa mise en liberté. Dans la position difficile qui lui est faite, il a besoin de tout son calme, de toute sa raison pour parer aux obstacles dont son passé hérisse son avenir. Comment peut-il se mettre à même d'aplanir ces obstacles si, plongé dans une ivresse malpropre, il ne quitte l'auberge que pour franchir le seuil d'une maison de joie où iront s'engouffrer les quelques économies qui, le plus souvent, constituent toute sa fortune ? Car, il faut bien le répéter, il n'y a pas de métier qui enrichisse si peu que celui de voleur. Et quand il a bien couru les cabarets et les maisons de joie, que lui reste-t-il, sinon des regrets amers ? Il retourne ses poches vides et songe enfin à chercher du travail ; mais le travail ne se trouve pas toujours sur l'heure. Il n'a pas de gîte, rien à manger... il vole, et le voilà de nouveau sur le chemin de la maison centrale. Le moindre mal qui puisse lui arriver est d'être arrêté comme vagabond, et je me demande en quoi cela peut améliorer sa position. Quand on le relâchera, après une courte détention, ses perspectives d'avenir seront toujours les mêmes.

Le libéré qui, en sortant de prison, ne songe qu'à boire, manger et s'amuser, a au moins huit chances sur dix d'y revenir.

Voilà, mon cher Giroflée, la grande cause des récidives. Ne pas savoir se gouverner pendant une semaine suffit à vouer le reste de l'existence à la misère et à la honte.

— En ce qui me concerne, fit Giroflée, je profiterai de vos avis. Si les cabaretiers voient un rouge liard de mon pécule, c'est qu'ils auront de bons yeux ; et quant aux femmes, merci : j'ai payé assez cher leurs faveurs hypocrites. Je retourne à Paris par le premier train, quoiqu'il m'en coûte de vous quitter; je vais demander pardon à mes vieux parents, je leur donne jusqu'à mon dernier sou, et dès demain, je cherche du travail. Vous m'avez rendu un bien grand service, mon cher Georges, en m'apprenant à ne désespérer ni de Dieu, ni des hommes, en m'engageant à reconquérir ma place au soleil, et en m'enseignant que le moyen de reconquérir cette place réside tout simplement dans le travail et une conduite irréprochable. Il y a un an, je voyais tout en noir, je croyais tout perdu, je n'avais plus l'espoir de me relever, et maintenant il me semble que l'avenir peut encore me sourire, que le bonheur ne s'est pas enfui de mon cœur, et que la tâche dont j'ai à m'acquitter n'est plus au-dessus de mes efforts.

— La parole divine a dit que la paix était aux hommes de bonne volonté. Travaillez, soyez honnête, et vous

aurez cette paix de la conscience qui est le premier
élément de toute joie véritable.

— Comme ma pauvre mère va être heureuse de me
voir revenir bon et corrigé, elle, qui me croit sans
doute perdu pour toujours ! Dire que je pourrai l'embrasser ce soir-même !

— Mon cher Giroflée, que penseriez-vous si je vous
proposais de ne retourner chez vos parents que dans
trois ou quatre jours ? J'ai un grand service à vous
demander : c'est de m'accompagner chez ce bon père
Isidore, dont je vous ai parlé tant de fois. Croyez bien
que si je vous détourne de l'accomplissement immédiat
d'un devoir filial, c'est que j'ai de bonnes raisons pour
le faire. Je ne doute pas de la sincérité de votre conversion ; mais quand vous aurez fait le voyage que je
vous propose, je suis certain que vous serez mille fois
meilleur, et que vous aurez mille fois plus de courage
pour entreprendre la lourde tâche qui vous attend.
C'est dans l'intérêt même de vos parents que je vous
prie de venir avec moi. Au lieu de vous retrouver bon,
ils vous retrouveront excellent, plein d'enthousiasme
pour la vie, par conséquent plus apte à d'énergiques
efforts.

— Vous m'intriguez vraiment, et je dirais oui tout
de suite, si ce voyage ne devait coûter de l'argent.

— Que cela ne vous arrête pas. Allons à la poste,
envoyons à votre mère tout votre pécule, et laissez-moi
le soin du reste. A partir de ce moment, vous êtes mon
hôte, ou plutôt celui du père Isidore. Faites ce que je vous
demande, et vous m'en remercierez un jour... Vous me

disiez, il y a un instant, que vous ne pouviez deviner à qui vous deviez votre grâce. Moi, je crois que vous la devez surtout aux bons renseignements donnés sur votre conduite, mais je ne me trompe peut-être guère en supposant qu'il y a là aussi l'intervention d'une tierce personne. Nous verrons si j'ai deviné juste.

— Vous parlez par énigmes. Serait-ce indiscret de vous demander un langage plus clair?

— Impossible aujourd'hui. Demain les énigmes auront une solution.

— Vous le voulez, je pars avec vous.

CHAPITRE XXX

LES SURPRISES.

Depuis leur retour de Paris, Marie et Joséphine faisaient chaque jour, matin et soir, deux longues promenades sur la route de Nancy. Quand, dans le lointain, elles voyaient approcher un voyageur, leurs cœurs se mettaient à battre et Marie pâlissait. Peut-être c'était Georges. Mais, à chaque fois, le voyageur se trouvait être un maître d'école, ou un clerc d'huissier, ou simplement un paysan qui revenait du marché.

Elles en étaient au moins à leur trentième promenade. Le soir approchait, et il était prudent de rentrer à la maison.

— Ce ne sera pas encore pour aujourd'hui, dit Marie avec un soupir.

— Nous serons plus heureuses demain. Ne vous plaignez pas. Quand on touche de si près au bonheur, il faut au contraire remercier Dieu.

— C'est vrai, mon impatience est une faute. Comme Georges sera heureux d'apprendre que son protecteur

16.

est mon père, et qu'il n'existe plus entre nous de barrières infranchissables !

— Ma chère Marie, j'ai une idée folle en tête... Je ne sais pourquoi je m'imagine que M. Georges et Honoré se sont connus en prison. D'abord, d'après ce que m'a dit madame Girodet, je suis sûre qu'ils étaient dans la même maison.

— Cela ne prouve rien, ma bonne Joséphine. Il y a tant de monde dans ces maisons-là ; et puis les détenus ne peuvent communiquer ensemble. Il n'est pas impossible que Georges et Honoré se soient vus, mais ils ne connaissent pas leurs secrets respectifs. S'il s'était établi entre eux quelque relation du genre de celle que vous rêvez, Georges n'aurait pas manqué d'en parler dans ses lettres. Mais rien n'est perdu de ce côté. Honoré saura bien par sa mère à qui il doit sa grâce, et il ne tient qu'à vous de lui faire connaître votre adresse.

— Je n'en ferai rien, pour le moment du moins. Dans un an, je m'informerai de lui et si j'apprends qu'il est revenu au bien, qu'il aime ses parents, qu'il leur consacre le fruit de son travail, en un mot, qu'il est repentant et régénéré, alors je lui pardonnerai s'il me demande pardon, et, s'il m'aime encore, je ne dis pas que je ne serai pas sa femme. Approuvez-vous ma conduite ?

— Certainement, ma chère Joséphine. Votre ami repentant sera peut-être meilleur que s'il n'eût jamais péché.

Les deux amies regagnaient à pas lents la maison du

père Isidore. Tout occupées de leur conversation, elles ne songeaient plus à retourner la tête pour guetter l'arrivée de Georges. Cependant les deux jeunes gens auxquels elles s'intéressaient si vivement, se trouvaient alors tout au plus à cent pas derrière elles.

— Laquelle est mademoiselle Marie? demanda Giroflée à Georges.

— La plus grande, celle qui se trouve à gauche.

— Quelle jolie démarche! décidément, mon cher Georges, sans en avoir beaucoup vu, je ne vous trouve pas à plaindre.

— Marie est aussi gracieuse qu'elle est bonne. Je ne me suis jamais demandé si elle était belle.

— Et l'autre jeune personne, qui est-elle?

— Vous n'avez donc plus de mémoire, mon bon Giroflée. Comment! vous ne la reconnaissez pas?

— Pour reconnaître une personne, il faut au moins l'avoir vue, et je ne suis jamais venu dans ce pays.

— Mais vous avez pu la voir à Paris.

— A Paris! Je n'y ai guère fréquenté que des femmes de mauvaise vie, et les femmes de cette espèce ne tiennent pas compagnie à mademoiselle Marie.

— Rappelez bien vos souvenirs. La jeune fille que vous avez aimée, dont vous deviez faire votre femme, et dont vous regrettez si amèrement d'avoir brisé le cœur, n'était pas une fille perdue, je suppose.

Giroflée s'arrêta court, ses jambes tremblèrent sous lui, et la parole expira sur ses lèvres.

— Oui, continua Georges, Marie est accompagnée de Joséphine Malgrange, devenue son amie intime par suite de circonstances que je vous raconterai plus tard.

— Pourquoi ne m'en avez-vous rien dit jusqu'à ce moment ?

— Depuis longtemps, je savais que Joséphine était la compagne dévouée et fidèle de Marie. C'est elle qui a trompé la tyrannie de M. Jarville en me donnant des nouvelles de mon amie ; c'est elle qui l'a protégée, qui l'a consolée, qui a adouci une captivité plus dure peut-être que celle à laquelle nous venons d'échapper... Je savais tout cela, et pourtant je n'ai rien voulu vous dire. Je voulais m'assurer si vous étiez redevenu digne d'elle. Aujourd'hui j'en suis convaincu, et c'est pour cela que je vous ai amené avec moi. La vue de Joséphine, son pardon, ses encouragements vous rendront fort dans les luttes que vous allez avoir à soutenir.

— Mais sait-elle que je vous connais, que je viens avec vous ?

— Elle n'en a pas le moindre soupçon, pas plus que Marie.

— Mais qui vous dit qu'elle me reverra avec plaisir, qu'elle me pardonnera ?

— Je sais ce que pense Joséphine. Elle vous aime toujours. Il ne tient qu'à vous d'édifier un avenir de bonheur... Mais je vois nos deux amies rentrer tranquillement chez le père Isidore comme si elles étaient chez elles. Que signifie ceci ? Est-ce que Jarville se serait départi de ses allures de cerbère ? Joséphine m'a pourtant écrit que Marie ne voulait en rien enfreindre les ordres de son père ; et ne se permettait pas même de voir mon bienfaiteur. Je n'y comprends rien... Allons, entrons ; il paraît que, ce soir, on jouera aux énigmes.

. . . .

Les deux jeunes filles quittaient leurs chapeaux, lorsqu'on frappa doucement à la porte. Le père Isidore alla ouvrir et reçut Georges dans ses bras.

Quand on sort de prison, on a beau être pétri de nobles sentiments et de bonnes intentions, malgré soi, on se sent timide. Georges n'osait approcher de Marie, et Giroflée s'était appuyé au mur, tandis que Marie et Joséphine s'étaient jetées dans les bras l'une de l'autre.

— Je crois, mes enfants, dit le père Isidore en souriant, que votre situation n'est pas tenable. Embrassez-vous tous à tour de rôle, que vous vous connaissiez ou que vous ne vous connaissiez pas. Les mystères s'éclairciront plus tard, car je vois qu'il y en a passablement de tous côtés. Je suppose que ce n'est pas le hasard qui vous a réunis tous les quatre, et si vous êtes réunis, ce n'est pas pour vous regarder comme des sphinx. J'ai idée que voilà un beau jour, ou je me trompe fort.

Le père Isidore parlait encore que déjà il était obéi, pas en entier cependant, car il fallut faire un peu violence à Giroflée qui persistait à ne pas se détacher du mur auquel il semblait fixé comme une cariatide. Une fois le premier pas fait, la confiance s'établit comme par enchantement. On osa se regarder en face, se sourire et même se dire toutes sortes de bonnes choses.

La table fut promptement mise par les soins réunis des deux jeunes filles, et le hasard — cette fois, c'était

bien le hasard — voulut que Georges se trouvât à côté
de Marie et Giroflée à côté de Joséphine.

Le repas fut un peu long, très gai et très animé,
grâce aux soins du bon colporteur qui sauvait les situations avec cette adresse merveilleuse que donne une
belle intelligence unie à un bon cœur. On mangea peu
et on causa beaucoup : chacun avait tant de choses à
dire !

Quand toutes les confidences eurent été épanchées
d'un cœur à l'autre, le père Isidore sembla se recueillir
un instant :

— Mes enfants, dit-il, j'ai écrit, il y a quelque temps,
l'histoire de ma vie. et je l'ai envoyée à Georges. Dans
le principe, j'avais l'idée de ne confier qu'à lui seul le
secret de mon existence passée, mais la révélation de
ce secret peut être un enseignement pour vous tous,
comme il l'a été pour Georges. Et puis, je ne saurais
me résoudre à passer plus longtemps aux yeux de ma
fille pour ce que je ne suis pas réellement. Il faut
qu'elle sache enfin que son père est un forçat libéré.

Et le père Isidore se mit à raconter les événements
que nous connaissons déjà. Quand il eut fini, Marie
s'agenouilla devant lui et lui embrassa les mains sans
prononcer une parole. Les trois autres jeunes gens
l'imitèrent, et l'âme du vieillard, cette âme agrandie et
purifiée par le repentir, fut inondée d'une de ces joies
profondes que Dieu tient en réserve pour les seuls
amis de la vertu.

CHAPITRE XXXI

DE LA RÉHABILITATION.

C'était le lendemain de l'arrivée de Georges et de
Giroflée.

— Monsieur Georges, dit Joséphine, j'ai à vous parler
en particulier.

— Je vous écoute, mademoiselle.

— Une sorte de pressentiment m'avait avertie que
vous connaissiez Honoré. Depuis quand êtes-vous entré en relations avec lui ?

— Depuis bientôt un an.

— Croyez-vous connaître à fond ses dispositions et
l'état de son cœur ?

— Je le crois.

— Je vais vous dire, ajouta-t-elle en hésitant ; j'ai
été très heureuse de pouvoir être utile à Honoré, encore plus heureuse peut-être de le revoir, car je n'ai
pas cessé de l'aimer. Cependant je ne consentirais jamais
à être sa femme, si je n'étais absolument certaine qu'il
est repentant et régénéré... Je crains bien de m'être
trop avancée hier soir et de lui avoir laissé croire que

je l'aimerais toujours, quel qu'il puisse être... Je crois
que je suis dans une fausse situation, et je veux en
sortir.

— Mademoiselle, si je n'avais pas eu la conviction
intime qu'Honoré est digne de paraître devant vos yeux,
je ne l'aurais pas amené avec moi. Je n'ai pas agi à la
légère dans une question grave où il y va du bonheur
ou du malheur de deux personnes qui me sont également chères.

— Je vous crois. Mais vous êtes son ami, son con-
seiller : quelle ligne de conduite allez-vous l'engager à
tenir à mon égard?

— Mademoiselle, Honoré et moi, nous vous donne-
rons une réponse dans trois ans.

— Dans trois ans! que voulez-vous dire?

— Venez, et vous allez comprendre.

Un instant après, les quatre jeunes gens étaient réunis dans une sorte de conférence que présidait le père
Isidore.

Georges prit la parole en ces termes :

— Honoré et moi, nous avons trouvé ici un accueil
qui nous a profondément touchés. C'est pour nous un
grand encouragement, et la tâche que nous avons à
accomplir nous paraîtra désormais légère. Si nous
n'écoutions que nos sentiments, nous demanderions à
ces nobles jeunes filles de devenir immédiatement nos
compagnes, et probablement leur générosité les en-
traînerait à accepter : elles se diraient que leur tendresse serait pour nous un appui et une sauvegarde.
Mais cette démarche montrerait que nous n'avons pas

conscience de notre situation, et que l'égoïsme prime en nous les autres sentiments. Ce serait faillir de nouveau. Nos noms sont souillés d'une tache; avant de songer à les offrir à des femmes si dignes de respect et d'amour, nous devons laver cette tache. Pour le moment, il ne saurait exister d'autre objectif pour nous.

La loi, s'inspirant d'un sentiment profondément chrétien, a donné au condamné libéré le moyen d'effacer jusqu'aux moindres traces de sa faute. Voici ce qu'elle dit :

« Tout condamné à une peine afflictive ou infamante, ou à une peine correctionnelle, qui a subi sa peine, ou qui a obtenu des lettres de grâce, peut être réhabilité.

« La demande en réhabilitation, pour les condamnés à une peine afflictive ou infamante, ne peut être formée que cinq ans après leur libération.

« Ce délai est réduit à trois ans pour les condamnés à une peine correctionnelle.

« Le condamné à une peine afflictive ou infamante ne peut être admis à demander sa réhabilitation s'il n'a résidé dans le même arrondissement depuis cinq années, et pendant les deux dernières dans la même commune.

« Le condamné à une peine correctionnelle ne peut être admis à demander sa réhabilitation s'il n'a résidé dans le même arrondissement depuis trois années, et pendant les deux dernières dans la même commune.

« Le condamné adresse la demande en réhabilitation au procureur de la République de l'arrondissement. »

Les effets de la réhabilitation entraînent la radiation,

aux registres judiciaires, de la condamnation ou d
condamnations prononcées contre le réhabilité ; ils
remettent en pleine et entière possession des droi
dont il a été privé ; bref, son passé rentre dans le néan
et il reprend sa place au milieu des autres homm
comme si jamais la justice n'avait eu à s'occuper ð
lui. Il peut être électeur, éligible, devenir conseille
municipal, maire, même député. On a vu des exemple
et le prix Monthyon a pu être décerné à un ancie
forçat.

Cette loi, une des plus belles de notre Code, nou
trace notre ligne de conduite, à Honoré et à moi. C
n'est guère qu'à Paris que nous pourrons espérer trou
ver le genre de travail auquel nous sommes aptes
nous irons donc à Paris, nous travaillerons, nous jette-
rons les fondements de notre réhabilitation, et, dan
trois ans, quand elle sera prononcée, quand nos nom
seront purs de toute tache, nous reviendrons voir no
fiancées, et si elles nous aiment encore, nous leur
offrirons de partager notre existence.

Georges avait fini que Marie le regardait encore avec
des yeux pleins de tendresse, mais surtout d'admiration.

— Mon ami, fit-elle enfin, ce que vons venez de dire
là est digne d'un homme de cœur. Je ne doutais pas
de vous, mais maintenant mon affection pourra reposer
en sécurité sur un sentiment profond, celui de l'estime.
Allez, Dieu vous bénira, et dans trois ans, Marie sera
encore là, toujours fidèle, toujours prête à récompenser
de son amour vos généreux efforts.

— Pour moi, ajouta Joséphine, je n'ai rien à dire. Marie a traduit exactement ma pensée.

— Et moi, dit Girodet, je déclare que les explications de mon ami Georges m'ont tiré une fameuse épine du pied. J'aime bien Joséphine, mais, dans le fond, je me sens mal à l'aise en sa présence. Je me sauverais à toutes jambes s'il fallait l'épouser maintenant.

Le père Isidore prit la parole à son tour.

— Mon cher Georges, je suis heureux de te voir, ainsi que ton ami Honoré, dans de pareils sentiments. Je tremblais que vous n'eussiez l'idée de me parler de mariage. J'aurais refusé net. Le bonheur n'est réel que quand il a été mérité par de longs efforts.

Allez, mes amis, retrempez-vous dans les eaux fortifiantes du travail, de la sobriété et des autres vertus. Cette épreuve vous donnera des joies que vous ne soupçonnez pas. Le repentir, quand il est sincère, est une source inépuisable de bonheurs intimes : je le sais, moi, et je comprends combien est profonde cette parole de l'Évangile : il y a plus de joie au ciel pour un pécheur qui fait pénitence que pour quatre-vingt-dix-neuf justes qui persévèrent.

Surtout n'ayez pas trop mauvaise opinion de vous-mêmes. Je ne dis pas qu'il faille être glorieux de votre passé ; non, cachez-le, s'il est possible, mais n'en concevez aucune fausse honte. Il n'y a pas d'hommes qui n'aient péché : le sage lui-même pèche sept fois par jour. La chute, quand on sait en tirer de bonnes leçons, est une garantie pour l'avenir. Allez, je vous accorde

de venir tous les ans, pendant quinze jours, vous réchauffer au foyer de l'affection qui vous sera conservée
sous ma garde ; mais remettons les noces à trois ans.
D'ici là, vous pourrez tous les deux vous créer une situation honorable, et vous mettre à même de jouir du
bonheur que Dieu réserve toujours au travail et à la
persévérance.

CHAPITRE XXXII

LA RÉCOMPENSE.

Trois ans et demi s'étaient écoulés depuis le jour où Georges Martinval et Honoré Girodet avaient quitté la Maison Centrale.

Nous allons raconter brièvement les principaux événements survenus dans l'existence de nos personnages pendant cette période.

Depuis qu'il avait retrouvé sa fille, le père Isidore se considérait comme rattaché à la vie, non seulement par des liens plus attrayants, mais aussi par des devoirs plus graves. Après de mûres réflexions, et bien qu'il lui en coûtât de quitter sa petite maison, il se décida à modifier ses premiers plans et à venir habiter Paris. Les motifs qui dictèrent cette résolution étaient nombreux : d'abord il désirait se trouver près de Georges ; ensuite il voulait, en cas de malheur, assurer l'avenir de sa fille en la mettant à même de trouver dans son travail des ressources suffisantes ; enfin, — et cette raison fut peut-être la plus décisive, — il ne pouvait se résoudre à séparer Marie de Joséphine. Cette dernière,

17.

en effet, était seule au monde, et le bon vieillard se considérait un peu comme son père.

Il loua donc, rue de Rivoli, pour les deux amies, un magasin de lingerie qui ne tarda pas à prospérer, grâce à l'activité et à l'ordre des deux jeunes filles, grâce aussi aux connaissances et à la prudence du vieillard, qui tenait les livres et se chargeait des principales transactions commerciales.

Un soir, le père Isidore, Marie et Joséphine attendaient, dans la petite salle à manger, l'arrivée de deux convives en retard. Enfin, ceux-ci firent leur apparition : c'étaient, on l'a bien deviné, Georges et Giroflée.

Le visage des deux jeunes gens rayonnait ; leur démarche était légère ; ils semblaient mille fois plus joyeux que le jour où ils avaient vu les portes de la prison s'ouvrir devant eux.

— Cette fois, c'est fini ! s'écria Georges en embrassant le vieillard. Il n'y a plus pour nous de passé, ou du moins il n'y a plus de passé qui puisse mettre des entraves à notre avenir. Nous sommes réhabilités ! Mon bon père, Marie, Joséphine, réjouissez-vous. C'est aujourd'hui le plus beau jour de notre vie !

Le père Isidore ne sembla nullement surpris à cette nouvelle. Il disparut un instant et reparut bientôt portant précieusement un panier d'où émergeaient gravement les goulots de quelques bouteilles.

— Ceci, dit-il, en prenant un ton moitié sérieux, moitié badin, ceci est du fruit de mon pays. Je m'y connais, puisque j'ai été élevé sur une cave où se prélassaient des bouteilles étiquetées du temps de la co-

mète. J'ai acheté ce panier — et surtout son contenu
— dans une vente princière. Je vous garantis que c'est
quelque chose d'authentique, et je le réservais pour la
circonstance présente... Mais, je vois qu'il manque
quelqu'un à la fête. Si j'avais prévu pour aujourd'hui
l'agréable surprise que nous font ces messieurs, j'aurais fait avertir M. et madame Girodet. Mes garçons, il
faut vous dévouer et aller les prier de venir dîner avec
nous. Le repas est déjà froid; mais peu importe. La joie
compensera la qualité des mets. Du reste, pendant que
Georges et Honoré iront inviter nos amis, Marie et Joséphine auront le temps d'ajouter quelque chose à
notre modeste menu.

Une heure après, le père et la mère Girodet étaient
arrivés. Leurs visages épanouis, leur mise irréprochable, presque bourgeoise, disaient assez que le bien-
être était leur état normal, et racontaient en caractères
visibles l'histoire de Giroflée, peut-être aussi un peu
celle de Joséphine; car la mère Girodet portait un bonnet si gracieux qu'il ne pouvait sortir que des mains
de l'ancienne passementière, et le père Girodet, chaque
fois qu'il regardait l'heure à sa montre, jetait un coup
d'œil attendri à la même personne, qui s'obstinait à
détourner la tête.

L'ancien colporteur avait déjà décapité trois de ses
vieilles bouteilles de Bordeaux. Il en prit une quatrième :

— Celle-ci, dit-il, est encore plus respectable que
les autres. Aussi je veux que sa mort soit le signal d'un
grand événement. Mes enfants, je commence à être
d'un âge où l'on aime assez à se voir grand'père...

— Et moi aussi, interrompit le père Girodet.

— Je propose donc, continua le maître de la maison, de vider cette dernière bouteille à la santé de deux jeunes hommes et deux jeunes filles que nous marierons dans un mois. Tous ont mérité d'être heureux. Pour moi, je le suis si complètement à cette heure, que je me propose de retrouvrer, le jour des noces, mes jambes de vingt ans. J'ouvrirai le bal avec Joséphine et vous verrez si je sais encore figurer dans un quadrille... Mais je vois que Georges a quelque chose à nous dire. Laissons donc parler Georges.

— Mes amis, dit celui-ci, vous connaissez à peu de choses près, depuis trois ans, l'histoire d'Honoré et la mienne. Cependant je dois ajouter ici quelques détails particuliers que nous avons cru devoir vous cacher.

D'abord, en ce qui concerne Honoré, vous ne sauriez soupçonner l'énergie qu'a dû déployer mon brave amie pour vaincre les difficultés de sa situation. Les doreurs sur porcelaine ne sont pas assez nombreux à Paris pour que l'histoire de l'un d'eux puisse rester complètement ignorée. Donc, lorsque Honoré se présenta chez un patron pour demander du travail, il fut reconnu par les ouvriers qui se hâtèrent de dévoiler son passé : ses offres furent refusées. Dans un autre atelier, il ne fut accepté qu'à condition de travailler à vil prix : il travailla cependant, espérant que sa persévérance et sa bonne conduite finiraient par désarmer les préventions. Plus tard, dans un troisième atelier, il trouva une rémunération proportionnée à son talent et aux soins qu'il apportait à l'exécution de ses travaux; mais ses compagnons, jaloux de voir un ancien prisonnier occuper le premier rang parmi eux, organisèrent une cabale dont son renvoi fut le résultat. Je n'en finirais pas, si je voulais énumérer tous les déboires qu'a essuyés le digne et vaillant Honoré. Il a triomphé de tout, et depuis longtemps déjà, son travail lui vaut huit francs par jour. Bien mieux, il a gagné la confiance d'un fabricant qui est tout disposé à le mettre à la tête d'un atelier de premier ordre, et à lui garantir la dorure de tous ses produits. Je n'ai pas besoin d'en dire davantage : M. et madame Girodet peuvent raconter le reste de l'histoire d'Honoré et nous apprendre s'il a cessé un instant, depuis plus de trois ans, d'être le meilleur des fils. Les larmes que je vois briller dans leurs yeux sont plus éloquentes que mes paroles.

En ce qui me concerne, vous savez que, à mon retour à Paris, je fus trouver M. Merviller. L'excellent homme se montra touché de ma démarche, surtout lorsqu'il apprit que cette démarche avait principalement pour but de prendre avec lui un arrangement qui me permettrait de le rembourser peu à peu sur le produit de mon travail. Voici ce qu'il me répondit :

— Mon cher Martinval, vous ne me devez plus rien. A tout bien compter, c'est peut-être moi qui suis votre débiteur, car vous aviez mis en train, dans mes ateliers, certains travaux dont l'honneur vous revenait tout entier et dont j'ai eu seul le profit. Les bénéfices que j'ai retirés de vos innovations et de vos inventions, — je puis employer le mot, — dépassent certainement ce que vous croyez me devoir. Ne parlons donc plus de remboursement de votre part. Votre malheur m'a vivement touché et je médite un moyen de le réparer, car, pour moi, vous n'avez jamais cessé d'être honnête homme, et sans ce maudit Brunet, dont je suis enfin débarrassé, la justice n'aurait pas eu à intervenir dans des affaires qui, en réalité, ne touchaient que vous et moi. J'aurais le plus vif désir de vous reprendre dans ma maison, mais la chose est impossible pour le moment, car la plupart de mes employés et de mes ouvriers vous connaissent, et je ne puis vous mettre dans une fausse situation à leur endroit. Allez donc en Angleterre, chez un de mes amis, à qui je vous recommanderai et, dans quelques années, vous pourrez revenir prendre la suite de mes affaires. Je serai heureux de vous la laisser, à vous plus qu'à tout autre, car je n'ai jamais cessé de vous porter le plus vif intérêt. J'allais oublier de vous dire une chose fort importante que vous ignorez peut-être. C'est que, peu de temps après votre condamnation, votre père adoptif vint me trouver, et me déclara que, s'il n'était pas votre père par le sang, il l'était par le cœur et les liens moraux ; qu'il se considérait comme responsable de vos actes, et qu'il m'offrait vingt-cinq mille francs, à peu près toute sa fortune, pour me dédommager en partie de la perte qui m'était survenue par votre faute. Je refusai, mais je fus vivement ému de cette conduite. Elle me rappelle celle de la femme d'un de mes amis : cette digne personne, mariée sous le régime dotal, avait apporté en mariage une somme de cent mille francs. Son mari ayant été victime d'un sinistre financier, elle n'hésita pas un instant à sacrifier sa dot pour indemniser les créanciers de celui dont elle portait le nom. Les exemples de ce genre ne sont pas absolument rares car, voyez-vous, dans le monde, s'il y a des méchants, il y a cent fois plus de gens vertueux qu'on ne le suppose. La vertu est moins visible que le vice, c'est pour cela que ce dernier semble dominer dans les actions des hommes.

Voilà, continua Georges, le langage que me tint M. Merviller. Je n'ai pas besoin de vous dire combien je fus touché de la démarche si profondément honnête qu'avait tentée mon vénérable père adoptif, et elle aurait augmenté, si la chose avait été possible, le respect et l'affection que je professais pour lui.

Je réfléchis pendant deux jours à la proposition d'aller en Angleterre que m'avait faite M. Merviller. Puis j'allai le voir et lui annonçai que je ne pouvais profiter de ses offres bienveillantes : — Si je vais en Angleterre, lui dis-je, il me faudra renoncer à mon plus cher projet, celui de me faire réhabiliter. D'autre part, je suis retenu en France par des liens d'affection, et je ne puis guère songer à entraîner dans mon expatriation ceux que j'aime tendrement. Donc, si vous le voulez bien, je m'arrêterai à un autre projet. Il est évident que, après ce qui m'est arrivé, je ne puis rentrer dans vos ateliers pour y occuper une position exceptionnelle ; j'y rentrerai donc à titre de simple ouvrier. Dans ces conditions, je ne porterai ombrage à personne. Lorsque je serai réhabilité, il sera temps d'aviser à autre chose.

M. Merviller approuva mes intentions. Depuis plus de trois ans, je suis resté dans ses ateliers à titre de

simple manœuvre, forgeant et limant comme les camarades. Je me suis efforcé, par de bons procédés, de gagner l'estime de tous, et je crois y être parvenu, surtout auprès de ceux qui m'ont connu autrefois et savent
que je me suis placé volontairement au dernier rang,
absolument comme si j'avais débuté dans une nouvelle
carrière. Il y a trois jours, M. Merviller m'a demandé si
l'affaire de ma réhabilitation était en bonne voie et, sur
ma réponse affirmative, m'a déclaré que, aussitôt cette
question terminée, il me laisserait sa fabrique. Je serai
donc dans quelques jours à la tête d'une maison importante, et je suis heureux de pouvoir offrir cette
nouvelle, comme cadeau de noces, à ma bien chère
fiancée.

Il me reste encore à vous parler de deux personnages
dont j'ai eu des nouvelles, tout à fait par hasard.

Un soir, en passant dans une rue peu fréquentée, je
croisai deux hommes, dont l'un en particulier, semblait
ne m'être pas inconnu. Je me retournai, les observai
quelques instants, et finis par reconnaître Jarville et cet
individu surnommé le Lézard, dont je vous ai plusieurs
fois entretenus.

Ils avisèrent un cabaret borgne et s'enfermèrent dans
un cabinet séparé. Désireux d'être édifié sur leur
compte, je pénétrai dans le cabaret et offris vingt francs
au maître de l'établissement s'il voulait me mettre à
même d'entendre la conversation des deux hommes
qui venaient d'entrer. Mon argument produisit l'effet
attendu et, trois minutes après, j'étais installé dans un
autre cabinet d'où je pouvais entendre les paroles des

deux personnages et voir presque tous leurs mouvements. Le dialogue suivant s'établit entre eux :

— C'est une vraie chance qui nous a réunis, dit Jarville. J'avais besoin d'un homme comme toi.

— Voilà plus de vingt ans que tu ne m'as vu, c'est-
à-dire depuis ton évasion de Cayenne, répondit le Lézard. Comment as-tu pu me reconnaître?

— On n'oublie pas une tête comme la tienne. Moi-
même j'ai bien été reconnu, il y a quelque temps, par
une canaille qui m'a enlevé à la fois une belle fortune
d'un million et une jolie colombe que je faisais passer
pour ma fille, en attendant le moment d'en faire ma
femme ou au moins ma maîtresse.

— La colombe, ça me serait égal ; je ne sais plus rou-
couler. Mais le million, ça me sourirait assez. Et il n'y a
pas moyen de retrouver ce million, de gré ou de force?

— Hélas! mon vieux, le million est perdu, sauf pour
l'assistance publique ; et ça me navre de voir de beaux
écus prendre une pareille destination. Mais le brigand
qui est l'auteur de tous mes désastres, a un sac de vingt
ou trente mille francs. J'aurais le cœur bien déchargé si
je pouvais lui *faire* ce sac et lui administrer une cor-
rection dont il garde longtemps le souvenir. J'irais
même bien volontiers jusqu'à le *refroidir*...

— Pas de ça... où je ne m'en mêle pas... fit le Lézard.
Je n'ai pas envie de monter chez la *veuve* (guillotine.)

— Le fait est que c'est scabreux, par le temps qui
court, et dans une rue comme la rue de Rivoli. Pourtant je voudrais me venger de ce scélérat, et aussi de la
poulette qu'il m'a soufflée, et également de ce coquin

qui a été la première cause de mes malheurs, de ce gamin de Martinval!

— Comment dis-tu? Martinval! s'écria le Lézard en faisant un soubresaut.

— Oui, il s'appelle Georges Martinval.

— Un mécanicien qui a été en prison.

— Précisément.

— Eh bien, mon bon Granchorerr, tu tombes mal en t'adressant à moi pour mener tes opérations à bonne fin. Rappelle-toi bien ce que je vais te dire. Jamais, en ma présence, ou simplement à ma connaissance, il ne sera fait le moindre mal à Georges Martinval ou aux siens, sans que je m'y oppose de toute la force de mes deux poignets. C'est dit, ne revenons plus là-dessus.

— Es-tu fou?

— J'ai dit ce que j'avais à dire. Il est inutile de répéter. Gare à toi si tu touches à un cheveu de Martinval ou de l'une des personnes qui lui sont chères.

Le moment me paraissait décisif. Sans trop réfléchir aux conséquences possibles de ma démarche, je me présentai devant le Lézard et son compagnon. Ils me regardèrent avec stupéfaction.

— Je viens d'entendre toute votre conversation, leur dis-je, en essayant de rester calme. Mon cher Lézard, je vois avec plaisir que vous n'avez pas oublié la promesse que vous m'avez faite dans des circonstances que vous devez vous rappeler...

— On a de l'honneur, ou on n'en a pas! me répondit-il en se rengorgeant. Je vous avais bien dit qu'un jour vous pourriez avoir besoin du Lézard.

L'important pour moi était de ne pas laisser échapper Jarville. Je ne pouvais me résoudre à le livrer à la police, car je savais que cette mesure causerait du chagrin à ma chère Marie ; d'autre part, il était imprudent de le laisser libre à Paris où sa présence pouvait être dangereuse pour nous tous. Je pris donc un moyen terme. Jarville était encore possesseur de quelques billets de mille francs. Je lui déclarai qu'il allait quitter immédiatement la France pour se rendre en Amérique, et je m'engageai, par un écrit authentique, à lui faire une pension de cent francs par mois tant qu'il resterait dans le le Nouveau-Monde. Bien mieux, je lui promis de doubler cette somme, si mes ressources le permettaient un jour, et s'il n'essayait jamais de revenir en France. Je le conduisis moi-même au Havre et je le vis embarquer de mes yeux. J'ai cru devoir être généreux envers celui auquel ma fiancée a donné si longtemps le nom de père, et je vois, à l'émotion avec laquelle elle me regarde en ce moment, qu'elle approuve ma conduite.

Quant au Lézard, je voulus le récompenser de sa bonne action. Je racontai tout à M. Merviller qui trouva moyen de lui créer, dans son magasin de fers, une sorte de sinécure, avec des appointements de quatre francs par jour. Chose étonnante ! il n'a jamais paru ivre devant mes yeux et ne s'est pas rendu coupable de la moindre indélicatesse, bien qu'il m'ait répété cent fois qu'il était toujours ivrogne et voleur, et que c'était à cause de moi seul qu'il ne se mettait pas dans de mauvais cas. Qui sait ? cette homme est peut-être bien près de la résurrection morale. Il y a maintenant un sentiment dans son cœur, et l'on peut aller loin avec un sentiment bien dirigé. Il m'a demandé dernièrement de lui faire connaître Marie et Joséphine. J'accéderai à sa prière, car nos deux amies ont été sans le savoir, exposées à des dangers que le Lézard aurait sans doute conjurés, quand même je ne mé serais pas trouvé à temps sur la route de Jarville.

J'oubliais de dire que ce dernier, après avoir régulièrement réclamé, pendant quinze mois, le montant de la pension que je lui avais promise, — et que, je dois le dire, je n'ai pu payer que grâce à la libéralité de M. Merviller, — n'a plus donné de ses nouvelles. J'ai lieu de croire qu'il est mort.

Georges s'arrêta. Dans son récit, il n'avait dissimulé qu'une chose : c'est que Jarville était mort, non pas dans son lit, mais suspendu à une potence. Il avait voulu épargner à Marie ce sinistre détail.

CONCLUSION.

L'année dernière, par une belle soirée du mois de mai, un homme déjà âgé descendait de chemin de fer à une station voisine de Paris, et se dirigeait vers quelques charmantes villas, dont les murs blancs et les volets verts émergeaient au-dessus des touffes de lilas en fleurs.

Cet homme n'était autre que M. X..., ancien inspecteur de la Maison Centrale où Georges et Giroflée avaient fait leur peine.

Récemment mis à la retraite, il avait reçu des deux jeunes gens une invitation que ses sentiments libéraux l'avaient empêché de décliner. Du reste, n'était-il pas pour quelque chose dans leur bonheur ?

M. X... s'arrêta et examina les gracieuses habitations, comme s'il eût pu deviner, par une simple inspection, celle qui était le but de sa course. Il n'avait pas aperçu un homme qui, couché tout de son long sur l'herbe épaisse d'un petit pré, s'était levé à son approche.

— Je crois, Monsieur, dit l'homme, en ôtant son chapeau, que vous cherchez quelque chose. Puis-je vous être utile ?

18.

— Je vous remercie, Monsieur, de votre offre gracieuse. En effet, je cherche la maison de campagne de M. Martinval.

— Vous ne pouviez mieux tomber. Je fais partie de cette maison... je veux dire que je suis attaché au service de M. Martinval... Est-ce que vous ne me reconnaissez pas, Monsieur l'inspecteur ? J'ai cependant été l'un de vos pensionnaires.

— De mes pensionnaires ! alors...

— Alors... glissons sur les mots ; il y en a qui sonneraient mal dans un si joli endroit. Voyons, cherchez bien ; vous ne vous rappelez pas le Lézard ?

— Comment ! c'est vous, mon pauvre ami.

— Oui, moi, que vous n'avez jamais pu dérouiller, tellement j'étais...

— Je comprends. Et c'est ce brave Martinval qui a fait de vous un honnête homme.

— Lui, un peu. Il a commencé la besogne, mais c'est sa femme qui l'a terminée. Voyez-vous, Monsieur l'inspecteur, cette femme-là m'a ensorcelé ; elle me dirait : Lézard, allez me chercher le Panthéon pour amuser mes enfants ! que je me mettrais en route, et je rapporterais le Panthéon, n'en doutez pas. Elle a fait bien plus fort que cela. Elle m'a dit : Lézard, vous ne boirez qu'un verre d'eau-de-vie par jour, après votre café ! et je ne bois qu'un verre d'eau-de-vie par jour après mon café. Je n'en puis revenir. L'invention des chemins de fer est une bien petite affaire en comparaison d'un tour de force comme celui-là. Je m'imagine souvent que je rêve, et je me pince à chaque instant pour m'assurer que je suis bien éveillé. Dire que le Lézard pourrait boire et qu'il ne boit pas ! C'est là un mystère, Monsieur.

— J'ai vu plus d'un mystère de ce genre. Vous devez comprendre maintenant combien il est facile d'exécuter ce que l'on *veut* réellement. Napoléon 1er a dit que le mot *impossible* n'était pas français... Mais à quel titre êtes-vous attaché à M. Martinval?

— D'abord à titre d'ami, je m'en flatte, car lui-même me l'a dit. Mais mes attributions ne sont pas très bien définies. Je fais de petites brouettes, des pelles, des chariots pour les enfants ; je les aide à cultiver leurs jardins, des jardins grands comme mon mouchoir ; je nourris leurs oiseaux, je soigne les chats et les chiens. Je fais encore une foule d'autres choses, pas trop fatigantes, car je n'aime pas les gros travaux, — vous n'avez pas oublié d'où me vient le surnom de Lézard ; — par exemple, quand le petit Isidore est fatigué de son cheval de bois, je me mets à quatre pieds, il monte sur mon dos et je fais le tour de la cour au grand galop. Je suis devenu très fort dans ce genre d'exercice, et je pourrais presque rivaliser avec un cheval de cirque. La petite Joséphine aussi a souvent recours à moi : je remets des bras et des jambes à ses poupées, et je leur bourre le ventre de son ; je remplace les yeux de celles qui les ont perdus, et je tonds les chiens pour réparer les avaries survenues aux coiffures. Vous voyez que moi-même je suis tondu ; toutes mes tresses ont été consacrées à fabriquer la perruque d'un pierrot et d'un polichinelle dont les enfants se sont amusés plus de trois jours, ce qui est énorme pour des enfants.

J'ai encore une foule d'autres occupations de ce genre. En ce qui me concerne particulièrement, j'élève des oies et des lapins. M. Martinval m'a donné cette faculté afin de me créer des ressources pour l'avenir. Voyez là, dans le pré, des échantillons de mes élèves. Tout ce que j'en retire est pour moi, car je suis logé, nourri, chauffé et largement entretenu par mes bons amis.

Voilà ma situation, Monsieur l'inspecteur. Vous voyez qu'elle n'est pas à dédaigner. Je suis au mieux avec le garde-champêtre, et les gendarmes me rendent mon salut : ce n'est pas là ce qui m'étonne le moins dans mon existence.

Mais je vous retiens là à causer. Vous allez sans doute voir M. Martinval?

— Précisément. Voulez-vous être assez bon pour me conduire.

L'inspecteur et le Lézard entrèrent dans une jolie cour, plantée de grands arbres, au milieu de laquelle s'épanouissaient des massifs de rosiers sur un tapis de gazon.

Un vieillard était assis à l'ombre d'un tilleul en fleurs : il tenait, sur un de ses genoux, un petit garçon de quatre ans, et sur l'autre une petite fille de trois ans environ, auxquels il apprenait à lire dans un beau livre où il y avait presque autant d'images que de lettres. Il se leva en voyant approcher l'étranger, le reçut avec cette cordiale courtoisie qui est le signe caractéristique des âmes bien nées, et le conduisit immédiatement au salon.

Une charmante jeune femme parut bientôt.

—Nous vous attendions, Monsieur, lui dit-elle d'une voix un peu émue. Soyez le bienvenu dans cette maison où vous ne comptez que des amis. En ce qui me concerne, je n'oublierai jamais que c'est à votre généreuse intervention que je dois d'avoir pu, dans un des plus tristes moments de mon existence, n'être pas tout à fait séparée de l'homme que j'aimais ; je n'oublierai pas non plus que c'est dans vos encouragements, dans vos bons conseils que Georges a puisé le courage nécessaire pour résister aux terribles épreuves dont il a été accablé.

— Ne parlons pas de cela, madame. Si j'ai pu vous rendre quelques services, j'en suis payé mille fois par le spectacle de bonheur dont je suis témoin en ce moment ; car, vraiment, tout respire ici la paix, le calme, la félicité la plus pure.

— En effet, nous sommes parfaitement heureux. Mon mari réussit à merveille dans ses entreprises, et il a acheté cette petite maison de campagne où nous avons plus d'air et d'espace qu'à Paris. Chaque matin, il se rend à ses bureaux, et, le soir, il revient à cinq heures. Je m'étonne même qu'il ne soit pas encore de retour, car il n'a pas oublié que c'était pour aujourd'hui qu'il vous avait invité. J'espère, Monsieur l'inspecteur, que vous nous ferez l'honneur et le plaisir de visiter souvent des heureux à la reconnaissance desquels vous avez tant de droits.

— Aussi souvent que le permettra la discrétion. J'avoue que je me sens déjà heureux ici et que je m'en irai à regret.

— Tout le monde s'aime dans cette maison, dit à son tour le père Isidore, et Monsieur l'inspecteur ne jettera pas de fausses notes dans notre harmonie. Il a été, dans un moment grave, le confident de nos peines, et nous lui devons une grande part de notre bonheur...

A ce moment, la porte s'ouvrit et Georges entra, accompagné de Giroflée, du père et de la mère Girodet, et de Joséphine donnant la main à un gros garçon de quatre ans, lequel, sans se préoccuper de la compagnie, prit par le bras son ami le petit Isidore et l'entraîna en disant : Viens voir, j'ai apporté un beau cheval qui rue quand on lui tire la bride, et une souris qui grignote du biscuit dans la bouche d'un chat.

On vint annoncer que le dîner était servi. M. X... fut placé à côté de la maîtresse de la maison, et le potage circulait déjà, quand Marie s'écria :

— Mais où donc est notre vieux Lézard ? Je l'avais cependant prévenu qu'il dînerait ce soir avec nous. Je vais le faire appeler.

Le Lézard parut, et se mit à regarder le plafond pour se donner une contenance.

— Eh bien, lui dit Marie avec amitié, est-ce que vous voulez manquer à notre contrat ? Vous oubliez donc que vous m'avez promis obéissance, et que je vous ai dit que ce soir vous dîneriez avec nous ?

— Je n'oublie rien quand il s'agit de vous, maîtresse. Mais j'ai un lapin qui est fort malade... Bon ! voilà que j'allais mentir, ce que c'est que la coutume ! Bref, je voulais dire que je me sens un peu dépaysé en si belle compagnie.

— Mon vieux Lézard, fit Georges en plaisantant, nous avons assez longtemps mangé à la même table, pour que vous ne soyez pas trop dépaysé parmi nous. Il y a ici plus d'un de vos anciens convives, à ce qu'il me semble, et nous ne pouvons craindre que vous surpreniez nos secrets. Du reste, ne vous ai-je pas dit bien des fois que vous étiez l'ami de la maison ?

— Pour ça, répondit le Lézard, je m'en flatte. Je veux donc bien me mettre à table, mais je prierai ces dames de me placer entre les deux petits garçons. Je ne suis pas du tout gêné dans leur compagnie.

— Et, répliqua Georges en souriant, s'ils cassent une assiette ou deux, vous direz que c'est vous, suivant votre habitude. Décidément, mon cher, vous gâtez ces enfants.

A la fin du dîner, l'inspecteur dit à ses hôtes :

— Mes amis, je ferai raconter aux pauvres prisonniers ce que je viens de voir et d'entendre. Ils apprendront ainsi qu'une condamnation n'est pas un malheur irréparable, et que les situations qui paraissent les plus désespérées, peuvent avoir un dénoûment heureux, grâce à la résignation, à la persévérance, à l'amour du travail et de la vertu.

— Oui, Monsieur l'inspecteur, ajouta le père Isidore, faites-leur dire que vous avez vu une réunion de famille où tout le monde est parfaitement heureux, et que parmi les personnes qui composent cette réunion, il y a deux anciens condamnés correctionnels et deux anciens forçats !

Et si quelqu'un vous objecte qu'ils ont eu de la

chance, répondez qu'ils ont été aimés parce qu'ils ont aimé les autres ; qu'ils ont trouvé des soutiens, parce qu'ils se sont rendus dignes d'estime. Le prisonnier qui s'imagine que les sympathies viendront à lui sans qu'il ait rien fait pour les mériter, ressemble à un enfant paresseux qui voudrait apprendre à lire sans se donner la peine d'ouvrir un livre. En ce monde, *on ne récolte qu'à condition d'avoir semé.*

FIN.

NOTE

Le lecteur ne s'étonnera pas de la *couleur locale* qui règne dans cet ouvrage, s'il veut bien songer au milieu dans lequel je vis depuis bientôt dix ans, et aussi aux sources où j'ai puisé la plupart de mes renseignements.

J'ai interrogé des condamnés. Quel autre, en effet, peut mieux connaître la vie intime du prisonnier, que le prisonnier lui-même ?

L'un d'eux, surtout, m'a fourni des notes précieuses. Je n'ai rien eu à y changer ; elles constituent le fond des chapitres qui ont trait à la vie du prisonnier, et je suis convaincu que ce livre n'a dû l'honneur d'être couronné qu'au caractère spécial, au cachet de vérité que lui donnent ces notes, fruits d'une douloureuse expérience.

Ce détenu a reçu une excellente éducation et possède une instruction solide. Je ne puis m'expliquer ses chutes que par un concours de malheureuses circonstances, et j'ai l'intime conviction qu'il reprendra un jour sa place dans la société.

J'ai fait connaître à l'administration combien le concours de cet homme m'a été utile, mais sans pouvoir le dénommer : il s'y est toujours formellement opposé, soit pour des raisons de famille, soit pour toutes autres causes. Aujourd'hui que ce livre va paraître, je considère comme un devoir impérieux de ne plus prendre en considération des scrupules, respectables sans doute, mais qui ne sont pas de nature à empêcher plus longtemps la manifestation du sentiment qui m'anime.

EUGÈNE VOUAUX.

TABLE DES MATIÈRES

CLICHY. — Imp. PAUL DUPONT, 12 rue du Bac-d'Asnieres, 90.7.79.

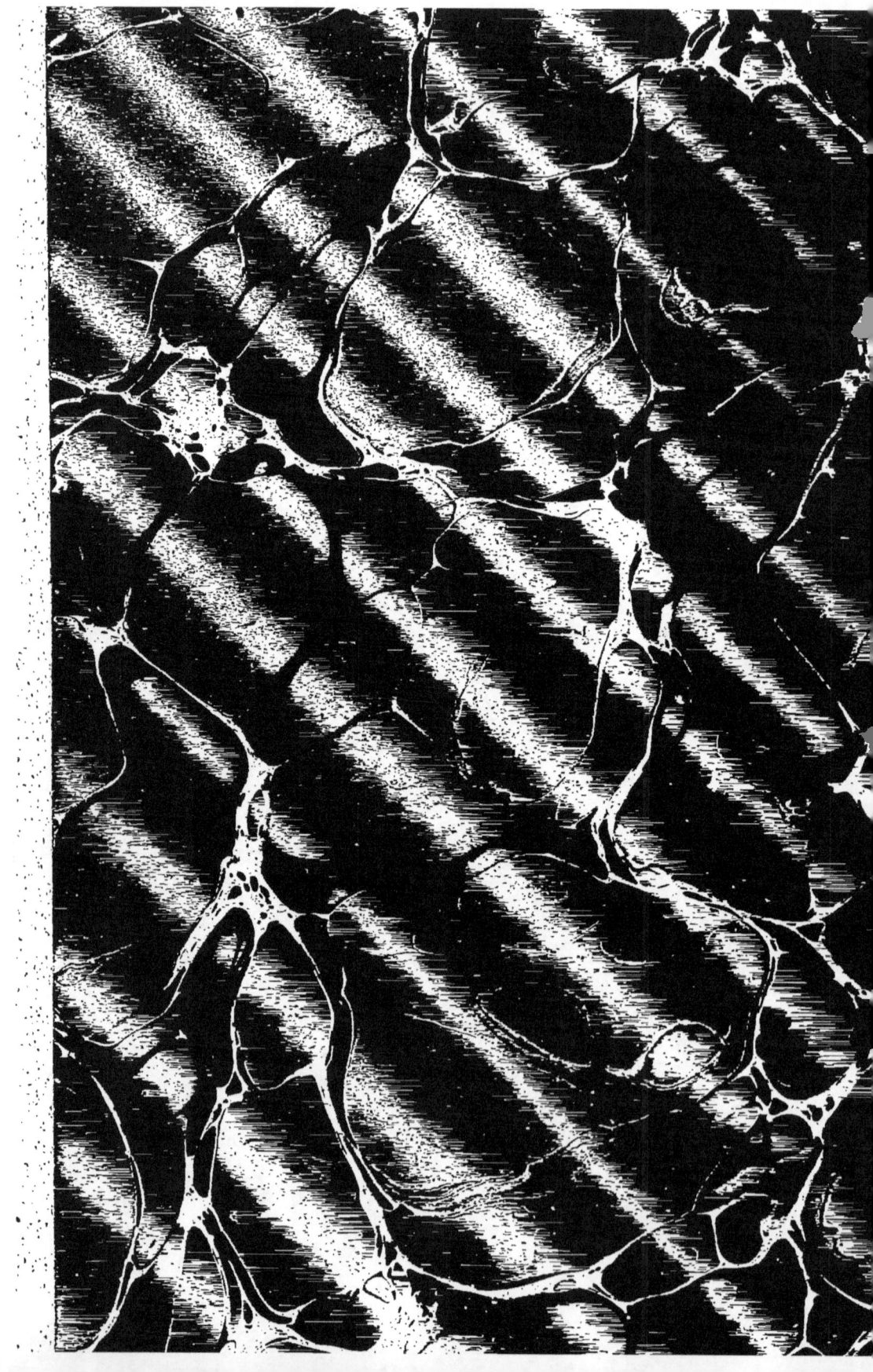

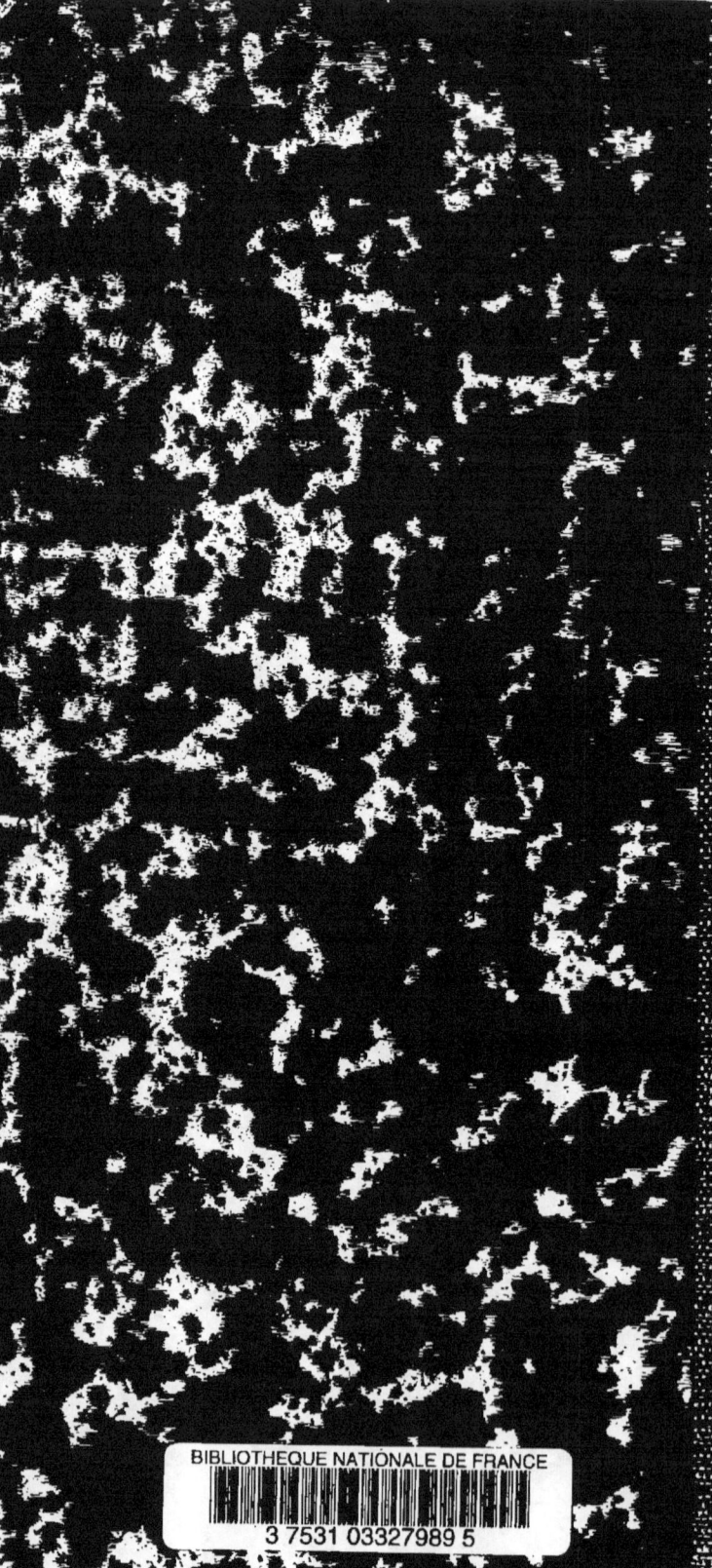

www.ingramcontent.com/pod-product-compliance
Lightning Source LLC
Chambersburg PA
CBHW050201030726
47505CB00005B/1474